www.b-books.co.kr

다
항

www.b-books.co.kr

가짜 남편

vol
1

가 짜 남 편 vol 1

2판 1쇄 찍음 2020년 12월 22일
2판 1쇄 펴냄 2020년 12월 30일

지은이 | 이윤정
펴낸이 | 정 필
펴낸곳 | (주)뿔미디어

기획·편집 | 심은지, 이영은, 배지은
표지·디자인 | 우 물

출판등록 | 2002년 9월 11일 (제1081-1-132호)
주소 | 경기도 부천시 소향로17, 303(두성프라자)
전화 | (032)651-6513 팩스 | (032)651-6094
E-mail | dahyangs@naver.com
블로그 | http://blog.naver.com/dahyangs
비북스 | http://b-books.co.kr

값 9,000원

ISBN 979-11-6565-093-3 04810
ISBN 979-11-6565-092-6 04810 (세트)

가짜 남편

vol.1

이윤정 장편 소설

DAHYANG ROMANCE STORY

Contents

1부

0. 프롤로그

"상무님. 발표 10분 전입니다. 지금 가셔야 합니다."

다급하게 그를 부르는 목소리가 귀에 들어오지 않았다.

"민서 잠들었어. 네 가방 안에 기저귀 넣었어? 우유도?"

주말 아웃렛은 사람들로 넘쳐 났다. 가족 단위의 쇼핑객들, 유모차가 한데 섞여 교통이 혼잡한 도로처럼 느껴졌다.

그 속의 신나고, 설레고, 행복한 표정들이 모여 거대한 돈 자루가 되었다. 그리고 그는 그 돈을 쥐고 왕의 자리에 올라야 했다. 그래야 한다고 생각했다.

비겁한 변명 뒤에 숨어 끝내 떠나보냈다.

그의 심장을 가져간 여자.

그에겐 너무 어렸던 신부.

그녀를 이제야 다시 만났다.

1. 결혼의 이유

짙은 회색의 잘빠진 외제 차 한 대가 학교 안으로 미끄러지듯 들어왔다. 차종을 알고 있던 몇몇 남학생들이 부러운 눈길을 보내왔지만 이내 자신에겐 비현실이라는 듯 몸을 돌려 제 갈 길로 사라져 갔다.

봄 학기를 마친 교정에는 어느새 푸른 녹음으로 가득한 초여름이 성큼 다가와 있었다. 이른 더위로 에어컨 판매량이 급증했다는 오늘 자 뉴스를 태블릿 화면으로 읽어 댈 즈음, 박 비서가 이도에게 목적지에 도착했음을 알렸다.

"오래 안 걸릴 겁니다."

이도는 박 비서에게 짤막한 한마디를 남기고 조용히 차에서 내렸다. 습관적으로 넥타이를 고쳐 맨 뒤, 안내 표지판이 가리키는 돌계단 쪽으로 걸음을 옮겼다. 초여름의 따가운 햇볕을 지나 인문관 안으로 들어서자 시원한 바람이 급하게 그를 맞았다. '심리학과' 팻말이 붙은 사무실을 찾아 성큼성큼 걸음을 옮기며 이도는 지난 주말 아침 권 영감이 한 말을 떠올렸다.

'결혼하거라. 이제 그럴 때가 되었다.'

의견 따위 묻지 않은 통보였다. 서른넷. 일만 하며 달려온 그의 나이가 '결혼'이라는 단어와 어울린다는 건 뒤늦은 깨달음이었다. 한번도 생각해 본 적 없는 인생이었다. 누군가를 책임질 인생 같은 건 그날 이후 꿈조차 꾸지 않았다.

뒤처리는 결국 그의 몫이었다. 영감이 밀어붙이기 전에 그가 손을 쓰면 될 일이었다. 그의 결혼 상대는 스치듯 만난 기억이 있는 권 영감 친구의 손녀였다. 스물넷. 결혼이라는 단어를 꺼내기에는 너무나도 어린, 그저 젊음을 즐길 나이였다. 합의된 거절을 얻어 낼 가능성이 높았다. 이도는 거침없이 발걸음을 재촉했다.

"……말씀 좀 여쭙겠습니다."

반쯤 열린 학과 사무실로 들어서자 조교로 보이는 한 여자가 고개를 들었다.

"어떻게 찾아오셨어요?"

"장효은 씨를 찾아왔습니다. 여기 있다고 들었습니다."

회의 스케줄이 조정되면서 약속 시간까지 틈이 생겼다. 맞선도 일처럼 평일 오후 스케줄에 집어넣어 버린 이도는 효은에게 아무렇지 않게 전화를 걸어 시간을 당길 수 없겠냐고 물었다. 전화기 너머에서는 빠른 대답이 나오지 않았고, 이도는 할 수 없이 지금 있는 곳의 위치를 물었다. 찾아갈 테니 차 한잔만 하자는 말엔 알겠다는 대답이 예상보다 쉽게 돌아왔다.

얼굴조차 잘 기억나지 않는 여자아이였다. 그가 학위 문제로 또래보다 늦은 전역을 하고, 권 영감에게 이끌려 시골 마을 어딘가로 여름휴가를 갔다가 한 번 만난 게 전부였다. 통통 튀어야 할 여중생이 나이답지 않게 시니컬한 표정을 짓고 있었다는 것 말고는 달리 떠오르는 게 없었다.

"효은이 지금 과방에 있는데. 제가 전화……."

"거기 위치만 알려 주십시오. 찾아가겠습니다."

이도는 안내를 받고 학과 사무실을 벗어났다. 3층 복도로 들어서자 순간 이동을 한 것처럼 조용한 적막이 일었다. 조교가 가르쳐 준 과방 앞에 다다르자 열린 문틈 사이로 한 여인이 눈에 들어왔다. 평범한 흰 티셔츠에 짙은 청바지를 입은 여자는 무언가를 열심히 써 내려가고 있었다. 그녀가 효은이라는 것을 그는 단번에 알아챘다.

"장효은."

인기척에 놀란 여자가 고개를 들었다. 목소리의 주인공을 찾아 고개를 두리번거리던 그녀의 시선이 깔끔한 진회색 슈트를 차려입은 키가 큰 남자에게로 고정되었다.

"누구……세요?"

전화까지 했으니, 그가 오기를 기다리고 있을 줄 알았다. 이도는 잠깐 헛웃음을 내놓으며 짧게 대답했다.

"권이도."

"아."

단발의 목소리가 튀어나오고 또 말이 없었다. 억지스런 만남이라는 건 이쪽도 마찬가지인 듯 보였다. 이도는 오히려 그게 더 잘된 일이라 생각했다. 짧게 끝내야겠다는 생각만 머릿속에 되새기는데 예상하지 못한 뒷말이 붙었다.

"많이 변하셨네요. 못 알아봤어요."

진심인 듯 효은의 눈빛에서 미안함이 비쳤다. 서로를 못 알아볼 정도로 시간이 흘렀다는 건 이도도 깨달은 바였다. 그의 눈앞에 서 있는 여자는 그때의 중학생 소녀가 아니었다. 성숙한 여자로 변해 있는 효은을 상상하기는 어려웠다.

"……왜요?"

어쩌다 보니 이도는 그녀를 훑고 있었다. 눈이 마주쳤다. 그는 고개를 돌렸다.

"나와. 차 한잔하자."

제 할 말만 하고 돌아선 이도는 걸음을 옮기면서도 시계를 확인했다. 그에게 시간은 곧 돈이었고, 이렇게 버려지는 시간은 의미가 없다고 생각하는 주의였다.

"학교 안에 커피숍 있어? 시간 아꼈으면 하는데."

걸어가던 이도가 효은을 돌아보며 재촉하듯 말했다.

"아이스아메리카노 두 잔 부탁합니다."

자리를 잡고 앉자마자 이도는 또다시 시계를 내려다봤다. 앞의 그
녀가 그 뜻을 알아챘으면 하는 의도적인 행동이기도 했다. 어설픈 인
사 따위를 나누며 시간을 낭비할 생각은 없었다.

"나는 이 결혼을 할 생각이 없어."

이도는 결론부터 꺼내 놓았다. 효은은 고개를 들어 그를 바라봤다.

"저는 못 할 이유가 없어요."

진짜 강적은 여기에 있었나. 이도의 눈이 차갑게 가라앉았다.

"마음에도 없는 남자와 결혼해도 괜찮은 이유는?"

"아저씨는…… 제가 싫으세요?"

아저씨. 그의 질문을 무의미하게 만드는 호칭이었다. 그 아저씨라
는 남자와 결혼을 하겠다는 어린애를 데리고 무슨 말씨름을 할까 싶
었다. 적당히 어르고 달래면 결혼은 없던 일로 하자고 할 줄 알았는
데, 생각했던 것보다는 상대하기 힘든 타입이었다.

"너는 내가 좋은가?"

기습적인 이도의 질문에 효은의 표정이 굳어졌다.

"……."

무슨 소린지 알아들었다고 생각한 이도는 간단하게 결론을 내렸
다.

"시간 낭비하지 말자, 서로."

"할아버지가 원하세요."

효은은 다른 소리를 했다. 이도는 말문이 막혔다. 네 인생을 그렇게 쉽게 포기할 것이냐고 물으려는데 효은에게서 예상치 못한 말이 흘러나왔다.

"그래도 노력은 해 볼게요. 할아버지 설득하는 거."

장난이 치고 싶은 건가. 만나자마자 결혼을 거절하는 남자. 재수가 없어 이러는 것인가 하는 생각이 들었다. 이도는 잠깐 입꼬리를 올렸지만 곧장 자리에서 일어섰다.

"결과 보고는 빠르면 빠를수록 좋아."

일 처리하듯 마지막 말을 건넨 이도는 서둘러 커피숍을 빠져나갔다. 효은은 여전히 그 자리에 앉아 있었다. 차에 오르다 뒤돌아본 건 오히려 이도였다.

❀ ❀ ❀

아침 일곱 시. 널찍한 10인용 식탁 위에는 건강한 제철 음식들이 알맞게 조리돼 올라와 있었다. 이 집에 드나드는 모든 사람이 인정할 만큼 손맛 좋은 강 여사의 지시에 따라 주방 도우미들이 일사불란하게 움직였다.

그들이 준비하는 음식은 단 2인분이었다. 널찍한 식탁의 크기에

비해 단출한 인원이었지만 그 두 사람의 입맛을 맞추는 것은 10인분을 준비하는 것만큼이나 까다로웠다. 일흔이 넘은 권 영감은 간이 맞지 않은 음식엔 두 번 손대지 않았다.

그런데 그보다 더한 것이 그의 손자 권이도였다. 짜거나 매운 것, 설익거나 모양이 예쁘지 않은 음식이 식탁에 올라가면 그대로 밥숟가락을 내려놓고 자리에서 일어나는 경우가 허다했다.

그 모든 비위를 맞추며 20년이 넘는 세월 동안 이들의 주방을 책임지고 있는 강 여사야말로 대단한 사람이라고 모두들 입 맞춰 말했다. 그 강 여사가 권 영감의 실질적인 후처라는 것은 인정하지 않은 채 말이다.

"식사하세요."

강 여사는 거실 소파에 앉아 각자 조간신문을 보고 있는 권 영감과 이도에게 조심스럽게 말을 건넸다. 아침 인사 이후, 단 한마디도 나누지 않던 할아버지와 손자는 그제야 자리에서 일어나 식당으로 향했다.

"오늘은 생물 낙지가 좋아 올려 봤어요."

강 여사는 권 영감 쪽으로 다가가 조심히 말하곤 찌개의 뚜껑을 열어 주었다. 아무런 대꾸 없이 찌개의 간을 본 권 영감은 만족스럽게 고개를 끄덕이곤 식사를 시작했다. 이도는 조용히 그를 따라 수저를 들었다.

"그래서, ……설득은 제대로 하고 온 게야?"

이미 모든 걸 꿰뚫어 봤을 권 영감이 한발 앞서 물었다. 이도는 잠깐 고개를 들어 강 여사와 눈을 맞추었다. 자리를 비켜 달라는 뜻이었다. 강 여사가 조용히 주방 사람들을 데리고 사라졌다. 이도는 수저를 내려놓고 입을 열었다.

"의미 없는 일에 힘 빼고 싶지 않습니다."

"왜 결혼이 의미가 없어?"

"……"

이도는 대답 대신 권 영감을 바라봤다. 몰라서 묻느냐는 억울함이 두 눈 가득 차올랐다.

"넌 권씨 집안 장손이야. 남들처럼 살지 못할 이유가 뭐가 있어?"

"원하시는 대로 하고 있지 않습니까?"

무언가를 참아 내듯 끊어 뱉는 그의 목소리가 한겨울처럼 시렸다.

"결혼도 이 할아비가 원하는 게다."

노인은 뭐든 쉬웠다. 그래서 물러서는 법이 없었다. 해가 뜨지 않은 새벽녘의 어두운 하늘처럼 늘 가라앉아 있는 손자의 눈을 볼 때마다 권 영감은 마음에 얹어진 돌덩이의 무게를 다시 한번 확인했다. 그가 결정했고, 그의 강요에 의한 선택이었다. 그게 맞는다고 생각했으니. 지금도 그 확신에는 변함이 없었다. 권이도는 누가 뭐래도 그의 손자였다.

"좋은 아이다."

이도가 허무하게 웃었다.

"저는 좋은 사람이 아닙니다."

그리 말하는 그의 눈은 시퍼렇고, 또 선명했다. 그날처럼.

날벼락처럼 부모를 잃은 날. 그에게 남겨진 유품은 친자 확인 불일치라는 서류 파일뿐이었다. 권이도에게 권씨의 피가 없다는 증명이었다. 매년 친부의 납골당을 찾아가던 어머니는 결국 그 비밀을 끝까지 지키지 못했다.

아버지는 진실이 담긴 서류 파일을 끝내 어머니에게 내밀지 못한 채 차를 출발시켰고, 사고는 고속도로 보호 난간을 최고 시속으로 들이받으며 우발적으로 일어났다. 그 뒷수습은 모두 할아버지 무상의 몫이었다. 서류는 당연히 그의 손에 제일 먼저 들어갔고, 노인은 이도의 눈앞에 그것을 가져와 잔인하게 내밀었다.

그의 나이 열일곱 때의 일이었다. 권 영감은 장지에 서지도 못한 채 골방에 갇혀 울고 있는 손자에게 흔들림 없는 목소리로 제 뜻을 알렸다.

'달라질 건 없다.'

'너는 누가 뭐래도 권씨다. 그러니 무덤까지 가져가야 할 비밀임을 명심해.'

'그 누구에게도 들켜선 안 된다. 알아듣겠어?'

노인의 말은 이명처럼 귓가에서 맴돌 뿐 현실로 다가오지 않았다. 그것은 족쇄였다. 외로움을 가장한 포기였다. 이도는 그날 이후, 진짜 권이도가 아니라 선홍의 수장 자리를 물려받을 후계자로만 살았다.

"그런 널 좋은 사람으로 만들어 줄 게야."

그래서 포기했다. 평범한 삶을. 어차피 그 권이도는 가짜이니까.

"그 아이는 죄가 없습니다. 자기를 사랑해 주지도 않을 남자 옆에서 시들어 가는 꽃처럼 살 의무가 있습니까?"

덮어 놓고 끝을 말하는 남자가 무엇을 두려워하는지 누구보다 권 영감이 더 잘 알고 있었다.

"못난 놈."

"그렇게 키우셨나 보죠."

이도는 자리를 정리하고 몸을 일으켰다.

"저쪽 어르신께 난처하실 일 없도록 잘 마무리하겠습니다."

고집불통. 이도는 너무나 권씨 집안의 피를 닮았다. 권 영감은 손자가 사라진 공간을 잠시 건너다보다 다시 수저를 들었다. 아침 식사가 평소보다 늦어졌다.

❋ ❋ ❋

일주일의 시간은 아주 쉽게 흘렀다. 매일매일 전쟁처럼 치고 올라오는 일들을 처리하느라 이도는 잊고 있었다. 한 여자를. 잠깐 서류를 물리고 핸드폰을 내려다봤다. 일 처리가 빨랐으면 한다는 경고에도 효은에게서는 답이 없었다. 시간을 끌어서 서로에게 좋을 건 없을 텐데.

권 영감은 여전히 뜻을 굽히지 않았다. 저쪽에서 거절하지 않으면 곧 상견례를 진행할 것이란 말까지 꺼내 놓았다. 기어이 자신의 뜻대로 하고도 남을 영감이겠지. 그의 손을 동아줄처럼 맞잡은 순간 이미 정해진 삶일지도 몰랐다. 내가 아닌, 다른 나로 살아 나갈 껍데기뿐인 삶.

'너는 여전히 권씨 집안 장남이야.'

귀에 못이 박힐 정도로 듣고 자란 주문 같은 말이 요즘은 상흔 같았다.

'저를 버리지 마세요. 잘할게요. 이 집안의 장남으로 목숨을 다해 열심히 살게요.'

그렇게 벌벌 기며 내쳐질까 봐 바닥에 납작 엎드려 말했던 권이도는 어디로 갔을까. 이도는 의미 없는 결혼만은 거부하고 싶어 하는 현재의 자신이 건방지다는 생각도 들었다.

'아저씨는…… 제가 싫어요?'

한 여자애가 손끝에 박힌 가시처럼 걸렸다. 목련꽃 같은 여자. 첫인상이 그랬다. 희고, 몽글몽글한. 자세히 보다 보면 울음을 터뜨릴 것만 같은. 알 수 없는 감정을 느끼게 하는 여자애였다.

어린애라는 생각을 다시 한번 되새기며 이도는 핸드폰을 들었다. 통화 버튼은 쉽게 눌렸다.

— ……네.

"뭐 해?"

마치 사귀는 사이라도 되는 것처럼 다정한 물음이 튀어나왔다. 이도는 자신의 행동이 조금 낯설게 느껴졌다. 경직되어 있던 입가가 조금씩 풀리자 상대편에서 날카로운 목소리가 날아왔다.

— 그게 진짜 궁금한 거예요?

퉁명스런 말투가 예전의 꼬맹이를 떠올리게 했다. 이도는 답답하게 목을 옥죄던 타이를 조금 느슨하게 풀고 천천히 뒷말을 건넸다.

"내가 궁금한 게 뭔지 네가 더 잘 알 텐데."

굳이 이 여자애를 붙잡고 해결하지 않아도 마무리할 수 있는 일이었다. 하지만 그러고 싶지 않았다. 너도 나처럼 이용당하는 상황이겠지. 당사자의 뜻 같은 건 중요하지 않은 강요. 그 부분에서 동지애를 느끼는 걸까. 이도는 효은과의 대화가 싫지 않았다.

— ……좀 기다리세요. 아직 할아버지한테 말 못 했어요.

"우리 이러다 식장 들어간다."

— …….

그답지 않은 장난스런 말투 때문일까. 효은에게선 대답이 없었다. 이도는 다른 말을 생각했다.

"저녁 먹었어?"

— 네? 그건…… 왜요?

당황한 효은이 말끝을 흐렸다.

"난 아직이야. 같이 밥 먹자."

— 아저씨.

급하니 또 아저씨였다. 이도는 덮어 둔 서류를 정리했다.

"만나서 같이 작전을 짜자고. 주소 문자로 보내. 바로 출발할 테니까."

이도는 효은의 대답도 듣지 않은 채 전화를 끊었다.

그가 효은을 데려간 곳은 한강 대교가 내려다보이는 고급 레스토랑이었다. 특별한 VIP 고객이 아니면 예약 없이는 들어서지도 못하는 곳이었다. 일부러 이곳을 골라 왔는데 효은의 관심은 창밖의 어두운 야경뿐이었다.

"왜 안 먹어?"

"저녁 시간 지난 지가 언젠데요."

효은이 테이블에 차려진 음식엔 관심 없다는 듯 고개를 돌렸다. 스테이크를 썰어 몇 점 입 안으로 넣던 이도는 곧 입맛을 잃고 포크와 나이프를 내려놓았다. 그 소리에 효은이 시선을 옮겼다.

"벌써 다 먹었어요?"

"혼자 먹으니 맛이 없네."

대놓고 하는 이도의 지적에 효은이 잠깐 미안한 표정을 지었지만 곧 그럼 어쩔 수 없는 거죠, 하는 얼굴로 다시 창가를 바라봤다. 쓸쓸한 표정이 신경 쓰였다. 또다시 비에 젖은 목련꽃이 떠올랐다.

"그런 생각을 한 적이 있어요."

효은이 여전히 창가에 시선을 둔 채 입을 열었다.

"스무 살이 되면 내 말을 잘 듣는 아주 착한 남자와 결혼해서 날

23

닮은 예쁜 딸을 낳아야지. 친구들은 다들 아나운서가 되겠다든지 유학을 가고 싶다든지 하는 그 나이에 어울리는 꿈을 꾸고 있었는데……. 난 가족을 만드는 꿈을 꾸고 있었어요. 우습죠?"

고개를 돌린 효은이 이도를 바라봤다. 지금 그녀의 눈엔 그가 어떤 남자로 비칠까. 이도는 어쩐지 상상하고 싶지 않았다.

"참고로 내가 본 넌, 현모양처 스타일은 아니야."

그가 진지하게 농담을 했다. 효은이 어이없다는 듯 웃었다.

"아주 고마운 충고네요."

두 사람의 눈이 마주치고 잠깐 정적이 흘렀다. 어색한 침묵을 견디지 못한 효은이 먼저 시선을 외면했다. 하지만 이도는 그런 효은에게서 눈길을 떼지 않았다.

사업이란 걸 업으로 삼게 된 이후, 그는 늘 사람들의 눈을 바라보며 일했다. 그 안에 모든 해답이 있었고, 눈빛으로 기선을 제압하지 못하면 일이 제대로 시작되지 않았다. 그게 이도가 세상을 살아가는 방식이었고, 그 속에서 한 번도 패배를 맛본 적 없었다. 집착 같은 이도의 시선이 효은을 괴롭혔다.

"그만 좀 봐요."

참지 못하고 효은이 조용히 혼냈다.

"보는 건 알고 있었어?"

"바보 아니에요."

일자로 굳게 다물린 효은의 입술이 이도를 웃게 했다.

"가. 데려다줄게."

결혼하지 않을 방법을 같이 의논하자던 이도는 그런 말을 한 적이 없었던 것처럼 몸을 일으켰다. 효은은 조용히 그의 뒤를 따랐다.

❋ ❋ ❋

"……재발하셨다."

주먹 쥔 효은의 손에 좀 더 세게 힘이 들어갔다. 손끝이 떨리는 걸 가까스로 붙잡았다. 무슨 일이든 이유가 없을 순 없었다. 갑작스럽게 손녀를 결혼시키려는 할아버지의 마음을 추리해 내는 건 어려운 일이 아니었다. 혹시나 했던 추측이 '역시나'로 바뀌는 순간, 효은은 그저 아픈 가슴을 움켜쥐고 '괜찮다'라는 말만 되풀이하는 게 최선이었다.

"괜찮아요. 이번에도 잘 이겨 내실 거예요. 그렇죠, 교수님? 그렇다고 해 주세요, 빨리."

"효은아……."

손 박사의 제자이자 주치의인 김 교수가 확답할 수 있는 말은 아무것도 없었다.

한때는 홀로 손녀를 키우며 살아가는 스승이 미련하다는 생각도 들었다. 병원에서 의사로 일하며 자식을 앞세운 부모를 여럿 봐 왔지만 김 교수의 눈에 스승 태호는 유난스러웠다.

딸이 손녀를 낳다 죽게 되고, 사위는 한 해가 가기도 전에 손녀를 두고 새장가를 들었을 때도 태호는 흔들리지 않았다. 효은이 걸음마를 떼던 해, 김 교수는 태호에게 권했다. 효은을 아빠에게 보내 주라고. 태호가 붙잡고 있는 건 효은이 아니라 마음속에서 떠나보내지 못한 효은의 엄마 희진이 아니냐고. 효은의 미래를 위해선 그게 맞다고.

그때 손 박사의 몸에선 이미 암세포가 자라고 있었다. 하지만 태호는 매일 밤마다 그리운 누군가를 만나고 싶다는 것처럼 잠투정을 하던 효은도, 죽음 앞에 선 자신의 몸도, 모두 포기하지 않았다. 항암 치료를 하고, 몇 년이 지나 완쾌란 두 글자를 얻어 낸 태호의 노력 앞에서 김 교수는 더 이상 어떤 충고도 하지 않았다.

그리고 태호가 암을 이겨 낼 수 있었던 것은 모두 어린 손녀 효은 때문이라는 걸 저절로 깨닫게 되었다. 그렇게 20년이 흘러 효은을 어엿한 숙녀로 키워 낸 태호는 또다시 죽음과 싸우고 있었다.

"힘든…… 싸움일 거야. 하지만 잘 보내 드리는 것도 우리가 해야……."

"부탁드려요."

효은은 약해지지 않겠다는 것처럼 입술을 깨물며 김 교수에게 고개를 숙였다.

그녀는 김 교수의 말이 무엇을 뜻하는지 알면서도 인정하고 싶지 않았다. 그저 또 한고비일 뿐이라고 생각했다. 모른 척 자리에서 일어나 진료실을 빠져나가는 효은을 김 교수는 그저 바라보고만 있을 뿐이었다.

❀ ❀ ❀

태호는 평상시와 다르지 않았다. 늘 같은 시간에 일어나 조간신문을 훑고, 도우미가 차린 아침을 먹은 후, 거실 뒤쪽에 마련한 조그만 정원으로 향했다. 언제나 같은 그림이라 달라질 것이 없다고 여긴 효은은 조용히 다가가 오늘따라 유난히 좁아 보이는 할아버지의 등을 끌어안았다.

"우리 강아지, 일어났어?"

그녀가 '아빠'란 말 대신 '할부지'란 호칭을 먼저 입에 올린 순간부터 스물넷이 된 지금까지 태호에게 불리는 말은 늘 같았다. 그렇게 달라지지 않을 관계이자 버팀목이자 전부였다.

효은은 밤새 꾹꾹 눌러 담으며 울음을 참아 낸 게 헛수고인 것처럼 금방이라도 울음이 터질 것만 같아 잇새를 있는 힘껏 깨물었다. 너무 세게 물었는지 갈라진 입술이 찢어지며 피 맛이 느껴졌다. 쓰라리고 아팠다. 이 작은 생채기에도 감각이 서는데 할아버지는 어떨까. 어떤 걸까. 그걸 그녀는 이해할 수 없어 미안했고 슬펐다.

'*우리 강아지 대신 내가 아팠으면……*'

어릴 적 효은이 잔병치레를 할 때마다 태호가 묘약처럼 꺼내던 말이었다. 그 말이면 충분했다. 그녀는 더 아프지 않고 기운을 차렸고,

언제부턴가 꼭 그 말을 들어야만 병이 나았다. 그렇게 그가 가져간 효은의 아픔이 모두 모여 병을 만든 것은 아닌가 하는 멍청한 죄책감이 들기도 했다.

'울 시간이 어디 있어. 죄책감이나 느끼고 있을 때가 아니야.'

효은은 마음을 다잡았다. 할아버지가 그녀 대신 아파해 주고 싶어 했던 것처럼, 자신도 할아버지를 위해 무엇이든 해야 하는 게 맞았다. 태호가 원하는 건 뭐든 들어주고 그를 편안하게, 행복하게 해 준다면, 병은 소리 없이 달아날 것이다. 기적처럼 완쾌하는 사람이 얼마나 많은데. 그래야 한다. 그녀에게 남은 한 사람까지 데려간다면 신은 일을 잘못하고 있는 것이다. 신이 정말 존재한다면 말이다.

"그 녀석 만났다며? 왜 말이 없어?"

며칠이 지나도 손녀가 입을 열지 않자 태호는 그답지 않게 먼저 물음을 던졌다. 그만큼 그에게는 지금 효은의 결혼이 중요한 문제인 걸까. 자기 자신의 건강보다도 더. 그래. 그녀의 할아버지라면 그러고도 남을 것이다.

"한 번 봐서 뭘 알아."

효은은 그녀답지 않게 새침하게 굴었다. 태호는 그게 긍정적인 반응이라 생각했는지 고개를 돌려 손녀의 얼굴을 잠자코 내려다봤다. 그의 입가엔 따뜻한 미소가 걸려 있었다.

"싫다는 소리는 아니군."

"아니, 그 말이 아니라……."

"누구에게나 인연은 다 있는 법이야. 하늘이 정해 준 것처럼."

곧 해탈해 어딘가로 떠나 버릴 것 같은 할아버지의 모습이 가슴을 죄어 왔다.

"근데…… 왜 꼭 그 사람이어야 해?"

전부터 이 말을 묻고 싶었다.

어쩌면 태호가 알고 있었던 걸까. 그 옛날, 풋사랑에 떨려 하던 그녀의 마음을 눈치채고 다른 누군가가 아니라 그래도 마음에 품었던 남자에게 운명을 맡겨 보는 게 어떠냐는 마지막 애달픈 선물은 아닌지.

"그 녀석이라면…… 이 할아비 맘이 놓일 것 같아서."

그리 말한 태호가 효은을 꼭 끌어안았다. 하루하루 말라 가는 할아버지의 마른 등을 효은은 조심스럽게 쓰다듬었다. 또 그렇게 하루의 시간이 가고 있었다.

❀ ❀ ❀

시간. 그놈이 얼마나 잔인한 것인지 그녀는 이제야 실감했다. 강의실에서 나와 허겁지겁 계단을 뛰어 내려가던 효은이 발을 헛디뎌 그대로 주저앉았다. 엉덩이에서 욱신거리는 통증이 느껴짐과 동시에 울음이 터져 나왔다.

'*효은아. 응급실이야. 할아버님이……*'

29

집안일을 봐주는 아주머니는 할아버지가 곧 죽을 것처럼 흐느꼈다. 암이란 게 그렇게 하루아침에 사람을 데려가진 않을 거라고 자만했던 걸까. 하지만 그녀가 아는 할아버지는 이렇게 쉽게 무너질 분이 아니었다. 갓난아기였던 그녀를 키우면서도 그 고통스러운 암을 물리쳤었다. 이번에도 그러지 않으리란 법은 없었다.

"효은아? 괜찮아?"

주저앉은 그녀를 보고 친구들이 놀라 달려왔지만 효은은 얼른 정신을 차렸다. 학교를 벗어나 택시에 타자마자 김 교수에게 전화를 걸었다. 제발 살려 달라는 말만 되뇌었다. 병원으로 향하면서 그녀는 단 한 번도 보지 못한 엄마를 향해 도와 달라는 주문을 외웠다. 제발. 그 애원이 통한 것처럼 살아 있는 태호가 병실에 누워 있었다. 효은은 그제야 안심하고 바닥에 주저앉았다.

"너무 걱정하지 마. 일단 치료를…… 시작하자."

김 교수는 넋이 나간 효은을 다독이고는 병실을 나섰다. 고통을 잠재우기 위해 마약성 약물을 투여한 태호는 깊은 잠에 빠져들어 있었다. 효은은 할아버지의 손을 목숨처럼 붙잡으며 생각했다.

이젠 무엇이든 할 수 있었다. 할아버지가 원하는 것이라면. 그것이 결혼이라도 상관없었다. 그 일로 할아버지가 안심하며 웃을 수만 있다면 그녀의 인생은 어떻게 되든 괜찮았다. 이 결혼을 거절해 달라는 그 남자를 찾아가 무릎이라도 꿇을 수 있었다.

죽음과 삶은 스스로가 정할 수 없다는 걸, 그녀의 부모님을 통해서 뼛속 깊이 배웠다. 다만 두려웠다. 혼자 남겨지는 게. 이 세상에 자신 혼자뿐인 게, 이렇게 받아들이기 힘들 줄은 몰랐다. 태호의 야윈 얼굴을 보며 효은은 숨을 삼켰다.

✸ ✸ ✸

"누구?"

릴레이 회의를 마치고 집무실에 들어서자마자 박 비서가 급히 다가와 말을 전했다. 잘못 들은 것인가 싶어 되묻는 찰나, 책상 위에 두고 간 그의 핸드폰이 눈에 들어왔다. 얼른 화면을 누르자 부재중 전화 5통과 짤막한 문자 메시지가 들어와 있었다.

[로비에서 기다려요]

효은의 메시지였다. 회사까지 찾아올 정도로 급한 일이 무엇일까. 머릿속에 떠오른 물음표를 뒤로하고 이도는 일단 겉옷을 챙겨 집무실을 빠져나갔다.

로비로 내려가자 귀신처럼 하얀 얼굴로 대기 의자에 앉아 있는 효은이 보였다. 경비 직원이 다가와 상무님을 찾았다는 말을 전했지만 이도의 귓가엔 제대로 들리지 않았다. 분명 눈이 울고 있었다.

"무슨 일이야?"

걱정스러운 마음과 달리 물음은 거칠게 뱉어졌다.

"결혼해 줘요, 나랑."

효은이 절박한 눈빛으로 말했다. 이성적인 이도는 우선 주변을 두리번거렸다. 보는 눈이 많았다. 어쩔 수 없이 효은의 팔을 낚아채 가까운 커피숍으로 들어갔다. 자리에 앉혀 두고 커피를 주문해 눈앞에 가져다주었다. 진정하라는 의미였지만 효은은 커피 따윈 관심 없다는 것처럼 아까와 같은 눈으로 이도를 바라보기만 했다. 분명 이제까지는 보이지 않던 절박함이 맞았다.

"결혼해 주세요."

"내 뜻에 동의하는 줄 알았는데?"

이도는 감정이 섞인 효은을 일부러 바라보지 않고 말했다.

"동의할 수 없어요. 결혼해야겠어요, 난."

"갑자기 이러는 이유가 뭐야?"

냉정한 물음을 던지자 들끓던 효은의 눈에 원망스러운 감정이 떠올랐다.

"어차피 하기로 되어 있던 결혼 아닌가요?"

"난 한다고 한 적 없어."

돌아온 답은 철벽이었다. 효은은 이제 궁금해졌다.

"왜 그렇게 결혼이 싫어요?"

"나야말로 묻고 싶어. 너는 결혼이 쉬워?"

눈을 피하던 이도가 그제야 효은을 똑바로 바라보며 되물었다.

"쉽다고 한 적 없어요."

"인생이 걸린 문제야. 다시 생각해."

이도는 절대 흔들리지 않았다. 효은은 마지막으로 자존심을 내려놓을 수밖에 없었다.

"어차피, 다 똑같아요. 나한테는 다 똑같은 인생이라고요. 아저씨랑 결혼한다고 내가 아닌 게 아니잖아요. 원하는 대로 해 줄 수 있어요. 욕심 같은 거 안 부려요. 다른 사람 사랑해도 괜찮아요. 조금만 살다가 헤어져……."

"일어나."

이도가 화난 것처럼 낮게 일렀다.

"아저씨."

"집에 데려다줄게."

"아저씨!"

"넌 뭐가 그렇게 쉬워! 결혼이 장난이야? 내가 원하는 걸 다 해 주겠다고?"

이도에게선 서늘한 웃음이 흘러나왔다.

"나는 너한테 아무것도 해 줄 수가 없어."

그게 무슨 뜻인지 효은이 알까. 그녀의 눈가가 떨렸다.

"……."

"자신 없는 일에는 덤비지 마. 이건 충고가 아니라 경고니까 명심해."

서늘한 이도의 말이 효은의 입을 막았다. 그녀가 모두 알아들었을 것이라 생각한 그는 자리에서 일어섰다. 효은을 데려다주기 위해 그녀의 가방을 챙겨 드는데 뒤늦은 대답이 흘러나왔다.

"난 결혼이란 걸 해야만 해요. 그게…… 누구든 상관없어요."

효은은 진심이었다. 그에게서 가방을 낚아챈 그녀는 돌아서서 홀로 커피숍을 빠져나갔다. 이도는 그녀의 뒷모습을 바라보다 두 손으로 지끈거리는 이마를 짚었다.

2. 불행한 행복

"투자자가 누구든 상관없다는 식입니다. 어차피 그들이 원하는 목표는 하나니까요."

목표는 하나다. 원하는 걸 얻기만 하면 된다. 그러자 여자의 목소리가 겹쳐 들려오는 것만 같았다.

'난 결혼이란 걸 해야만 해요. 그게…… 누구든 상관없어요.'

회의가 길어지자 아무래도 정신 집중이 쉽지 않았다. 이도는 풀어진 넥타이를 아예 벗어 버리곤 들고 있던 자료를 내려놓았다. 권 회장이 예의 주시하는 외국 투자 건으로 급히 소집된 내부 회의가 오후까지 릴레이로 이어졌다. 밥조차 간단히 도시락을 시켜 때우며 투자 건에 사활을 걸었다.

그는 증명해 보여야 했다. 권이도가 이 자리를 지킬 수 있는 능력을 가진 사람이라는 것을. 권 영감이 그를 거둬들인 이유가 그것일 테다. 그렇게 해 주고자 이 자리에 앉았다. 수시로 권 영감의 딸들이 그를 시험대에 올렸지만 단 한 번도 실수한 적 없었다. 그래야만 지켜낼 수 있는 자리였다. 이도는 서류 파일에 찍힌 '선흥'이란 글자를 훑다 정신을 차렸다.

"오늘 회의는 이쯤에서 마무리합시다."

모두 지쳐 그 말만 기다렸다는 듯 고개를 들었다.

"네. 수고하셨습니다."

또 무슨 뒷말이 나오기 전에 임원들은 얼른 줄행랑을 쳤다. 권이도의 독한 마인드에는 이골이 난 임원들이었지만 오늘은 다른 때보다 그 강도가 심한 것 같아 고개를 흔들 수밖에 없었다.

권 회장이 처음부터 장자 승계를 못 박으며, 젊은 나이의 그를 상무 자리에 올린다고 고집부렸을 때 어느 누구 하나 반기는 사람이 없었다. 모두들 언제쯤 그가 고모들의 계략에 의해 처참하게 무너질지 기다리며 구경만 하고 있을 뿐이었다.

그럴수록 이도는 독하게 싸워 냈다. 이기는 건 자신 있었다. 누군가에게 기댔다면 그는 지금 이 자리에 앉아 있지 못했을 것이다. 외롭게 싸워 올린 그만의 성. 그것만이 그를 위로해 주었다.

"저녁 스케줄은 어떻게 됩니까?"

퇴근할 생각이 없다는 것처럼 이도는 박 비서에게 다음 일정을 물었다.

"오늘은 여기까지 하시는 게 좋을 것 같습니다. 무리하셔서 좋을 건 없으니까요."

재영은 비서가 아닌 선배의 눈으로 이도를 바라봤다. 그리고 그가 부탁한 서류 하나를 조용히 건넸다.

"말씀하신 겁니다."

박 비서가 건넨 서류를 받아 든 이도는 지끈대는 관자놀이를 눌렀다. 효은이 그에게 절박할 수밖에 없었던 이유인 병원 진단서였다.

"안타깝지만 희망적이지 않습니다. 며칠 전에도 위험한 고비가 있었다고 하고요."

그날이었을까. 이도는 알겠다며 박 비서에게 그만 나가도 좋다는 손짓을 했다.

박 비서가 사라지자마자 이도는 아픈 머리를 붙잡고 눈을 감았다. 결혼해 달라며 사정하던 젖은 눈이 다시 떠올랐다. 무슨 마음인지 전부 알 수는 없어도 이해는 되었다.

가족이라고는 아픈 할아버지 한 명뿐이니, 자신의 인생을 내던져도 된다는 생각을 했을 것이다. 그 할아버지가 마지막으로 원하는 소원이 그와의 결혼이라면. 그것을 들어주고도 남을 만큼 지금 그녀는 절박했다. 이도는 생각 끝에 박 비서가 건넨 서류를 들고 자리에서 일어섰다.

"할아버지는요?"

집 안으로 들어서자마자 권 영감을 찾는 이도가 낯설어 강 여사는 잠깐 멈칫했다. 이제야 서로를 마주 보고 가까워지려나 싶어 조금은 기대감도 들었다. 얼른 권 영감이 있는 서재를 눈짓으로 가리켰다.

"금방 들어가셨어. 주무시진 않을 거야. 차라도 준비하련?"

강 여사가 돌아서 부엌으로 향하려는데 이도가 짧게 대답했다.

"괜찮습니다. 신경 쓰지 않으셔도 돼요."

쌩하니 찬바람이 부는 것은 여전했다. 강 여사는 잠깐 그 자리에 멈춰 서 쓸쓸히 웃을 뿐이었다.

이도가 서재 앞에 서서 문을 두드리자 짧은 대답이 흘러나왔다. 강 여사인 줄 알았던 권 영감은 손자의 등장에 잠깐 눈을 키우긴 했지만 예상한 것처럼 서두르는 법이 없었다.

"네가 퇴근 인사를 다 하고. 이제 정신을 차린 게야?"

책상에서 몸을 일으킨 권 영감은 접대 테이블로 다가와 자리에 앉았다. 이도는 할아버지의 뼈 있는 핀잔에도 대꾸하지 않고 그의 곁으로 다가갔다. 차를 내오게 하기 위함인지 권 영감이 전화기를 들자 이도가 입을 열었다.

"필요 없습니다. 금방 일어날 거예요."

부담스러운 건 뭐든 싫다는 녀석이니 이해한다 생각하며 권 영감은 전화기를 다시 내려놓았다.

"무슨 일이야?"

대답 대신 이도는 박 비서가 건넨 서류를 권 영감 앞에 내놓았다. 눈으로 그것이 무엇인지 훑어 낸 권 영감은 잠깐 동안 아무 말이 없었다. 그렇다고 당황한 눈빛도 아니었다. 어차피 이도가 알게 될 것이란 것도 그의 머릿속에는 이미 계산되어 있었을 것이다.

"왜 처음부터 말씀하지 않으셨습니까?"

이도가 묻자 권 영감은 손자를 한 번 바라보고는 손에 들린 서류를 내려놓았다.

"네놈한테 그게 중요한 거였어?"

핑계치고는 잔인했다. 동정심을 이용해 결혼시키려 한다고 권 영감을 더 경멸했을지도 모르나 지금의 상황도 수긍하기는 힘들었다.

"지금 다 말씀하세요."

이도는 더 이상 숨기는 것이 없어야 한다고 생각했다. 저를 동아줄처럼 붙잡으려 하는 한 여자를 그저 내치기도, 그렇다고 결혼까지 감행하기에도 이유가 불충분했다. 거절을 위해선 제대로 된 내막을 알아야 했다.

"뭘 말하라는 게야?"

"이것 때문만은 아닐 거라는 거 압니다. 할아버지가 작은 인연 하나 때문에 이 일을 끌고 올 분은 아니시잖아요?"

그에 대한 연민일 거라곤 단 한 번도 생각한 적 없었다. 피가 섞이지 않은 손자였다. 필요한 것을 얻기 위해서 영감이 그를 이용한다는 게 더 설득력이 있었다.

"그럼, 네 녀석부터 확답을 내놓아. 그 아이랑 어찌할 셈이야?"

주기 전에 받을 것부터 계산하는 사람이었다. 그렇게 사업을 일궈

이 자리까지 온 것도 알고 있었지만 자식의 일에, 가족의 일에도 그 행동과 논리를 가져다 붙일 때면 이도는 가슴속에 서늘한 찬 바람이 스쳐 갔다.

"처음부터 이때를 기다리시고 계셨단 소리로 들리네요. 옛날 인연 운운하셨던 건 핑계였고, 제가 그 아이 할아버님 상태를 알아낼 거라는 것도 계산하고 숨기신 것이고요. 이 자리에 앉아서 제가 할아버지랑 사업하듯 거래할 거란 것도 생각하신 각본입니까?"

쯧쯧. 권 영감이 혀를 찼다. 철없이 꼬이고 꼬인 마음을 언제 풀 작정인지 묻는 눈빛이었다.

"네놈이 싫다면 강요는 안 한다. 또 다른 혼처를 찾으면 그만이야."

"할아버지."

지치지도 않는 평행선이었다. 차라리 이깟 결혼 해 버리고 싶을 정도였다. 하지만 이도는 감정을 다스리고 냉정을 되찾아야 했다. 눈앞에서 울음을 삼켜 내려 주먹을 움켜쥐던 여자가 지워지지 않았다. 그녀를 위해서라도 판단은 올발라야 했다.

"저도 모두 들어 보고 결정하겠습니다. 저한테도 그럴 권리는 있는 것 아닙니까?"

이제야 말이 통한다며 권 영감은 낡은 서류 하나를 금고 안에서 꺼내 가져왔다.

"손 박사가 선흥 초창기 때 자문을 해 주고 받은 주식이 있어."

예상한 그대로였다. 어떤 양반인데. 이도는 이제야 모든 상황이 납

득됐다.

"평생 손에 움켜쥔 채 내놓지 않을 것 같던 양반이 어느 날인가 찾아와서 손녀딸에게 그걸 다 넘길 거라고 말하더구나. 그 말의 뜻이 무엇인지 이해하고도 남았지. 그러면서 너에 대해서도 얘기했어. 자기 손녀와 닮은 인생을 살고 있는 너라면, 좋은 짝이 될 거라고."

"……."

이도는 웃음이 나왔다. 닮은 삶. 어쩌면 맞는 소리일지도 몰랐다. 마음에도 없는 사람과 결혼부터 하게 될 슬픈 운명이 너무나도 닮았으니까.

"그 아이와 결혼하면 필요한 선흥 주식이 너한테 들어온다. 네 고모들보다 네가 더 선흥 회장 자리에 가까워지는 거라고. 거절할 이유가 있겠어? 부모도 없고, 하나 남은 할아버지도 얼마 안 있으면……."

"됐습니다. 그만하세요. 알아들었습니다."

정말 권 영감의 말대로 이도는 거절할 이유가 없는 자리였다. 아니, 어쩌면 그가 먼저 손을 내밀어야 할 결혼일지도 몰랐다. 권 영감이 베푼 은혜를 빠르게 갚기 위해 이보다 더 완벽한 것은 없었다.

"외로운 아이야. 더 외롭게 만들 필요가 있겠니?"

방금 전까지 주식을 입에 올린 양반의 입에서 나올 이야기는 아니었다.

외로움. 외로움이라니. 잇새로 웃음이 터져 나왔다.

"더 외롭지 않을 거라는 보장도 없죠."

이도의 대답이 허공에서 흐려졌다.

※ ※ ※

초여름이었지만 아직 병원 밖은 쌀쌀했다. 얇은 옷이라도 걸치고 나올 걸 그랬나, 잠깐 생각하고 있는 사이 카디건 하나가 그녀의 어깨에 걸쳐졌다.

"인마, 아직 여름 아니야. 그러다 너까지 병원 신세 진다. 얼른 입어."

굳이 사 온 햄버거를 밖에서 먹고 싶다고 한 건 승재였다. 효은이 사귄 친구 중 가장 오래되고 그녀의 마음을 행동만 봐도 알아차리는 승재는 답답한 효은의 마음을 눈치채고 일부러 끌고 나오는 길이었다.

"병문안 오면서 햄버거 사 오는 사람은 너밖에 없을 거야."

연못이 보이는 벤치에 자리를 잡은 효은이 볼멘소리를 했다. 하지만 경치는 나쁘지 않았고, 병원 안에 있을 때보다 마음이 조금 덜 죄어 왔다.

"이건 할아버지 선물이 아니라 네 선물이잖아. 이 오빠의 갸륵한 마음을 네가 알겠니?"

"갸륵은 무슨. 얼른 먹기나 해."

모처럼 효은이 먹을 것을 재촉하자 신이 난 승재는 사 온 햄버거 중 젤 큰 것을 친구의 입 앞에 들이밀었다.

"자. 최신버거야. 남기지 말고 다 먹어."

"승재야."

"응."

"나랑 결혼할래?"

"캑. 뭐? 너 지금 뭐라고 했어?"

기분 좋게 햄버거를 한입 베어 물던 승재가 뒤통수라도 맞은 표정으로 효은을 바라봤다. 그가 건넨 최신버거를 효은은 아무 일 없다는 듯 베어 물었다.

"농담이야."

"아니, 그런 등골 서늘한 농담을······."

"······뭐라고?"

효은이 승재를 슬며시 노려봤다.

"많이 아쉽지만 그건 불가능하단 얘기지, 내 말은."

승재가 기어들어 가는 목소리로 말했다.

"내가 여자로서 별로야?"

안 하던 자기 비하까지 하는 걸 보니 오늘 효은은 확실히 뭔가 이상했다.

"너 오늘 뭐 잘못 먹었어?"

"이 최신버거만 먹었는데."

"야, 먹지 마."

승재가 얼른 효은의 햄버거를 빼앗았다. 그러자 효은은 또 그것을 순순히 주고 포기한 듯 앞의 경치만 바라보았다. 진짜 정상은 아니었다. 할아버지의 일로 많이 힘든 걸까. 승재는 분위기를 바꿔 보려 일부러 더 목소리를 높였다.

"야, 장효은! 왜 그래? 무섭게. 오늘 좀 많이 낯설다, 친구."

"내가 아직 장효은으로 보이니?"

효은이 그의 마음을 받아 귀신 목소리를 흉내 내며 말했다.

"그만하지?"

둘은 서로를 보며 웃었다.

"재미없다. 들어가자."

"야."

햄버거는 다 먹고 들어가자고 하려는데, 돌아선 효은이 정말 귀신이라도 만난 것처럼 그 자리에 멈춰 섰다. 승재가 그런 효은의 시선이 향한 곳을 따라가 보니 같은 남자가 봐도 아주 멀쩡해서 짜증 나는 한 남자가 서 있었다.

"많이 친한가."

물음인지 생각인지 알 수 없는 한마디를 내놓고 이도는 앞만 바라보고 있었다. 두 사람이 탄 차 안에는 답답한 적막만이 흘렀다. 언제부턴가 그는 비서를 대동하지 않고 혼자서 그녀를 찾아왔다. 그게 효은은 더 불편했다.

"우리, 더 이상 할 말이 없는 걸로 아는데요."

벼랑 끝에 서 있을지라도 이제 더 이상 이 남자에겐 구걸하고 싶지 않았다. 효은은 싸늘하게 경계를 그었다.

"그래서, 아까 그 남자애가 너랑 결혼해 준다고 했나?"

어디서부터 들은 것인지 알 수 없지만 이도는 효은의 약점을 단단히 잡은 것처럼 여유 있게 질문을 던졌다. 누군가에겐 절박한 일이 또다른 누군가에겐 주도권을 쥐는 기회가 될 수도 있었다. 효은은 화가 났지만 반응하고 싶지 않았다.

"상관 마세요. 제 일이에요."

"어리게 굴지 마."

"이상한 취미가 있으시네요."

"뭐?"

"장난감을 너무너무 갖고 싶어 하는 아이 앞에서 줄 것도 아니면서 계속 장난감을 눈앞에 내밀고 있잖아요."

그녀다운 비유였다. 이도는 또다시 웃었다.

"결혼이 장난감인가?"

"혼자 진지한 척하지 마요."

이제 전면전인가 보았다. 그녀의 눈에는 기대감조차 보이지 않았다.

"아저씨도 지금 저 갖고 놀고 계시잖아요."

정확하게 말하면 그것이 맞을 수도 있었다. 그저 스쳐 가는 인연이라 생각하고 관심을 끊으면 그만이었다. 영감이 괴롭히든, 이 아이가 괴롭든, 아무 상관 하지 않으면 그만이었다.

"결혼해. 가짜라도 상관없다면……."

결국 이도는 먼저 손을 내밀어야 했다. 선흥의 회장 자리를 위해서 그런 것이라고, 결론을 내리는 게 맞았다. 너와 결혼하면 내게 필요한 선흥 주식이 나에게 넘어온다니, 나는 너와 결혼할 수밖에 없다고 말해야 맞았다. 결혼해 달라고 매달리는 게 덜 구차한 것일지도.

"아주 감사하네요."

효은은 그를 바라보지 않고 말했다.

"그러다 저 좋아지면 어쩌려고 그래요?"

고개를 돌려 하는 말이 당돌했다.

"……뭐?"

"가짜란 말은 진짜가 될 수 없다는 소리잖아요."

"넌 진짜가 되고 싶은가 보지? 그러면서 욕심부리지 않겠다고 나한 테 말한 건가? 내가 다른 여자를 만나도 괜찮다고 말한 건 너일 텐데?"

말장난이었고, 어린애와 벌이는 치졸한 감정싸움이었다. 이도는 자신이 평소답지 않다고 느꼈다. 흔들리는 게 선흥 주식 때문인지, 오늘 다른 남자에게 결혼하자고 당당히 말하던 이 여자애 때문인지 헷갈릴 지경이었으니까.

"아저씨 아니어도 결혼할 사람 많아요. 내가 말하면 할아버지도 받아들여 주실 거예요. 오늘 얘기는 안 들은 걸로 할게요. 안녕히 가세요."

효은은 거절 의사를 확실히 말하고 차에서 내렸다. 어쩐지 한 방 먹은 것 같아 이도는 가슴께가 얼얼했다. 그리고 뒤늦게 웃음이 흘렀다. 꼴, 좋다는 말이 저절로 튀어나왔다.

❀ ❀ ❀

"어서 오세……! 어, 장효!"

선 굵은 목소리로 우렁차게 손님을 맞던 기수가 효은을 보고 놀란 표정을 지어 보였다. 그리고 곧장 홀로 테이블에 앉아 혼술을 하고 있는 자신의 동생 승재를 바라봤다.

그가 지금의 조그만 전통 막걸리집을 차린 건 2년 전이었다. 고등학교를 가까스로 졸업한 기수는 일찌감치 공부가 아닌 창업 쪽으로 진로를 정하고 가게를 차렸다. 모두가 안 될 거라며 부정적으로 바라보던 일을 효은과 승재만이 응원해 주었다.

"웬일로 우리 효은 마마님이 행차하셨대?"

승재가 눈빛으로 형을 말렸지만 뜻대로 될 리가 없었다.

"혹시 남자 때문이야? 오호, 장효은도 드디어 연애를 하는 것이야? 설마, 우리 승재는 아니겠지?"

"그 입 좀 닫아라. 어떻게 안 되겠어?"

결국 승재의 입에서 거친 소리가 튀어나오고 말았다.

"냅 둬. 오빠 말 못 하면 죽을 거야."

'네가 잘 아는군.' 하는 표정으로 효은을 바라보던 기수가 심각한 두 사람의 표정을 보고는 적당한 선에서 분위기를 전환시켰다.

"일단 왔으니까 먹고 싶은 거 마음대로 시켜. 오늘은 내가 장사를 접는 한이 있더라도 너한테 제대로 대접할 테니까."

"맛있는 해물파전 만들어 주세요. 그거라도 먹어야 이 기분이 풀릴 것 같아요."

정말 무슨 일이 있는 게 분명했다. 승재는 아닌 척하면서도 효은의 표정이 신경 쓰였다. 갑작스럽게 나타난 그 남자가 누구인지도 궁금했지만 어쩐지 쉽게 물을 수가 없었다. 그녀가 먼저 말해 주지 않는다면 그가 알아서 좋을 게 없는 일일 것 같다는 생각이 들었다.

"누군지 왜 안 물어?"

기수가 음식을 만들러 주방으로 들어서자 효은이 승재에게 말을 걸었다.

"……누군데?"

기어이 그의 입으로 묻게 만드는 효은이었다.

"내 첫사랑."

뜬금없는 고백에 승재는 눈을 키웠지만 곧 웃어 버렸다.

"그 첫사랑 나 아니었어?"

"뭔 자신감?"

"섭섭하네, 친구."

그런데 어쩐지 기분이 묘했다. 첫사랑이라니. 효은을 여자로 생각한 적은 없었다. 하지만 늘 챙겨 주고 싶은 여동생 같은 기분이 들었다. 그녀의 사정을 가장 잘 아는 사람이 그였기에, 어쩔 땐 보호자 같은 마음이었다.

"할아버지가 그 사람이랑 결혼하래."

효은은 폭탄 발언을 아주 담담히 했다.

"뭐, 갑자기……?"

"마지막 소원 같은 거지."

효은이 슬픈 눈을 감추고 웃어 보였다.

"그래서, 할 거야?"

오늘 뜬금없이 결혼을 운운하는 효은이 수상하면서도 걱정스러웠다. 그 이유가 갑작스러운 결혼 약속 때문이었다니. 승재는 마음이 무겁게 가라앉았다. 기분이 이상했다.

"그 사람이 아니라도 결혼은 해야겠어. 그러면 할아버지가 더 오래 사실 것만 같아. 아니, 그러실 거야."

무슨 마음인지 충분히 이해했다. 하지만 그 이유 때문에 마음에도 없는 사람과 결혼하라는 말은 할 수가 없었다. 결혼이라는 게, 그렇게 쉽게 결정할 일은 분명히 아니었다.

"할아버지 마음은…… 너 혼자 남겨지는 게 걱정돼서 그러시는 거잖아."

"맞잖아. 나 혼자 남겨지는 거."

냉정하게 현실을 말하는 효은이 안쓰러웠다.

"효은아."

"그 사람이 가짜 남편 해 주겠대. 왜 그렇게 말하는지 알아. 근데 화가 나더라. 난 이렇게 절박한데, 그 사람은 가짜 운운하는 게. 그래서 너 아니어도 결혼할 남자 많다고 하고 돌려보냈어."

"뭐?"

심각한데 또 웃음이 나올 것 같기도 했다.

"그냥 한다고 할걸. 조금 후회된다, 친구야."

하하하. 웃음이라도 터뜨려 줘야 할 것 같았다. 그래야 상처 입은 효은의 마음이 조금이나마 소독될 것이라고 승재는 생각했다. 하지만 웃지 못했다. 효은이 결혼을 하겠다니. 꿈에도 생각 못 한 일이었다. 승재는 애꿎은 술잔만 만져 댈 뿐이었다.

❀ ❀ ❀

핸드폰을 앞에 두고 골똘히 생각에 빠져 있던 이도는 비서실의 멘트에 고개를 들었다.

― 상무님, 작은고모님께서 찾아오셨습니다.

이윽고 상무실 문이 노크도 없이 열리고 중년의 여인이 제집처럼 들어섰다.

"업무 중입니다. 급한 일 아니시면……."

"그래. 너도 날 무시하는 게 몸에 밴 사람이지? 어쩜 네 아버지 젊었을 때랑 똑같은지."

주기적으로 찾아와 그를 쑤셔 대는 게 일인 사람이었다. 안타깝게
도 그녀는 모르고 있었다. 그 똑같이 닮은 아버지가 그와 피 한 방울
섞이지 않은 남이라는 것을. 한 번씩은 우습다는 생각도 들었다. 마음
은 이미 다칠 공간도 없었으나 귀가 뚫려 있는 탓에 매번 그 소음을
들어야 했다.

"할아버지한테 또 무슨 소리를 듣고 오신 건지 모르겠지만 오늘은
그만 가시죠? 저도 화풀이할 상대가 필요하던 참이라."

건드리면 물겠다는 선전 포고에 영란은 잠깐 주춤했지만 네가 무
슨 수로 덤비겠냐는 듯 자릴 잡고 앉아 가방 안의 담배를 꺼냈다.

"이거 한 대만 피우고 가마."

"금연입니다."

"그래서?"

영란이 이도를 노려봤다. 그래서, 네가 어쩔 셈이냐는 막무가내의
눈빛은 이 집안의 내력인 것 같기도 했다. 차라리 일로 승부하는 큰고
모 선영이 대하기는 편했다. 영란은 권 영감과 닮았다. 자식을 볼모로
앞세워 자신의 욕망을 채우려 드는 것이 어쩌면 이리도 비슷할까.

"결혼한다고?"

이도는 권 영감의 입이 그리 무겁지 않다는 것을 또 한 번 깨달았다.

"생각 중입니다."

"결혼 같은 걸로 네 자리 굳힐 생각 없는 것처럼 거만하게 굴더니,

어째 마음이 바뀌었어? 왜, 영감이 손주 하나 보기 전엔 이 선홍 줄 생각이 없대? 천하의 권이도도 이제 내리막길인가. 언니가 신사업 성공하고 아버지랑 독대를 하니 똥줄이 타기 시작했어?"

권 영감이 핏줄을 다루는 방식은 비슷했다. 결과를 가져오라 어르고, 해내면 그것을 가지고 다른 것을 얻어 냈다. 그러면서도 절대 전부를 꺼내 보여 주지도, 약속하지도 않았다. 이도에게도 마찬가지였다. 그 역시 언제 영감에게서 버려질지 모르는 운명이었다. 그때가 되면 모든 걸 내려놓겠다고 생각했지만 이 지겨운 이득 싸움에서 패배자가 되고 싶진 않았다.

"결혼한다고 달라질 건 없습니다."

"그럼, 왜 한다는 거야?"

영란이 이도를 보자 그의 눈빛이 묘하게 흐려졌다.

"……."

"뭐야. 우리 모르게 연애라도 했니?"

그럴 리 없다는 확신이 있으면서도 영란은 의심할 수밖에 없었다. 권이도가 다르게 움직였다. 여러 가능성을 열어 놔야 했다. 이도를 이 자리에서 끌어내리고 자신의 아들을 앉히려면 어떤 단서라도 그녀에게는 소중했다. 그게 영특한 이도의 머리에서 흘러나오는 거짓이라고 해도, 그 계산까지 미리 해 두는 편이 맞았다.

"남자인 걸 포기할 만큼 여유 없진 않습니다."

"……뭐?"

이도가 여자를 만나는 건 본 적이 없었다. 혹시 모를 약점을 잡기 위해 미행을 붙여도 그는 너무도 건전하게 살았다. 그게 오히려 이상할 정도였다. 기계처럼 살아야 하는 이유라도 있는 것처럼 그는 보통 사람과는 다른 삶을 살았다. 그런 그의 금욕 생활을 멈추게 만든 여자가 나타났다고? 그걸 믿으라는 건가. 영란은 과부하가 된 머리를 돌리기가 쉽지 않았다.

"생각은 집에 가서 천천히 하시고, 이만 나가 주시죠."

이도는 핸드폰을 재킷 주머니에 챙겨 넣고 일어섰다. 가 봐야 할 곳이 있었다.

영란은 이도가 평소와 다르다는 걸 여자의 직감으로도 알아챌 수 있었다. 뭔가가 달랐다. 그게 정말 결혼할 여자 때문일까. 그렇다면 이유가 있을 것이다. 이도의 바쁜 뒷모습이 그녀의 궁금증을 더욱 키워 냈다.

※ ※ ※

병실 문을 열자 노인은 기다린 것처럼 그를 맞았다. 그가 한 번쯤은 만나러 올 것이라 예상했던 걸까. 그게 자신의 손녀에 대한 긍정이든 부정이든, 어느 쪽으로든 결론을 내리기 위해선 이도의 방문은 당연하다고 생각한 것 같았다.

"이거……, 입맛 도는 과일입니다."

박 비서를 통해 효은의 할아버지 상태와 치료에 도움이 되는 음식 리스트를 전달받았다. 현재 복막까지 암 전이가 진행된 상태라 소화도 쉽지 않다고 들었다. 어떻게든 항암 치료를 받기 위해 버티려면 먹어야 했다. 그 때문에 효은이 신맛 나는 과일을 사다 나르고 있다고 들었다. 그중에도 최상의 것들을 주문해 가지고 온 길이었다.

"……고맙네. 앉게나."

효은은 학교를 가고 없었다. 간병인이 조용히 자리를 비켜 주자, 통증이 좀 가셔 움직일 수 있는 상태가 된 태호가 일어나 앉았다. 이도는 조용히 그의 곁으로 다가가 자리를 잡았다. 예전, 시골 마을에서 마주했던 건강한 태호의 모습은 사라지고 없었다.

인생이라는 건 어느 순간, 소용돌이처럼, 자신이 원하지 않는 방향으로 흘러가 버리곤 했다. 그래서 모두들 현재를 후회 없이 살아야 한다고 충고했다. 하지만 그걸 깨달은 이들은 이미 행복할 시간을 부여받지 못하는 운명 앞에 놓여 있었다. 그를 무연히 바라보는 태호의 마른 눈빛에서 이도는 그것을 읽었다.

"많이 부담되는가?"

불쑥 건넨 태호의 물음이 이도의 죄책감을 흔들었다.

"……아닙니다."

"미안하네……. 나도 이렇게 서두를 생각은 없었어."

지금 모습만으로도 이유는 충분했다. 하지만 이도는 궁금했다. 왜 그였는지. 그저 한 번 스쳐 가듯 얼굴을 본 게 전부인 사이였다. 그가 누구인지, 어떤 생각을 가지고 사는 인간인지, 태호가 알 리 없었다. 그리고 만약 알았다면, 그는 절대 효은에게 맞는 짝이 아니었다.

"왜…… 접니까?"

끝내 참지 못한 이도의 물음이 태호에게 닿았다. 잠깐 거친 숨을 몰아쉬던 태호가 짧게 웃었다. 그리고 천천히 이도의 손을 끌어와 붙잡았다. 주삿바늘이 꽂힌 그의 손은 따뜻했다. 이도는 어쩐지 그것이 견딜 수가 없었다.

"효은이가 자넬 좋아했어. 한 번씩 묻곤 했지. 그 까탈스런 녀석이 말이야."

전혀 상상하지 못한 대답이었다. 이도는 잠깐 숨을 삼켰다.

"나도 자네라면 어떨까 생각했었어. 권 회장이 원하는 것이야 들어 주면 그만이야. 내가 원하는 건…… 우리 효은이가 홀로서기를 하는 거라네. 자네가 도와줄 수 있겠나?"

홀로서기. 태호는 이도에게 효은과 결혼하여 그녀의 홀로서기를 도와줄 것을 부탁했다. 그 뜻이 무엇일까. 그에게 바라는 게 기댈 수 있는 남편이 아닌 걸까. 태호의 말들이 쉽게 받아들여지지 않았다.

"저한테 원하시는 게…… 그뿐이십니까?"

"그 이상은…… 내 욕심 아니겠나? 혼자 있는 나 때문에 제대로 긴 여행 한번 못 가 본 애야. 정말 행복해야 할 나이에, 내 병수발을 하느라 기약 없이 세월을 보내게 하고 싶지 않아. 이것 역시 내 이기적인 마음이겠지. 자네를 이용하는 날, 용서해 주겠나?"

태호가 미안한 웃음을 흘렸다. 어쩌면 이 노인은 모든 걸 알고 있을 거란 생각도 들었다. 그가 맡은 역할에 충실할 사람이라는 것을, 이미 그런 인생을 살고 있다는 것을.

"효은이가 불행해질 수도 있습니다."

이도는 당연한 최악을 경고했다.

"그 불행도 행복으로 잘 바꿀 아이야. 자네가 믿어 주게."

믿음과 신뢰. 그것을 뒷받침해 줄 수 있는 사랑. 태호가 효은에게 남기려는 것들이었다. 이도는 경험할 수 없는 마음들. 결혼을 생각하는 두 노인의 목적은 그렇게도 달랐다. 쓸쓸함이 가슴을 휘저었다. 웃는 것밖에 할 수 있는 게 없었다. 이도는 태호의 손을 힘껏 마주 잡는 것으로 대답을 대신했다.

병실에서 나온 이도는 눈을 동그랗게 뜬 효은과 마주쳤다. 그녀의 당혹스런 표정 안에 모든 게 담겨 있었다. 그가 왜 여기 있는지. 그녀가 그토록 결혼에 절박했던 이유를 숨기고 싶었던 마음까지. 이도는 그 전부를 헤아린 것처럼 아무렇지 않게 그녀의 앞으로 다가갔다.

"밥 먹었어?"

효은은 어이가 없었다. 이 남자에게 그녀는 밥으로 보이는 걸까. 그는 효은만 보면 배가 고픈 것 같았다. 그녀는 말없이 이도를 바라보고 서 있기만 했다.

"가자. 맛있는 거 먹으러."

"아저씨."

거절할 틈도 없이 이도에게 팔이 붙잡혔다. 효은은 내치지 못하고 못 이기는 척 그를 따라나섰다. 솔직히 그가 아니라면 뾰족한 방법이 없는 게 현실이었다. 차라리 모든 걸 들켜 버린 지금 순간이 마음만은 편한 것도 사실이었다.

병원 근처 한정식집에 들어선 두 사람은 각자 몫의 식사를 주문했다. 하지만 이도는 처음부터 식사의 목적은 그녀였다는 것처럼 효은의 숟가락질만 체크하고 있었다.

"더 먹어."

그는 효은 쪽으로 불고기가 담긴 접시를 다정히 밀어 주었다.

"먹고 있어요."

그의 친절이 낯설어 효은은 퉁명스럽게 답했다.

"다 먹을 때까지 아무 말 안 할 테니까."

이 남자 정말 왜 이럴까. 효은은 이도가 얄밉기도 하고, 또 한편으로는 무섭기도 했다. 지금 그녀는 누구에게든 기대고 싶은 상태였으니까. 이럴수록 당신만 손해라고 말하고 싶었다.

"내 보호자라도 되는 것처럼 굴지 마요."

그녀 또한 경고했다. 보호자. 이도는 효은의 정의에 흐린 웃음을 내놓았다. 그랬다. 남편이 아니라 보호자가 더 어울리는 상대이긴 했다. 어쩌면 그때 병원 앞에서 만난 친구가 효은의 결혼 상대로는 더 어울릴지도 몰랐다. 그런 생각이 들자 이도는 다시 태호의 말이 불쑥 떠올랐다.

'효은이가 자넬 좋아했어.'

"좋아하는 사람 있어?"

무슨 생각일까. 물음이 멋대로 튀어나왔다.

"……네?"

밥을 먹다 뒤통수를 맞은 것처럼 효은이 고개를 들었다.

"그럴 나이잖아."

이도는 누군가를 생각하는 듯한 눈빛이었다.

"걔는…… 그냥 친구예요."

효은은 없는 사실을 오해하게 만들고 싶진 않았다.

"그 친구 놀랐겠군. 갑자기 네가 청혼을 해서."

이도는 조금 안심한 얼굴로 물잔을 들었다.

"생전 처음 본 사람한테도 결혼하자고 했어요."

효은은 그게 당신이라는 것처럼 이도를 바라봤다.

"우리, 처음 본 건 아니잖아."

이도는 자꾸만 알고 싶어졌다. 너는 그때 왜 나를 마음에 품었는지. 그 처연하고 감정 따윈 없었던 남자를. 정말 진심이었는지. 하지만 솔직하게 물을 수 없었다. 모르는 척하는 게 맞았다. 받아 줄 수 있는 마음이 아니었다. 그는 그녀를 철저히 이용해야 할 운명이니까.

"결혼할 남자는 찾았어?"

상념을 지운 이도가 본론을 꺼냈다.

"……찾고 있는 중이에요."

효은은 작아진 목소리로 받아쳤다.

"네 할아버지가 원하시는 건 나잖아."

그의 뻔뻔하고도 자신 있는 목소리가 효은의 오기를 더욱더 부추겼다.

"그래서요?"

"자존심 부리고 싶어?"

이미 모든 걸 꿰뚫어 본 남자였다. 효은은 더 이상 의미 없이 버틸 필요가 없다는 생각이 들었다. 하지만 알아야 했다. 왜 그의 마음이 갑자기 바뀌게 되었는지.

"결혼하기 싫다고 한 건 아저씨였어요."

"생각이 달라졌어."

"……왜요?"

효은이 조금은 기대하는 눈빛으로 그를 바라봤다. 이도는 자신이 잔인해져야 한다고 생각했다. 그게 맞았고, 그게 효은을 위한 것이라고 이미 결론 내렸다.

"우리 집 영감님이 끈질긴 사람이라. 네가 안 되면 다른 여자를 생각할 거야. 어차피 그래야 하는 거면, 네가 좋을 것 같아. 너라면……, 감정 없이 깔끔하게 헤어져 줄 것 같아서."

애써 실망감을 감추려 하는 효은의 눈동자가 그를 마주 보지 못하고 비껴갔다. 만약 연인 사이였다면 아주 잔인한 말이었다. 이런 소리를 아무렇지 않게 하는 남자. 어쩌면 그녀가 상대할 수 없을지도 몰랐다. 하지만 효은도 답이 없었다. 그가 마지막 동아줄이었다.

"내가 원하는 건 들어줄 수 없다면서요?"

이성적이어야 했다.

"뭘 원하는데?"

"할아버지가 살아 계시는 동안…… 행복한 결혼 생활을 보여 드리는 거요."

그녀는 처음부터 그것밖에 바라는 것이 없었다.

"최대한 노력해 볼게."

그의 대답은 쉽게 흘러나왔다.

"진짜죠?"

"그래."

이도가 진심을 전하는 눈빛으로 고개를 끄덕였다.

"근데, 그러다…… 할아버지가 병을 이겨 내셔서 저보다도 더 오래 사시면요?"

엉뚱하지만 애처로운 질문이 이도의 가슴을 뜨겁게 만들었다.

"그럼 그때까지 난 헤어지잔 말을 못 하는 거지."

방금까지 감정 없이 헤어질 여자를 찾던 남자가 맞는 걸까. 효은은 이 남자의 의중을 알 수가 없었다. 하지만 그것도 상관없었다. 그녀가 원하는 것만 얻으면 되는 것이었다.

"다른 말 하기 없기예요."

효은이 그를 진지하게 노려봤다.

"그래."

"그럼, 우리 결혼하는 거예요?"

"그래."

"정식으로 청혼해 주세요."

"뭐?"

효은의 당돌한 요구에 이도가 황당한 웃음을 흘렸다.

"할아버지한테 말할 에피소드가 필요해서 그래요."

귀여운 변명 같았다. 이도의 입가엔 웃음이 사라지지 않았다.

"나랑 결혼해 줄래?"

"……."

"장효은."

효은이 그를 바라보며 처음으로 밝게 미소 지었다. 예뻤다. 마음이 시큰거리게. 이따위가 뭐라고. 그에겐 없다고 생각했던 심장이 잠시 살아 있는 것처럼 뛰는 것 같았다.

"잘 살아 봐요, 우리."

효은이 손을 내밀었다. 이도가 작고 하얀 손을 붙잡았다.

그는 이 순간을 기억했다. 후회의 불씨가 되어 그를 좀먹은, 그럼에도 마음에 새길 수밖에 없는 불행한 행복으로.

3. 흔들리는 마음

초여름의 반짝 더위가 물러가고, 장마가 찾아오려는지 연일 꿉꿉한 날씨가 이어지고 있었다. 주말을 맞아 나들이를 떠나려는 차들로 도로는 조금씩 정체 구간을 보이기 시작했다. 권 영감의 옆자리에 앉아 손목시계로 시간을 확인한 이도는 박 비서에게 조금 더 서둘러 달라는 눈짓을 보냈다.

상견례를 치를 장소는 두 집안의 중간 지점에 있는 호텔 중식당으로 정했다. 평소 중식을 좋아한다며 그 집이 검증된 맛집이 확실하냐고, 진지하게 묻던 효은의 목소리가 생각나자 이도의 입가에 잠깐 미소가 머금어졌다.

"곧 비가 쏟아질 것 같구먼……."

무상이 창밖을 건너다보며 혼잣말처럼 중얼거렸다.

그날도 비가 왔었다. 자식을 가슴에 묻고 홀로 남은 손자와 평생의 비밀을 만들었다. 그리고 지금 그 녀석을 떠밀 듯 결혼으로 밀어 넣었다. 과연 잘한 일일까. 그도 답을 알 수가 없었다.

버릴 수 없는 욕심 때문이라는 것은 인정했다. 하지만 그게 전부라고는 말할 수 없었다. 무상이 고개를 돌려 옆자리의 이도를 바라봤다. 그는 흔들림 없이 앞만 보고 있었다.

단단한 버팀목. 그 역할을 이도는 충실히 해 주었다. 더 무엇을 바랄까. 무상의 입이 썼다. 이 녀석이 그의 핏줄이었다면. 놓지 못할 아쉬움도 그만큼 커졌다.

"도착했습니다."

박 비서의 말에 무상은 옆에 놓아둔 지팡이를 짚고 힘겹게 차 안에서 빠져나갔다. 이도의 부축을 받으며 호텔 안으로 들어서자 그를 알아본 지배인들이 깍듯한 인사를 올리며 안내를 해 왔다.

약속 시간보다 일찍 도착했기에 그들이 만나기로 한 룸 안에는 가지런하게 세팅된 테이블만이 놓여 있었다. 권 영감과 이도가 자리에 앉아 목을 축이는 사이, 노크 소리와 함께 문이 열리고 휠체어를 탄 태호와 효은이 종업원의 안내를 받으며 들어섰다.

"……우리가 늦었습니다."

"아니올시다. 우리도 금방 도착했소."

태호와 무상이 반가운 악수를 나누고, 이도와 효은이 차례로 양가 어른에게 조용한 인사를 올린 후 자리에 앉았다. 두 사람은 마주 앉으며 자연스럽게 서로를 바라봤다. 말끔하게 슈트를 차려입은 이도는 오늘따라 더욱더 멋스러웠고, 새하얀 투피스 차림의 효은은 단정하고 단아한 아름다움을 드러냈다.

"먼저 이 결혼을 급하게 서두르게 된 걸, 모두에게 미안하게 생각하네……."

태호가 먼저 입을 열었다.

"그렇게 생각할 필요 없네. 다르게 보면 좋은 짝을 빨리 만나게 돼서 다행 아닌가."

무상이 태호의 말을 받아 주었다. 효은 가족을 배려해 넷만 참석한 단출한 자리였다. 태호는 이도와 효은을 바라보며 무사히 이 자리에 참석할 수 있어 다행이란 생각을 했다. 하루가 다르게 증상이 악화되는 상황에서 외출 허락을 받는 게 쉽지는 않았다. 주치의인 김 교수에게 하루만 강도 높은 약을 처방해 달라고 요청했지만 돌아온 대답은 컨디션 조절을 잘하라는 꽉 막힌 한마디뿐이었다.

그러나 포기할 수 없었다. 꼭 이 자리를 지키고 싶었다. 처음이자 마지막으로 하늘에 빌었다. 다행히 아침부터 통증이 가시기 시작했다. 무리하지 말라는 효은의 애원에도 태호는 괜찮다며 웃어 주었다.

"우리 아이가 아직 어리고, 큰 집안을 이끌기에는 부족한 부분이 많은데도 좋게 봐 줘 고마울 따름이야. 권 상무가 앞으로 우리 효은이를 잘 가르쳐 주고 보듬어 주길 부탁하네."

효은은 울음이 터질 것 같아 고개를 숙였다. 결혼이라는 게 정말 현실로 다가온 순간이었다. 태호를 떠나보내야 한다는 무서운 사실이 실감 나기도 했다. 그런 효은을 바라보던 이도가 그녀 앞으로 조용히 물잔을 밀어 주었다. 가까스로 울음을 참은 그녀가 그에게 고마운 마음을 전하듯 애써 웃어 보였다.

태호의 몸 상태를 생각해 상견례는 간단히 끝났다. 병원으로 같이 돌아가겠다는 효은을 이도 옆에 세운 건 태호였다. 얼른 결혼 준비를 서두르라는 거였다. 두 사람이 좀 더 가까워지길 바라는 마음도 읽혔다. 이도는 권 영감을 회사 차편으로 보내고 박 비서가 가져온 본인의 차에 태호와 효은을 태웠다. 병원으로 향하는 내내 그는 태호의 상태를 살폈다.

할아버지의 옆을 지키던 효은은 몇 번이나 이도와 눈이 마주쳤다. 이제 와 생각해 보니 그는 고마운 사람이었다. 이 결혼이 급작스럽게 느껴지는 건 그녀보다 그가 더할 것이다. 가짜라는 선을 긋긴 했지만 그는 진짜처럼 믿음직스러운 신랑감이었다.

"몸 챙기시고요. 자주 찾아뵙겠습니다."

병원에 도착하자 마중 나와 있던 김 교수가 태호를 맞았다. 이도는 효은의 옆에 서서 태호에게 깍듯이 고개를 숙이며 인사를 건넸다. 효은을 맡기고 돌아서는 태호의 얼굴은 평온했다. 효은은 그것만으로도 감사했다.

둘은 차에 올라 행선지를 정했다. 당장 몇 주 뒤로 잡힌 결혼 준비를 해내려면 지금부터 바쁘게 발품을 팔아야 할 것이다. 하지만 이도 혼자만의 생각이었던 것일까. 효은이 불쑥 다른 소리를 꺼냈다.

"오늘 꼭 결혼 준비 해야 해요?"

"뭐?"

"나……, 지금 정말 가고 싶은 곳이 있는데."

효은은 이도를 바라보며 조르듯 말했다.

"아, 맞다. 아저씨는 내 말 아무것도 들어줄 수 없다고 했죠."

그녀가 곧장 풀 죽은 목소리를 내놓았다. 이렇게 그를 쥐락펴락할 줄은 몰랐다. 열 살 차이가 무슨 의미일까. 이도는 핸들을 힘 있게 움켜쥐며 말했다.

"……어딘데?"

깍깍, 환호성인지 고문당하는 소리인지 헷갈리는 목소리들이 여기 저기서 터져 나오자 이도는 정신이 하나도 없었다. 효은이 꼭 가 보고 싶었던 곳은 다름 아닌 놀이공원이었다.

장맛비가 쏟아지는 날 놀이공원이라니. 그가 못마땅한 표정을 짓자, 효은은 실내 놀이기구를 타면 된다고 고집을 부리며 그를 이곳으로 데려왔다.

이도는 자꾸만 이 어린 여자에게 끌려다니는 자신이 우스웠지만 어찌해 볼 수도 없었다. 싫다고 한마디만 하면 되는데, 어느새 그도 모르게 그녀의 의중을 살피며 모든 것을 맞춰 주고 있는 것이었다.

놀이공원에 들어선 효은은 여느 스물네 살 여자들처럼 신나 하며 공간 여기저기를 둘러보았다. 비가 내리는 탓에 사람들이 넘쳐 나진 않았지만 주말을 즐기는 가족과 연인들로 실내 놀이공원 안은 북적였다.

이도는 효은이 왜 이곳에 오고 싶어 했는지 알 수 있을 것 같기도 했다. 평범한 행복. 그런 것들을 꿈꾸지 않게 되면서 이도는 모든 걸 포기하며 살았다. 놀이공원에 와 본 것도 오늘이 처음이었다. 그는 행복하게 웃으면 안 된다고 생각했다. 그렇게 살아야 한다고 자신을 채찍질했다.

효은도 지금 마찬가지일 것이다. 아픈 태호를 떠나보내야 한다는 게 실감 나지 않을 것이다. 어디로든 도망치고 싶을 것이다. 남들처럼 살고 싶을 것이다. 그녀 또래들처럼 평범한 일상을. 그 마음을 어떻게 설명할 수 있을까.

"뭐부터 탈까요? 아저씨가 자신 있는 거 말해 보세요."

효은의 재촉에 이도는 이리저리 놀이기구들을 둘러보았다.

"너 혼자서 타. 난 적당한 데 앉아 있을 테니까."

이도가 딱 잘라 말했다. 하지만 효은이 그런 그를 그냥 둘 리 없었다. 서른넷이나 먹고 놀이기구를 무서워하냐는 둥, 한 기업을 이끌 남자가 이런 것도 못 타는 건 전 세계 CEO들을 욕보이는 수치가 아니냐는 둥, 되지도 않는 이론을 가져다 붙이며 이도의 자존심을 긁어 대기 시작했다.

결국 이도는 효은과 함께 바이킹 기구 안에 앉게 됐다. 그는 저절로 안전바를 세게 움켜잡았고, 효은은 그런 이도에게 단단히 팔짱을 꼈다. 급작스런 스킨십에 놀란 것도 잠시, 바이킹이 세차게 출발했다. 기구가 오르내리는 것에 맞춰 사람들이 환호성을 내질렀다.

"까아!"

처음엔 무덤덤했던 이도도 생각지 못한 쾌감에 가슴이 뻥 뚫리는 기분을 느꼈다. 언제나 조이고 조이기만 했던 마음속 빗장이 잠시 숨을 쉬는 것만 같았다. 스트레스를 푸는 법도, 건강하게 이겨 내는 법도 몰랐던 그였다. 자신을 이곳에 데려와 준 효은에게 오히려 고마워해야 했다. 이도는 신이 나 소리를 지르는 효은의 옆모습을 바라보며 또다시 자신도 모르게 미소 지었다.

"우웩."

"괜찮아요?"

"괜찮……, 자, 잠깐만."

쉬지 않고 놀이기구 시승식을 마치고 내려오는 길. 이도는 결국 참지 못하고 가까운 화장실로 직행했다. 오기 반, 호기심 반으로 효은을 따라 모든 기구를 탔던 것이 이런 결과를 가져올 줄은 몰랐다.

나름 각종 운동으로 다져진 몸이라 체력에는 자신이 있었는데, 놀이기구와는 친해질 수 없다는 걸 이번에야 깨닫게 되었다. 그걸 알게 해 준 효은에게 고마워해야 하는 것인지, 이도는 위장 속의 모든 것을 게워 내며 생각했다.

"자, 이거 마셔 봐요."

힘든 걸음으로 화장실을 나서자 효은이 얼른 그에게 다가와 보리 음료 하나를 내밀었다.

"……생각 없어."

창백한 얼굴로 이도가 고개를 저었다.

"내 말 들으세요. 속 안 좋을 땐 보리 물 마시면 금방 괜찮아진다니까요."

효은은 기어이 이도의 손에 음료수병을 쥐여 주었다. 이도는 효은의 성의를 무시할 수 없어 음료수를 입으로 가져갔다. 그런데 정말 보리 물이 들어가자 뒤틀린 속이 가라앉는 기분이 들었다. 지금 이 순간만큼은 효은이 그를 너무도 잘 아는 보호자 같기도 했다.

"어때요? 좀 괜찮죠? 할아버지도 그렇게 속 많이 가라앉히셨어요."

간병을 하며 터득한 방법인 줄은 몰랐다. 효은의 배려가 안쓰럽게 느껴져 이도는 분위기를 바꿔 보려 했다. 놀이기구 말고 하고 싶은 것이 있으면 말하라고 하자 효은은 저 멀리 보이는 포토 존을 가리켰다.

"오늘 에피소드, 남겨야죠."

그녀의 웃음이 이젠 사악해 보였다.

기념사진을 찍는 곳엔 벌써 여러 쌍의 커플들이 대기하고 있었다. 그들 사이에 끼어 있으니 효은과 이도도 평범한 연인 사이 같아 보였다. 이도의 옆에 선 효은은 긴장한 듯 그와 거리를 유지하며 떨어져 있었다. 이도는 그런 그녀를 당겨 자신의 곁에 붙어 서게 했다. 효은이 놀란 눈으로 그를 바라봤지만, 이도는 모른 척 앞으로 시선을 주었다.

"자, 다음 손님!"

사진사가 두 사람을 불러 포토 존 앞에 세웠다.

"커플이시죠? 일단 같이 붙어 서 보시겠어요?"

이도는 망설임 없이 효은을 자신의 쪽으로 끌어당겼다. 효은은 자꾸만 가슴이 두근거려 어색해질 수밖에 없었다. 놀이기구를 탈 땐 정신없이 팔짱을 끼기도 했지만 사람들이 지켜보는 가운데 연인 같은 포즈를 취하려고 하니 자꾸만 발가락이 간지러운 기분이었다.

"두 분, 조금만 더 붙어 보세요! 남자분이 여자분 어깨를 감싸 보시겠어요? 여자분은 남자분 허리를 감으시고요. 네, 좋습니다."

심장이 터질 것 같다는 말을 이런 때 하는 것일까. 효은은 그녀와 달리 평온한 얼굴의 이도를 살짝 올려다보며 생각했다.

이 남자는 모를 것이다. 그가 그녀의 첫사랑이었다는 걸……

처음엔 아무런 감정도 담기지 않은 채 텅 비어 있는 눈 때문에 관심이 갔다. 그러다 재수 없는 말투에 금세 싫어지기도 했다. 그런데 굳어 있는 그의 표정을 보자 또 마음이 쓰였다.

성인이 되어 다시 만났을 땐 그가 내뱉은 독한 말들에 상처를 받았다. 하지만 숨어 있는 그의 따뜻함이 자꾸만 그녀의 가슴을 두근거리게 만들었다.

그래서 그날, 겁 없는 질문을 던졌는지도 모르겠다.

'왜 나여야만 하는지…….'

그는 잔인하게 대답했다.

'너라면……, 감정 없이 깔끔하게 헤어져 줄 것 같아서.'

찰칵, 사진이 찍히는 순간 웃고 있는 사람은 효은 혼자였다. 슬프게도 환하게 웃는 효은의 옆에 선 한 남자는 그런 그녀를 조용히 내려다보고 있었다.

❀ ❀ ❀

특급 호텔 레스토랑에서 내려다보는 야경은 잠시 동안이나마 현실의 아픔을 잊게 해 주는 마취제 같다고 효은은 생각했다. 결혼식이 일주일 앞으로 다가왔다. 시간은 소리 없이 바뀌는 계절처럼 자연스럽게 흘러가고 있었다. 함께하는 하루가 쌓여 이도와 효은은 어느새 익숙해진 연인처럼 서로를 마주 보며 앉아 있었다.

오늘은 그들의 결혼식이 치러질 호텔에서 사전 준비 상황을 체크해 달라고 연락이 와 시간을 맞춰 온 길이었다. 예식 매니저의 상세한 설명과 세심한 추천에도 두 사람은 모두 오케이만 외칠 뿐이었다. 투자 건으로 밤을 지새우고 어렵사리 짬을 내 도착한 이도는 거의 투명 인간이나 마찬가지였고, 효은은 무엇이 좋고 나쁜지를 구분할 수가 없었다.

'네가 알아서 정해.'

그의 입에선 똑같은 말만 반복되었다. 이도의 무관심이 섭섭하지 않다면 거짓말일 것이다. 마음과 정성을 쏟을수록 그것이 소중해지고 애착이 간다는 걸 효은은 누구보다 잘 알았다.

하지만 자신도 모르게 주체할 수 없이 그에게 빠져드는 마음을 고쳐 잡기 위해서라도 그녀는 이 결혼에 무관심해야 했다. 효은은 처음이자 마지막이 될지도 모르는 그들의 결혼기념일 레스토랑 식사권을 미리 써 버리자고 마음먹었다.

"어느 드라마에서 이혼한 부부가 무료 식사권 때문에 결혼식을 한 호텔 레스토랑에서 매년 결혼기념일마다 같이 밥을 먹어요."

효은이 불쑥 입을 열었다. 핸드폰으로 오후 일정의 서류를 간단히 훑고 있던 이도가 그녀의 말에 고개를 들었다. 바쁘면 먼저 돌아가도 괜찮다고 했지만 이도는 효은의 동선을 따라 주었다. 그게 그가 그녀와 약속한 태호에게 보여 주기 위한 정상적인 부부의 모습 안에 포함되기 때문일까. 어쩐지 그의 노력이 지금은 달갑지 않았다.

그렇다고 그 핸드폰은 제발 내려놓고 그녀만 바라봐 달라고 칭얼댈 수도 없었다. 효은은 이 비정상적인 가짜 결혼이 시작되기도 전에 감정 조절이 힘들었다. 그래서 미리 선언했다.

"우린 그러지 말자고요. 이게 처음이자 마지막."

효은의 말이 우스운 장난 같았는지 이도가 잠깐 입꼬리를 올렸다. 그는 잘 웃지 않았다. 항상 화가 나 있는 것처럼 긴장한 상태였다. 그의 위치가 그럴 수밖에 없도록 만들었다는 걸 알고 있었다. 하지만 효은의 눈에 그는 자신의 행복 따윈 관심이 없어 보였다. 그에게 행복이란 무엇일까. 거대한 사업을 이룩하고 가장 높은 왕의 자리를 차지하는 것일까. 그런 게 그에겐 행복일까. 효은은 이해할 수 없는 감정이었다.

"그 드라마 속 주인공들이 정말 무료 식사권 때문에 여기 같이 왔을까?"

이도가 어쩐 일로 진지하게 되물었다.

"알아요. 미련이 남아서겠죠."

그걸 모를 만큼 바보는 아니었다.

"지금 네 말은 그 미련 같은 것도 갖지 않겠다는 거야?"

그의 물음에서 날카로운 가시가 느껴졌다. 왜. 무엇 때문에 이렇게 되묻는 걸까. 감정 없이 헤어져 줄 것 같아서 그녀를 선택했다고 말한 남자가 이도였다.

"아저씨가 그걸 원했잖아요."

"네가 원하는 건 뭐야?"

"네?"

"지금 나한테 불만 있잖아."

효은은 감정을 숨길 수가 없었다. 그는 모른 척하며 그녀를 모두 읽고 있었다. 이렇게 눈치가 빨라야 큰 사업을 굴리겠지. 효은은 일부러 아닌 척하고 싶지 않았다.

"지금은, 그 핸드폰 좀 내려놓고 날 보세요."

"……."

"그게 정상이에요."

이도는 그녀의 말대로 따라 주었다. 그의 눈빛은 한 순간도 그녀에게서 벗어나지 않았다. 마치 지금 네 말이 무슨 뜻인지 아냐고 묻는 것처럼.

❀ ❀ ❀

"결국 '스마트 양로' 쪽으로 기운 거야?"

스테이크를 한 점 입에 넣기도 전에 선영의 물음이 날아왔다. 민아는 어머니의 말에 대답하기 위해 얼른 목을 축였다.

"중국 쪽이 워낙 발 빠르기도 하고, 협업 체제로 가도 저희한텐 손해될 게 없어요. 이도 오, 아니, 권 상무님 라인 중에 중국 쪽에 발을 걸친 사람들이 많으니 그게 더 이득이기도 하고요."

"중국 놈들 뒤꽁무니 따라가면서 몸 사리겠다는 결론이네. 권이도다운 결론이야. 안전하게, 비겁하게."

명료하게 결론 내린 선영이 입가에 비웃음을 올렸다. 민아는 그녀를 따라 웃어 주었다. 어머니지만 그녀가 모시는 이사진의 한 명으로만 대해야 했다. 그건 그녀가 '권선영'이라는 여자의 '입양아'로 선택되면서부터 짊어진 삶이었다. 감사한 일이었다. '서민아'가 될 수 있는 수많은 후보군 가운데 그녀가 뽑혔다. 그 운명이 아니었다면 민아는 지금과는 전혀 다른 인생을 살고 있을지도 몰랐다.

공개 입양은 오히려 그녀에게 기대감조차 가지지 않게 했다. 양부모임을 밝힌 선영과 한길은 부족함 없이 그녀를 키웠다. 지원을 아끼지 않았고, 원하는 것을 선택할 수 있는 기회를 주었다.

하지만 어느 순간부터 민아는 그 모든 것엔 대가가 따른다는 생각이 들었다. 그때부터 부모님이 원하는 일을 했다. 지금 하고 있는 '기획 팀 대리'의 역할도 사촌 오빠인 이도의 동태를 파악하는 선영의 스파이 노릇을 하기 위함이라는 걸 그녀 스스로가 누구보다 잘 알았다.

"며칠 뒤에 상해 출장이 잡힌 걸 보니 진행 속도가 빠를 거 같아요."

"출장? 결혼식 일주일 앞두고 정말 대단한 열정이네."

"결혼식……이라니요?"

민아는 당황한 눈빛으로 선영을 바라봤다. 설마. 한순간 심장이 세차게 조였다. 이도의 결혼을 말할 리 없었다. 몰랐냐는 눈빛으로 선영이 말을 이었다.

"너 영국 출장 가 있는 동안 진행됐어. 무슨 결혼을 이렇게……. 아버지 성격이 급하시기도 하지만 그걸 따라 주는 그 녀석도 대단하지. 영란이는 권 상무가 연애를 하는 것 같다는데, 그게 말이나 되니?"

권이도. 결혼. 연애. 민아는 너무나 갑작스런 단어들에 표정 관리가 쉽지 않았다. 프로젝트 팀을 맡게 되면서 영국으로 긴 출장을 다녀온 길이었다. 가기 전날에도 이도와 마주 앉아 일에 관한 얘기를 나누며 식사를 했다. 그는 그때도 평소와 다름없이 그녀에게 긴장감을 주었으며 또 그만큼 기대고 싶게 만드는 사람이었다.

'너는 권씨다. 무덤까지 가져가야 할 비밀임을 명심해.'

그 말을 우연히 엿들었을 때, 그녀는 이 집안에서 홀로 외롭던 지난날을 보상받는 기분이었다. 비밀은 누구에게도 발설하지 않았다. 그녀를 이 자리에 있게 한 선영에게도 말할 수가 없었다. 그 말 한마디면 이 선흥이 누구의 손에 들어갈지 그녀가 더 잘 알았다.

하지만 비밀로 간직하고 싶었다. 그때부터였을까. 이도는 그녀에게 다른 감정으로 다가왔다. 사촌 오빠. 그 이상으로 그를 생각했다. 위험하고도 달콤한 독이었다. 이도가 그 마음을 알아주길 바란 적은 없었지만, 그에게로 향하는 그녀의 감정을 멈추는 것도 쉽진 않았다. 그저 옆에서 지켜보는 것만으로 만족하며 살자 생각했다. 어차피 두 사람 모두 권씨의 피가 없었다. 죄의식을 가질 필요가 없는 사이였다.

"여자는…… 어떤 사람이에요?"

민아가 물었다. 선영은 그걸 왜 궁금해하냐는 서늘한 눈빛이었다. 언제나 입버릇처럼 실력으로 선흥을 차지하겠다고 말하던 사람이었다. 이제 와서 회장 자리에 오를 가능성이 높은 이도의 사생활 따위를 공격해서 그 자리에 오르지 않겠다는 뜻이기도 했다.

그래서 그녀는 누구보다 여동생 영란을 경멸했다. 항상 이도의 행동을 주시하며 조금의 흠이라도 생기면 그것을 이용해 자신의 아들을 왕의 자리에 앉히려 하는 동생을 한심해했다.

"답해 줄 사람, 저기 오네."

선영이 민아의 뒤쪽을 눈으로 가리켰다. 민아가 돌아보자 화려한 투피스 차림의 영란이 걸어오고 있었다. 민아는 재빠르게 일어나 고개를 숙였다.

"언니는 여기 고기가 맛있나 봐? 난 비려서 한 입도 못 먹겠던데."

영란은 언제나처럼 민아를 무시하고 곧장 언니 선영에게 다가가 옆자리에 앉았다. 선영은 귀찮은 얼굴로 조용히 나이프를 내려놓았다. 냅킨으로 천천히 입을 닦는 모습까지 지켜보고 있으려니 답답함을 참지 못한 영란이 꼰 다리의 위치를 바꿔 놓았다.

"할 말이 뭐야?"

선영은 뒤늦게야 영란이 원하는 물음을 던져 주었다. 영란은 근질거리는 입을 열었다.

"아무리 무관심하다고 해도 조카며느리 될 사람 얼굴은 궁금하지 않아?"

오늘도 선영의 심기를 건드려야 직성이 풀리는 걸까. 영란이 이러는 이유는 뻔했다. 그녀도 그녀만의 방법으로 왕의 자리를 차지할 생각인 것이다. 민아는 조마조마한 마음으로 어머니를 바라봤다.

"궁금하면?"

선영의 입에선 예상치 못한 답이 흘러나왔다. 영란이 걸려들었다는 듯 히죽 웃었다.

"지금 나가면 볼 수 있어."

영란의 말에 선영보다 민아의 눈동자가 더 흔들렸다.

"우리 잘나신 권 상무가 지금 이 호텔에 있거든."

영란이 신난 표정으로 엉덩이를 들썩였다.

❀ ❀ ❀

레스토랑에서 나온 이도와 효은은 연인들이 북적이는 주말 호텔 엘리베이터 안으로 빨려 들어갔다. 사랑을 하는 사람들에겐 감출 수 없는 생기가 있었다. 연인을 바라보며 한시도 떨어지지 않겠다는 몸짓. 얼마 전까지만 해도 꼴불견이라 생각했던 그 모습이 지금은 아름다워 보였다. 효은은 함께 엘리베이터에 오른 연인들을 관찰하다 자꾸만 가슴이 따끔거려 밖으로 시선을 옮겼다.

투명 엘리베이터 안에서 바라본 도시는 영화처럼 비현실적이었다. 마음을 더욱 감성적으로 만드는 것이 분명했다.

"병원으로 갈 거지?"

이도의 물음에 효은이 고개를 돌렸다.

"아, 네."

주차장으로 곧장 향할 생각이었던 두 사람은 로비에 멈춰 선 엘리베이터 문이 열리는 순간 함께 서 있는 세 여자와 마주해야 했다.

"이게 누구야?"

영란이 호들갑스럽게 알은척을 했다. 눈은 이미 효은을 머리부터 발끝까지 훑고 있었다. 이도는 한 발 앞서 효은을 가리고 섰다. 그게 여자를 자신의 고모들에게서 보호하기 위함이라는 걸 민아는 알아챌 수 있었다. 그녀의 눈 역시 이도의 등 뒤에 감춰진 효은에게로 고정되었다. 어려 보였고, 예뻤다. 남자라면 빠지지 않을 이유가 없었다. 그게 그녀의 마음속 불길을 더욱더 지폈다.

"모임이라도 있으셨나 보죠."

이도가 영란의 뒤쪽에 서 있는 선영에게 눈을 맞추며 말을 건넸다. 그가 가장 신경 쓰는 사람이 그녀라는 걸 선흥 사람이라면 단번에 눈치챌 수 있었다. 차기 회장 자리의 실질적인 경쟁자는 두 사람이었다. 영란이 그걸 뒤엎으려 노력하고 있지만 쉽게 바뀔 수 없는 판이었다.

"우리야 약속하고 만나나, 뭐. 그나저나, 왜 인사가 없어?"

영란은 없는 시어머니 노릇이라도 하고 싶은지 이도의 뒤쪽을 향해 날카롭게 일렀다. 그의 뒤에 서 있던 효은은 곧장 상황을 파악했다. 이도에게는 고모가 두 명 있다는 것을 할아버지에게 전해 들었다. 상견례는 그녀의 가족을 배려해 단출하게 치렀지만 언젠가 제대로 인사를 건네야 하는 사람들이란 건 유념하고 있었다.

"인사가 늦었어요. 처음 뵙겠습니다. 장효은입니다."

효은이 먼저 나서 인사를 건넸다. 영란은 이 기회를 놓치지 않겠다는 듯 말꼬리를 잡고 늘어졌다.

"그래요. 인사가 많이 늦었네. 난 결혼식장에 들어갈 때나 볼 수 있을까 했지. 그럼, 지금 차나 한잔할까?"

괜찮다고 대답하려던 효은의 손을 급하게 붙잡은 건 이도였다. 효은은 놀라 그를 올려다봤다.

"죄송한데, 저희가 미리 예약한 게 있습니다."

그녀는 듣지 못한 스케줄이 있었던 걸까.

"여기 스위트룸, 지금 시간이 아니면 이용할 수가 없다고 해서요."

모두의 눈이 이도에게로 향했다. 이도의 대답에 놀란 사람은 효은뿐만이 아니었다. 선영까지 그를 다르게 보며 입가에 비웃음을 걸었다. 권이도가 여자와 스위트룸이라니. 그 이유가 무엇 때문인지도 그녀의 눈에 읽혔다. 왜 감추려는 건지. 뭘 보호하고 싶은 건지. 지금은 헷갈릴 수밖에 없었지만 무관심으로 일관하던 그녀의 흥미를 끌기엔 충분한 모습이었다.

"그럼, 우리가 양보해야지. 좋은 시간 즐겨요."

선영은 먼저 상황을 정리하며 물러나 주었다. 영란은 어쩔 수 없이 언니를 뒤따랐다. 민아만 그 자리에 굳어 서서 이도를 바라봤다. 그는 여전히 효은의 손을 꽉 붙잡은 채 엘리베이터의 닫힘 버튼을 눌렀다.

"······네. 좀 부탁드립니다."

이도는 전화로 스위트룸을 예약하고, 룸 키를 방 쪽으로 올려 달라부탁했다. 그 순간에도 잡은 손을 놓지 않고 있었다. 효은은 그의 행동을 이해할 수 없어 그녀가 먼저 손을 빼고 물었다.

"거짓말까지는 이해해도, 진짜 갈 필요가 있어요?"

"선홍의 피가 흐르는 사람들을 속이려면 그래야 해. 끊임없이 의심하지. 그렇지 않으면 살아남지 못하거든."

의심하면 진실을 밝히면 되는 것 아닌가. 효은은 그가 이해되지 않았다. 어차피 두 사람이 사랑해서 결혼하는 건 아닐 거라고 모두가 추측할 것이다. 굳이 이렇게까지 쇼를 할 필요가 있을까 싶었다.

"알면 어때서요?"

"난 상관없어. 그런데 넌?"

오히려 이도가 되물었다.

"할아버님께 남들처럼 사는 모습 보여 드리고 싶다고 말한 건 너야. 만약 우리가 감정도 없이 지내는 사이라는 걸 고모님이 아시게 되면 누구 귀에 먼저 들어갈까? 미안하지만 내 위치가 그래. 다들 탐을 내며 무슨 이유를 만들어서라도 끌어내리고 싶어 하거든."

그 자리를 지키고 살기 때문에 이렇게 가슴속에 녹지 않는 얼음을 품고 지내는 걸까. 효은은 이도의 이유를 받아들였지만 가슴속엔 또 다른 안타까움이 자리 잡았다.

"같이 들어가잔 소리는 안 해. 무료 식사권을 쓰는 데 같이 가겠다고 한 건 나니까. 이번에 날 따라오는 건 네 자유야."

이도가 강요하지 않고 선택권을 주었다. 효은은 그를 올려다봤다. 좀 전 혼자서 레스토랑으로 가겠다는 그녀를 따라나선 그의 마음이 이러했을까. 그의 행동에 마음이 쓰였다.

"근데, 할아버님께 오늘 말씀드릴 에피소드 중에 이게 제일 그럴싸하지 않나?"

그는 유능한 사업가였다. 그걸 간과했다. 효은은 말없이 그의 뒤를 따랐다. 그리고 깨달았다. 그곳이 넓은 레스토랑이 아니라 꽉 막힌 호텔방이라는 것을.

❀ ❀ ❀

민아는 곧장 사무실로 돌아와 이도를 마주쳤던 호텔로 전화를 걸었다. 협력 업체였고, 그녀가 바이어들을 초청하면서 여러 번 숙박을 제공했던 곳이었다. 핫라인을 통해 연락을 넣자 곧장 대답이 돌아왔다.

'네, 지금 묵고 계십니다.'

'여자분도 같이 들어가셨습니다.'

예상한 대답이었지만 원한 바는 아니었다. 민아는 자신도 모르게 입술을 깨물었다. 그녀가 아는 권이도라면 그렇게 일을 처리했을 것이다. 영란이 알게 된 이상, 지금 자신처럼 그의 뒷조사를 할 것이 확실했고, 잡음을 남기지 않게 위해서라도 그는 쇼를 해야만 했다.

그러나 왜, 라는 물음이 남았다. 인생에서 결혼 따윈 없는 것처럼 살아오던 남자였다. 그 마음을 누구보다 잘 이해할 수 있는 게 그녀였다. 내 의지대로 살 수 없는 삶. 그게 어떤 것들을 포기해야 하는지 그녀가 가장 잘 알았다.

상효은. 자신의 이름을 말하던 한 사람을 떠올렸다. 이도가 그 여자를 사랑하게 될까. 그 어린 여자가 그렇게 만들어 버릴까. 그렇다면 자신은. 민아는 지옥 같았던 외로움이 또다시 그녀에게 덮쳐 오는 막막함을 느꼈다.

그녀는 아무것도 할 수 없는 위치였다. 그를 사랑해도 그의 옆에 여자로 서 있을 수 없었다. 그런 그녀와 달리 그걸 너무도 쉽게 이뤄 낸 여자. 효은이 미치도록 부러우면서도 동시에 미웠다. 민아는 핸드폰을 집어 들었다.

"네. 서민아예요. 지금 말하는 여자 좀, 알아봐 줘요."

전화를 끊고 냉정하게 생각하려 했지만 눈앞에 서 있던 두 사람의 모습이 잊히지 않았다. 가슴이 딱딱하게 굳어 버리는 것만 같았다.

❀ ❀ ❀

스위트룸은 처음이었다. 효은은 눈앞에 펼쳐진 공간을 보고 자신도 모르게 입을 벌렸다. 티브이 드라마에서 보던 광경이 환상처럼 다가왔다. 도시에서 부릴 수 있는 최고의 사치라고 했던가. 효은은 검소한 태호의 밑에서 자란 덕분에 작은 호텔에서의 숙박도 망설이며 살아왔다. 대학 친구들과 떠났던 해외여행에서도 더 싸고 좁은 방을 원했다. 어차피 잠만 잘 것인데 뭐 하러 돈을 낭비하느냐고 친구들을 설득한 건 그녀였다.

"들어와서 천천히 구경해도 돼. 어차피 금방 나갈 건 아니니까."

이도가 친숙한 공간인 것처럼 그녀보다 먼저 안으로 들어섰다. 익숙하게 걸어 들어가 외투를 벗고 그것을 소파에 던져 놓았다. 그러고는 곧장 냉장고 쪽으로 걸어가 고가의 생수 한 병을 꺼내 목을 축였다. 그러곤 돌아서 아직도 문 앞에 서 있는 효은에게 음료 하나를 들어 보였다.

"마실래?"

"그거, 여기 있는 거 마시면 비싸잖아요."

효은은 말을 꺼내고 나서야 아차 싶었다. 이도가 그 정도 낼 돈은 충분히 있다는 것처럼 여유롭게 웃어 보였다. 부끄럽진 않았지만 이상하게 얼굴이 달아올랐다.

"사치스러운 스타일은 아니라고 생각했지만 그래도 이렇게 검수할 줄은 몰랐네."

이도는 칭찬이라며 어깨를 으쓱거렸다. 그를 바라보는 효은의 눈이 삐딱해졌다.

"아저씨는 이런 곳 익숙한가 봐요."

그 모습이 효은은 거슬렸다. 이런 곳이 편하다는 게 무슨 뜻이겠는가. 그런 걸 신경 쓸 필요가 없는 사이지만, 이미 그녀는 마음을 컨트롤할 수 없는 상태가 되어 가고 있었다.

감정이 고스란히 드러난 효은의 물음에 이도가 웃었다. 이런 것까지 설명해야 할 줄은 몰랐다.

"당연한 거 아닌가? 외국 바이어들이 나한테 잘 보이려면 이 정도 공간 제공은 기본이야. 넌 상무라는 자리를 어떻게 생각하는 거야? 나를 아직도 시골에서 봤던 까까머리 군바리로 보는 건 아니겠지?"

"네, 아니에요. 그때가 지금보다 덜 재수 없었거든요."

"뭐?"

효은이 기어이 한마디를 건네고 창가로 도망쳤다. 이도가 그녀 쪽을 바라보는 게 느껴졌지만 무시해 버렸다. 그는 정말 그때보다 더 재수 없었고, 그때보다 더 그녀의 마음을 흔들었다.

'장효은. 정신 차려.'

효은은 애써 마음을 다잡았다. 이도는 신경 쓸 필요 없이 그저 스위트룸만 구경하고 떠나면 되는 것이었다. 태호에게 자랑할 일이 하나 더 생겼으니 그것으로 만족하면 되었다. 효은은 크게 심호흡을 하고 가려져 있던 커튼을 쳤다.

도시가 선물처럼 한눈에 가득 들어왔다. 엘리베이터 안에서 보던 모습과는 또 달랐다. 그저 하루쯤은 이렇게 창밖만 보며 아무 생각도 하지 않는 사치를 누려 보고 싶은 욕심이 생겼다.

하지만 그럴 수 없다는 걸 잘 안다. 또다시 지울 수 없는 근심들이 떠올랐다. 할아버지에 대한 걱정. 저질러 버린 가짜 결혼. 그리고 점점 더 그녀를 혼란스럽게 만드는 감정. 모든 걸 잊을 수 있을까. 그건 불가능할 것이라 생각하는데 주머니에서 핸드폰이 울렸다. 혹시나 병원에서 걸려 온 전화인가 싶어 덜컥 겁이 났다. 효은은 얼른 화면을 확인했다. 다행히 승재였다. 통화 버튼을 누르자 곧장 녀석의 목소리가 들렸다.

— 어디야?

"왜?"

— 병원 왔는데 너 없어서.

승재는 시간이 날 때마다 병원을 찾아와 주었다. 연락 없이 불쑥 먹을 것을 사 들고 올 때가 많았으니 오늘도 그렇게 그녀를 찾은 것 같았다. 결혼한다는 말을 꺼낸 이후 녀석과는 조금 거리감이 느껴졌다. 정말 그런 결혼을 해야 하냐고 진지하게 묻는 녀석에게 그녀는 웃는 것밖에 할 수가 없었다.

정답은 없었다. 아무것도 하지 않는 것보다 무엇이라도 해 보는 게 지금 그녀가 할 수 있는 최선이었다.

"결혼식 준비 때문에 호텔이야."

— 아…….

전화기 너머에선 다른 말이 없었다.

"승재야."

— 오긴 올 거지?

"어?"

알겠다며 돌아가겠다고 할 줄 알았던 녀석이 기다리겠다는 것처럼 물었다. 효은은 잠깐 뒤를 돌아봤다. 이도는 보이지 않았다. 공간이 넓어 내부가 한눈에 들어오지 않아 그의 위치를 알 수가 없었다.

"알았어. 빨리 갈게."

효은은 전화를 끊고 이도를 찾았다. 인사를 건네고 먼저 돌아갈 생각이었다. 걸음을 옮겨 모퉁이를 돌자 넓은 침실이 나왔다. 이도는 그곳에 너무나 편히 누워 있었다. 밤새 회의를 마치고 온 길이라 했었다. 왜 이 스위트룸이 지금 필요한 건지 그녀는 뒤늦게 이해했다.

쉬고 있는 그를 방해하고 싶지 않아 조용히 돌아 나가려다 효은은 마음을 바꿨다. 조심히 걸음을 옮겨 그가 누워 있는 침대의 옆 침대에 자리를 잡고 앉았다. 다행히 침대가 트윈이었다. 잠든 그는 평온해 보였다. 바짝 조여 맨 넥타이가 불편해 보였지만 효은은 바라보는 것 그 이상을 할 수는 없었다.

그러다 이도가 잠시 뒤척이며 효은이 있는 침대 쪽으로 몸을 돌렸다. 그녀는 숨을 멈췄다. 들킨 건가 싶었지만 다행히 그는 눈을 뜨지 않았다. 여기서 그만 몸을 일으키라는 경고등이 머릿속에 켜졌지만 몸은 반대로 그를 따라 누워 버렸다. 효은은 그와 똑같이 모로 누워 이도의 얼굴을 찬찬히 훑었다. 이 정도는 괜찮겠지. 그녀 자신에게 면죄부를 주었다.

눈, 코, 입. 눈, 코, 입. 이목구비 하나하나를 가슴에 새겨 넣듯 바라봤다. 그는 잘생겼다. 그건 숨길 수 없는 진실이었다. 다시 눈으로 시선을 옮겼다. 그러나 코는 바라볼 수 없었다. 그녀의 눈이 그의 눈동자에 붙들려 버렸기 때문이었다. 잠든 적이 없는 것처럼 그의 눈빛은 선명했다. 효은은 놀라 몸을 일으키려 했다.

"가만히 있어."

가라앉은 그의 목소리가 어두웠다.

"……간다고 말하려……."

"봐 달라며."

이도가 효은의 말을 없애듯 끊었다.

"……."

"내 눈앞에 있어."

4. 결혼, 신혼여행, 첫날밤

　두 사람의 결혼식은 여름의 한가운데 아주 화창한 날 열렸다. 태호를 배려해 최소한의 하객들만 초대했지만, 현재 선흥 차기 회장 자리의 유력한 후보자인 권이도의 결혼식을 사람들은 그냥 지나칠 수 없었다. 예식이 치러질 호텔 로비는 앞다투어 인사를 건네려는 각계의 인사들과 지인들로 북적였다. 급한 중국 출장을 다녀오느라 신랑이 아직 도착하지 않은 것만 빼면, 여느 기업인의 결혼식과 별 차이가 없는 풍경이었다.

　그 시각 신부 대기실에선 뒤늦게 찾아온 긴장감에 효은이 미스코리아처럼 어색한 웃음을 지으며 하객들을 맞고 있었다. 누가 누구인지, 어떤 사람이 인사를 건네는지도 모른 채 수많은 축하를 의무적으로 받아 내는 중이었다. 그나마 하객 중에 익숙한 두 인물이 나타나자 마음이 조금은 편안해졌다.

"식스센스급 반전도 아니고, 장효은 마마가 결혼이라니……."

기수는 아직도 그것이 믿기지 않는다는 듯 하늘을 향해 읊조리며 말했다.

"오빠만큼 저도 쇼킹하니까 그만 놀려요."

효은은 기수를 향해 평소처럼 담담히 제 할 말을 했다. 그것으로 다행이다 싶은 승재가 그 옆에서 진심 어린 한마디를 건넸다.

"예쁘네, 내 친구."

웨딩드레스를 입은 효은은 누가 보더라도 오늘 이 자리에서 가장 아름다웠다.

"그걸 이제 알았어? 하여튼 여자 보는 눈이 없어요."

예전과 달라지지 않은 승재의 따뜻한 눈빛에 효은은 가슴이 뭉클해졌다. 중학교 때부터 징그럽게 이어져 온 인연이었다. 어느 누구에게도 할 수 없는 하소연을 이 녀석에게만은 털어놓을 수 있었다.

스위트룸에 있던 그날. 효은은 결국 승재를 보지 못했다. 녀석은 그 후 아무 일 없던 것처럼 전화해 그녀의 결혼 준비에 대해 묻고 농담처럼 '장효은, 이제 아줌마 되겠네.'라고 놀렸다. 그 뜻이 무엇인지도 알았다. 그녀의 행동을 받아들이고 응원하겠다는 마음일 것이다.

"그건 그렇고, 네 신랑 될 사람, 아니, 신랑 되시는 분께서 그렇게 높으신 자리에 계시고, 미래까지 창창하신 분이란 걸 왜 미리 나한테 말해 주지 않은 것이야? 그랬으면 내가 해물파전을 좀 더 맛있게 만들어서 네 입에 직접 넣어 줬을 텐데 말이야."

기수는 그게 몹시 아쉽다는 것처럼 한탄하듯 말했다.

"오빠."

"어, 그래."

"요즘 가게 많이 어려워요?"

"뭐?"

효은의 당돌한 물음에 기수가 화통하게 웃었다. 누가 뼈 때리기 장인 장효은 마마 아니랄까 봐.

승재는 그런 형이 못마땅해 눈치를 줬지만 그의 말을 들을 리가 없었다. 오늘 결혼식도 비밀로 하려다 그의 복장을 수상하게 여긴 형의 취조에 항복하고 함께 온 길이었다.

"헛소리 그만하고, 이만 가. 애 좀 쉬게."

승재가 형 기수를 이끌었다. 효은에게는 눈빛으로 잘하라는 응원을 보내 주었다. 신부 대기실을 나오자마자 기수가 참았다는 듯이 말을 꺼냈다.

"야, 인마. 넌 헛똑똑이야."

"뭐?"

또 무슨 헛소리를 하려나 싶어 승재는 머리가 지끈거렸다.

"그렇게 오래 붙어 있으면 뭐 하냐. 효은이 마음 하나 잡지도 못하고."

진짜 헛소리였다. 승재가 형을 노려봤다. 기수는 반쯤 농담 삼아 건넨 것인데 동생이 너무 예민하게 반응하자 다른 생각이 들었다. 이거, 뭔가가 있었다. 기수는 곧장 그걸 눈치챘다.

"친구라며?"

"친구야."

승재는 무슨 뜻인지 안다는 것처럼 재빠르게 대답했다.

"아이고, 누구를 탓하겠어. 이런 답답한 동생을 둔 내 탓을 해야지."

"정말, 여기까지 해라."

"더 하면? 그럼, 결혼식 시작하기 전에 효은이 손 잡고 도망칠래?"

승재는 주먹을 움켜쥐었다. 그럴 수 있다면 그러고 싶었다. 그녀를 보기 위해 병원을 찾아간 날은 진짜 그럴 생각이었다. 그런 결혼은 하지 말라고. 네가 원하는 대로 할아버지를 위해 연극할 남자가 필요하면 날 이용하라고. 그 제안을 건넬 생각이었지만 효은은 기회조차 주지 않았다.

첫사랑이라고 했다. 맘을 뺏기는 건 쉬울 것이고, 그만큼 그녀가 받을 상처도 클 테다. 상대방은 효은에게 가짜 남편을 운운했다. 그의 진심이 무엇일지 뻔하지 않은가. 지금 그가 효은을 위해서 할 수 있는 일이 없다는 게 그를 괴롭혔다.

승재는 화장실을 핑계로 기수와 갈라졌다. 이대로는 결혼식장에 덤덤히 앉아 있을 자신이 없어 마음 정리를 단단히 하고 화장실에서 걸어 나오던 찰나였다. 코너를 돌던 한 여자와 부딪쳐 커피 샤워를 당하고 말았다.

"어머! 죄송합니다."

여자의 손에는 커다란 일회용 컵이 들려 있었다. 정말 오늘은 뭐든 쉽게 지나갈 수 없는 날인 걸까. 그 와중에도 차가운 아이스라서 다행이라는 생각을 하며 승재는 와이셔츠의 얼룩을 털어 냈다. 여자는 얼른 핸드백에서 물티슈를 꺼내 그에게 내밀었다.

"여기 결혼식 오신 거죠?"

미안해하는 표정으로 그녀가 승재를 바라봤다.

"아, 네. 괜찮습니다. 대충 닦고 재킷으로 가리면 될 겁니다."

"아뇨. 그럼 제가 너무 죄송할 것 같아서……. 아직 예식 시간 남았으니까 다른 옷으로 갈아입으시겠어요? 제가 이 호텔 쪽이랑 일해서 슈트 한 벌 정도는 금방 빌릴 수 있을 것 같거든요."

승재는 여자의 넘치는 호의에 잠깐 망설였다. 커피 얼룩이 남은 와이셔츠를 입고 앉아 있다고 해서 이 결혼식에 큰 결례가 되지는 않을 것이다. 그의 존재 자체가 큰 의미가 있을까 싶기도 했다. 하지만 한편으론 오기가 생겼다. 멀쩡한 모습으로 앉아 있어야 효은에게도, 그녀의 가짜 남편이 된 남자에게도 당당할 것만 같았다.

"그럼, 신세 좀 져도 될까요?"

"신세라뇨. 받아 주셔서 제가 감사해요."

여자는 밝게 웃으며 승재를 호텔의 다른 층으로 안내했다.

"서민아예요."

엘리베이터에 오르자마자 여자가 자신의 이름을 알렸다.

"아, 한승잽니다."

"신부 쪽 하객이신가 봐요. 제가 신랑 쪽인데 한 번도 못 뵌 분 같아서요."

"네. 신부 친구입니다."

"어쩐지. 요즘 젊은 사람 느낌이 났어요."

여자는 편하게 대화를 이어 갔다. 모르는 사람과도 쉽게 말을 주고받는 걸 보니 영업 쪽 일을 하거나 그에 관련된 업무를 보는 사람 같았다. 나이는 그보다 많아 보였고, 커리어 우먼 특유의 지적이고 당당한 느낌이 풍겨 났다.

호텔 쪽과 관련된 일을 한다고 했으니 신랑 회사 직원이 아닌가 추측되었다. 효은과 결혼하는 남자의 회사가 이 호텔의 지분을 가장 많이 보유하고 있다는 설 기사로 몇 번 접했었다. 그 사실을 자세히 알아본 건 그 남자에 대한 궁금증 때문이기도 했다. 어떤 사람일까. 효은은 왜 그 남자를 선택한 것일까. 검색하면 할수록 승재는 자신의 위치를 되돌아보는 패배감을 맛보게 되었다.

"신부님이랑은 많이 친한 사이예요?"

여자의 질문에 승재가 생각에서 빠져나왔다.

"중학교 동창입니다."

"아하. 멋지네요. 전 그때 동창들하고는 연락하고 지내기도 힘들던데."

"저도 연락하고 지내는 건 걔가 유일……. 아무튼 새 옷으로 갈 아입게 해 주셔서 감사드립니다. 옷은 세탁해서 이쪽 호텔로 보내 드…….."

"여기."

민아가 명함 한 장을 꺼내 승재에게 내밀었다.

"제 연락처예요. 여기 적힌 주소로 보내 주셔도 되고, 마음에 드시면 가지셔도 돼요. 세탁비 드리는 대신, 그게 산뜻하겠죠?"

승재는 민아가 건넨 명함을 내려다봤다.

[선흥 그룹 기획전략 팀 서민아 대리]

그가 추측한 대로 여자는 '권이도'라는 남자가 일하는 곳의 사람이었다.

❋ ❋ ❋

"얼마나 남았습니까?"

이도는 준비된 턱시도 셔츠를 재빠르게 껴입으며 박 비서에게 물었다.

"20분 정도면 도착할 것 같습니다. 최대한 노력해 보겠습니다."

상해 공항에서 입국 심사를 받을 때부터 생각지도 못한 잡음이 터지면서 시간을 잡아먹었다. 어떻게든 하루 일찍 한국에 도착하기 위해 일정을 앞당겨 보았지만 쉽지가 않았다. 이번 출장 역시 그를 직접 만나지 않는다면 사업 전반을 다른 경쟁 업체와 상의하겠다는 거절할 수 없는 조건을 내비쳤다.

'선홍'이 지금의 자리에서 한 발 더 앞서 나가기 위해선 새로운 사업이 필요했다. 빠르게 변화하는 시대를 읽어 내 투자자를 설득하고 유효한 사업으로 만들기 위해선 그 누구보다 많이, 정확하게 움직여야 했다. 이도의 자리가 그랬다. 한 번이라도 삐끗하면 무너져 내릴 것이다. 그를 무너뜨리기 위해 아래에서 침 흘리는 맹견들이 한가득이었다.

권 영감은 그 긴 싸움에서 지치지 않고 살아남아야 한다고 그를 세뇌시켰다. 그래야 네가 선홍의 왕이 될 수 있다고. 그 자리에 오르기 위해서 그는 오늘, 한 여자의 남편이 될 예정이다.

"상무님. 도착했습니다."

박 비서의 감춰 둔 운전 실력 덕분에 다행히 예식이 시작되기 전에 신부를 만날 수 있게 되었다. 이도는 뒤늦이 호텔 안으로 들어서며 보타이를 맸다. 그를 알아본 사람들이 인사를 건넸지만 이도는 오직 한 사람만 생각하며 걸음을 재촉했다. 신부 대기실 앞에 도착하자 주변인들이 알아서 물러나 주었다. 이도는 숨을 고르고 천천히 문을 열었다.

"이제…… 얼마나 남았어요?"

창가에 서서 호텔 밖 풍경을 바라보고 있던 효은이 예식 도우미인 줄 알고 물었다. 그녀는 점점 더 가까워지는 결혼식을 이제야 실감했다. 손끝이 떨렸고, 마치 심장이 없어지기라도 한 것처럼 숨 쉬기가 힘들었다.

"지금 도망가면 신랑한테 고소당할까요?"

그녀의 진지한 물음에 이도가 허탈한 웃음을 터뜨렸다.

"뭐, 신랑도 아직 도착 안 했……."

"그래서 고소할 거야?"

이도가 물었다. 효은은 놀라 돌아섰다.

멋지게 턱시도를 차려입은 권이도가 그녀의 앞에 서 있었다.

"……늦어서 미안해."

그가 진지한 눈으로 사과했다. 효은은 할 말이 없었다.

"어…… 네. 일단 사과는 받을게요."

이도가 장효은답다며 웃었다. 그리고 그의 앞에 서 있는 활짝 핀 꽃 한 송이 같은 여인을 제대로 바라보며 눈 안에 담았다. 새하얀 목련꽃. 효은을 생각하며 늘 떠올린 이미지였다. 꽃같이 아름다운 신부에게로 그가 다가섰다.

"나갈까?"

"아…… 네."

"결혼하러 가자."

이도가 효은에게 손을 내밀었다.

❀ ❀ ❀

신혼여행지는 제주도로 정했다. 다행히 항암 치료가 효력이 있어 태호의 상태는 조금씩 호전되고 있었지만 그래도 효은은 불안함을 떨칠 수가 없었다. 여행은 언제든지 갈 수 있다며 미루겠다는 그녀를 붙잡아 데리고 가라는 엄명을 받은 건 이도였다.

둘은 서로가 한발 양보해 제주도로 1박 2일의 짧은 여행을 떠나기로 합의를 보았다. 제주도는 이도가 출장차 반나절 만에 오고 가던 익숙한 곳이었다. 하지만 관광지를 구경하는 여행으로는 와 본 적이 없어 일정은 효은에게 모두 맡겼다. 그게 이런 기막힌 광경을 연출하게 될 줄은 몰랐다.

[환상의 섬, 제주도에 오신 것을 환영합니다!]

제주공항을 빠져나와 곧장 호텔로 향할 줄 알았던 이도는 플래카드를 들고 서서 그들을 향해 함박웃음을 지어 보이는 가이드를 보고 걸음을 멈췄다. 설마, 신혼여행을 패키지로 잡은 것인가. 그것도 통역조차 필요 없는 한국 땅에서 말이다.

효은은 이도의 마음은 전혀 눈치채지 못하고 가이드에게 달려가 반가운 인사를 나눴다. 이도는 일단 따라 주었다. 이것 역시 할아버지 태호를 위한 그녀의 버킷 리스트라면 그도 할 말은 없었다.

"자, 저희 물 좋고, 바람 좋고, 풍경 좋고, 음식 맛있고, 거기다 덤으로 가이드까지 멋진 제주도에 오신 걸 환영합니다. 앞으로 며칠 동안 저와 함께 제주도를 만끽하시면서 행복하고 즐거운 허니문이 되시길 바랍니다."

좁은 여행사 버스 안엔 여러 커플들이 자리를 잡고 앉아 있었다.

허니문을 위한 특화 상품인지 대부분 금방 예식을 마치고 온 흔적들이 보이는 신혼부부들이었다. 결혼식을 잘 치러 내 후련한 동시에, 긴장감이 풀려선지 모두들 자신의 짝에게 기대어 잠들기 시작했다.

이도는 자신의 옆자리에 앉은 효은을 바라봤다. 그녀는 여전히 창밖의 세계에 빠져 있었다. 잠깐이라도 쉬는 게 어떠냐고 물으려다 그만두었다. 여행을 즐기게 놔두고 싶었다. 그는 눈을 감고 불편한 밴 의자에 머리를 기댔다. 그리고 어느새 잠에 빠져들어 버렸다.

이도의 머리가 자신의 어깨에 스르륵 내려앉자 효은은 그대로 부동자세가 되어 움직이지 못했다. 제주도의 풍경이 제대로 눈에 들어올 리 없었다. 어색했다. 결혼식까지 한 마당에 왜 이런 마음이 드는지 모르겠지만 그와 하룻밤을 같이 보내고 온다는 게 그녀에겐 큰 부담으로 다가왔다. 이러면서 가짜 남편 역할을 해 달라고 뻔뻔하게 말했다니. 그때의 자신은 누구인가 싶었다.

패키지여행도 일부러 잡았다. 정신없이 돌아다니다 보면 1박 2일은 금방 지나 버릴 것이라 생각해서였다. 효은은 곁눈질로 잠든 이도를 바라봤다. 그가 좀 더 편안하게 기댈 수 있도록 몸을 움직여 주었다. 아이같이 맑은 얼굴로 잠든 이도는 그녀가 바라본 모습 중에서 가장 평온했다.

항상 굳은 표정으로 세상의 모든 짐을 지고 사는 듯한 남자였다. 그래서 그를 웃게 해 주고 싶었고, 행복하게 해 주면 어떨까 싶었다. 이 결혼도 그가 그녀의 상황을 배려해 결심한 일이었다. 그 마음을 모르지 않았다. 동정이라도 괜찮았다. 그만큼 그에게 고마움이 더해졌다. 효은은 딱 그 정도의 마음으로만 그를 대할 생각이었다. 더는 안돼. 자신에게 경고하듯 다짐했다.

호텔에 간단히 짐만 풀고 나서 집합했다. 그 이후의 시간은 생각나지 않을 정도로 빠르게 지나갔다. 쥐 잡듯이 우르르 몰려가 명소 몇 곳을 초고속으로 훑고 근처 유명 맛집에 도착해서 단체로 자리를 잡고 앉았다.

"신혼여행이라고 하지 않으셨어요?"

이도가 급한 업무 전화를 받느라 화장실에 들렀다 일행에 합류하자 버스에서 옆자리에 앉았던 커플 중 남자가 그에게 말을 걸어왔다. 효은은 가이드 옆에 앉아 스케줄표를 확인하고 있었다. 여행 내내 그녀는 그의 옆에 붙어 있기보다는 가이드와 함께 있는 시간이 더 많았다. 하지만 이도가 그걸 못마땅해할 이유는 없었다.

"네. 무슨 문제라도……?"

이도는 질문하는 남자에게 되물었다. 의도는 뻔했다. 일부러 더 서늘하게 끊어 내듯 묻자 남자가 웃으며 말을 이었다.

"아, 오래 사귀셨나 보구나. 맞아요. 몇 년 만나다 보면 붙어 있는 게 더 어색해지더라고요. 그래도 신부님 옆에서 좀 챙겨요. 저 가이드가 아까부터 자기 마누라처럼 옆에 붙어서 데리고 다니잖아요."

남자가 마지막 말을 조심스럽게 속삭였다. 패키지여행에 이런 무례한 참견까지 다 받아 내야 하는 수고가 있을 줄은 몰랐다. 물색없이 무리에 섞여 싹싹하게 말을 받아 낼 뻔뻔함은 가지지 않은 성격이기에 이도는 남자에게 진지한 눈빛으로 말했다.

"제 마누라 걱정은 제가 알아서 하겠습니다."

당신 여자나 잘 챙기라는 그의 경고성 눈빛에 남자는 잠시 어깨를 움츠렸다. 이도는 무리에서 단연 튀는 외모였다. 잘생긴 이목구비에 키도 제일 컸으며 드라마 속에서나 등장하는 재벌 3세들처럼 옷과 시계, 구두까지 모두 명품이었다. 좁은 한국 땅에서 패키지여행이나 하고 있을 비주얼이 아니란 소리였다.

무슨 사연일까. 모두 이도와 효은 커플에게 시선을 보내며 두 사람을 주시했다. 여자는 결혼을 하기엔 조금 어려 보였으며, 남자에게 간간이 '아저씨'라는 호칭을 쓰기도 했다. 남자는 여자에게 관심을 두지 않는 것 같으면서도 시선의 끝에는 꼭 보호자처럼 그녀를 바라보고 있었다. 오지랖이 넓은 옆자리의 남자는 두 사람이 평범한 부부 관계가 아니라고 추측했다.

"기분 나쁘셨다면 죄송해요. 근데…… 평범하게 결혼한 사이는 아니시죠?"

남자는 꼭 한마디를 덧붙여 상대방의 심기를 건드리는 타입 같아 보였다. 이도는 관심 좀 끄라는 말을 더하려다가 의미 없다 생각하고 입을 닫았다.

그의 몫으로 나온 성게미역국은 이미 식어 뒷맛이 짰다. 수저를 내려놓고 이도는 저 멀리, 가이드 옆에 앉아 열심히 설명을 듣고 있는 효은을 바라봤다. 그녀는 한 번도 그에게 시선을 주지 않았다. 첫사랑이라더니, 아무래도 그건 태호의 착각인 것만 같았다.

마지막 일정까지 돌고 나자 시간은 벌써 밤 열 시를 훌쩍 넘었다. 모두 지친 표정으로 가이드를 보자 그는 간단히 내일 스케줄에 대한 브리핑을 했다. 그 말을 귀담아듣는 이는 효은뿐이었다. 얼른 방으로 들어가 눕고 싶은 마음은 모두 한뜻이었다.

"자, 그럼 내일 아침에 뵙겠습니다. 즐겁고 보람찬 밤 보내세요!"

가이드의 우렁찬 말이 끝나고 각자 짐을 챙겨 방으로 올라갔다. 이도와 효은도 룸 키를 받아 엘리베이터에 올랐다. 이동 중일 때를 빼고 처음으로 그녀를 가까이 했다. 그의 시선이 닿자 효은은 계기판으로 눈을 놀렸다. 여전히 미묘하게 거리를 둔 채 둘은 호텔방으로 들어섰다.

효은은 안으로 들어서자마자 이도와 눈을 맞추지 않기 위해 분주하게 움직이며 가방 정리를 했다. 그런 효은의 태도를 보며 이도는 잠깐 웃어 버리고 말았다. 불편한 건 당연했다.

스위트룸에서야 찰나의 시간이었다. 눈앞에 있으라는 말이 그도 모르게 흘러나왔었다. 승재. 남자의 이름을 말하고 빨리 가겠다는 효은을 더 붙잡아 두는 게 무슨 의미인지 그도 알 수 없었다.

결국 할아버지가 기다리신다며 일어서는 효은을 병원으로 데려다

주고 이도는 회사로 돌아가 남은 업무를 마무리했다. 아무 일 없었던 것처럼 두 사람은 각자의 일상을 살며 결혼을 준비했다. 이렇게 순식간에 식을 치르고 호텔방에 같이 앉아 있게 될 거라곤 그도 얼마 전까지 예상하지 못했다.

"아, 맞다. 양쪽 집에 전화드려야죠."

효은은 어색한 침묵을 피할 좋은 일거리를 찾았다는 것처럼 자리에서 일어났다.

"다 주무셔."

"아, 시간이…… 그렇구나."

패키지여행이라 스케줄이 아주 스파르타였다.

"내일 아침에 하자. 저녁 먹을 때 내가 대충 해 뒀으니."

효은이 가이드 옆에 앉아 수다를 떨고 있을 때였나 보다. 이도가 잠깐 화장실에 다녀온다며 나가고는 한참을 돌아오지 않았다. 이 남자한테 이렇게 꼼꼼한 면이 있었나. 효은은 다시 한번 놀랄 수밖에 없었다. 그렇다면 이제 뭘 해야 할까. 그녀는 생각났다는 듯이 엉덩이를 들었다.

"어, 그러고 보니 가이드님한테 내일 추가 일정을 제대로 안 물어봤어요. 늦은 시간도 괜찮으니 뭐든 물어보라고 했으니까 잠깐 다녀올게요. 아저씨, 먼저 자……."

"그럴 필요 없어."

앉아 있던 이도가 갑자기 자리에서 일어나 재킷을 집으며 말했다.

"불편하면 내가 나갈 테니까. 너무 애쓰지 마."

"아니, 그게⋯⋯."

효은은 아니라고 말할 수 없었다.

"보는 눈이 있으니까 같이 들어온 거야. 지금이라도 방을 하나 더 잡으면 되니까⋯⋯."

"안 불편해요."

효은이 오기처럼 말을 뱉었다. 이도는 골치가 아픈 것처럼 웃으며 그녀를 바라봤다.

"내 옆에서 잘 수 있다고?"

그가 성큼 그녀의 앞으로 다가왔다. 효은이 놀라 살짝 물러섰다.

"모, 못 잘 것도 없죠."

"그럼, 그땐 왜 도망갔어?"

이노가 콕 십어 물었다. 효은은 빠져나갈 수 없었다.

"아⋯⋯ 그땐⋯⋯."

그녀가 끝까지 대답하지 못하자 이도는 결론을 내렸다.

"다른 뜻은 없어. 서로 편하자는 거야."

"⋯⋯알았어요. 가세요."

이상하게 자신이 매달리는 것 같아 효은은 마음을 바꿨다. 불편한 건 맞았다. 그가 없다면 편하게 잠들 것이고, 내일 여행 일정이 수월할 것이다. 효은은 돌아서 자신의 할 일을 했다. 가방 안에서 옷가지들을 꺼내 정리하는 그녀의 뒤로 이도가 지나쳐 가는 게 느껴졌다. 진짜 나가 버리는 걸까. 효은은 그 순간에도 그를 의식하는 자신이 못났다고 생각했다.

"무슨 일 있으면 전화해. 지하의 바에 있을 테니까."

효은은 대답하지 않았다. 곧 망설임 없는 걸음 소리가 들리고 문이 닫혔다. 그녀는 주저앉듯 자리에 앉았다. 자신을 두고 나가는 일이 뭐라고 이리도 서운한 마음이 드는 걸까. 불편한 기색을 보인 건 그녀였다. 이도가 하는 행동은 그녀를 위한 배려라는 것도 안다. 하지만 신혼여행이라는 생각도 들었다. 인생에 한 번뿐일지도 모를 신혼여행.

효은은 결심하듯 가방을 닫았다. 그리고 몸을 일으켜 이도가 나선 문 쪽으로 향했다.

❀ ❀ ❀

"위스키 한 잔 부탁합니다."

이도는 호텔 라운지로 내려와 자리를 잡고 앉았다. 바텐더는 예의 바른 손길로 그의 눈앞에 위스키 한 잔을 세팅해 주었다. 술에는 취미가 없었다. 이 술을 먹는 것 역시 사업의 연장선이라는 걸 권 영감이 강조해도 이도는 흐트러진 자신이 싫어 되도록 술을 멀리했다.

술로 이룬 사업이라면 그건 모래성이나 다름없었다. 그렇게 세운 업적은 언제든지 무너질 수 있었다. 그 허점을 노리는 게 큰고모 선영이었다. 이도도 그녀의 능력을 인정했다. 만약 그가 없었다면 그녀는 선흥의 회장 자리에 가장 적합한 인물이었다.

하지만 권 영감은 장자 승계를 고집했다. 선영이 이룬 사업은 결국 남편 한길의 몫으로 넘어가게 되어 버린다는 것이었다. 고리타분한 구시대적 사고를 바꾸기엔 그녀의 능력은 아직 권 영감의 마음에 쏙 들지 못했다. 어쩌면 이도라는 존재가 있기에 더 그럴 수도 있었다. 누구에게나 적일 수밖에 없는 자리. 그 위치를 지키기 위해서 이도는 혼자가 익숙했다.

"일이 잘 안 풀리시나 봅니다."

위스키를 단번에 입 안에 털어 넣고 잔을 내려놓자 바텐더가 조심히 다가와 말을 걸었다. 이도는 웃으며 비운 유리잔을 되돌려 주었다. 그리고 손짓으로 한 잔을 더 부탁했다.

"신혼여행 온 사람으로 안 보이나 보죠?"

알코올이 들어가자 그에게서도 싱거운 소리가 나오기 시작했다.

"아, 죄송합니다. 신혼여행 오셨군요. 신부님이 안 보이셔서……."

바텐더가 웃으며 그를 혼내는 것만 같았다. 이도는 가슴 한쪽에 머물러 있던 효은을 떠올렸다. 불편해하는 그녀를 배려해 방을 빠져나왔지만 사실은 그가 자신이 없었다. 가짜 남편을 해 주겠다고 호기롭게 말하고 결혼식까지 올렸지만 같은 공간에서 무시하고 잠들 만큼 그녀의 존재감이 작지 않았다.

패키지여행을 다니는 내내 그의 눈 안에 담긴 건 풍경이 아니라 한 여자뿐이었다. 보호자라는 핑계를 갖다 붙인다 해도 그는 지금 '장효은' 이라는 여자에게 많은 감정을 쏟고 있었다.

거리감이 필요했다. 끝이 보이는 만남이었고, 결국 상처받을 사람은 그녀였다. 희망 고문을 당하는 게 얼마나 고통스러운지 누구보다 그가 잘 알고 있었다.

바텐더가 새로 가져다준 위스키를 받아 드는 순간, 주머니 속에서 진동이 울렸다. 생각나는 건 효은뿐이었다. 이도는 급하게 잔을 내려놓고 핸드폰을 꺼내 들었다. 전화를 걸어 온 이는 예상치 못한 사람이었다.

이도는 잠시 망설였다. 늦은 시간이었다. 자신이 신혼여행지에 있다는 걸 모르지 않을 것이다. 그렇다면 회사에 급한 일이라도 생긴 걸까. 통화 버튼을 누르고 그는 짧게 말을 뱉었다.

"그래, 서 대리."

— 나예요, 오빠.

민아는 그를 '상무님' 이라는 직책 대신 '오빠' 라고 불렀다. 회사 일이 아니라는 뜻이었다. 한 번씩 그에게 전화해 개인사를 상담하던 사촌 여동생이었다. 영란의 아들인 정민은 그를 경쟁자로 생각하지만 민아는 아니었다. 처음부터 그녀에게는 자격이 없었다. 선영이 공개 입양을 선택한 의도가 그것일 것이다. 그런 사촌 여동생에게 동질감과 연민을 느끼는 건 당연했다.

"무슨 일이야?"

— ……방해한 건, 아니죠?

민아가 미안하다는 목소리를 내비쳤다.

"아니야. 괜찮아."

— 그냥, 집안 대표로 뽑혀서 전화한 거예요. 이모님이 궁금한 게 넘치시는데, 쪼아 댈 수 있는 사람이 나밖에 없는 거 알잖아요. 급하게 처리할 게 있어서 회사 왔다가 전화해 봤어요.

그녀의 역할이 무엇인지 이도 역시 잘 알고 있었다. 벗을 수 없는 굴레 속에 손발이 묶인 인생들은 자신을 위로하는 법조차 알지 못한 채 체념하는 것밖에 답이 없었다. 이도는 위스키 잔을 다시 붙잡았다.

"무슨 이슈가 필요한데?"

— 어때요?

민아의 진지한 물음이 건네졌다.

"뭘?"

— 뭐겠어요? 나, 오빠한데 시순해요. 그래도 나한데는 미리 얘기했었어야죠.

그 역시 자신이 이 자리에 있을 것이라 생각지 못했었다. 이도는 그저 쓰게 웃었다.

"네가 내 편이라는 확신이 없어서."

농담 같았지만 그의 대답 안에는 가시가 살아 있었다.

— 오빠.

"좋은 여자야. 너도 봐서 알겠지만, 예쁘고. 나한테는…… 과분하지."

이건 진심이었다. 정작 그녀에게는 말할 수 없는 진실.

─ 난 오빠가…… 결혼 같은 거, 생각 없는 줄 알았어요.

"못 할 이유도 없잖아."

─ ……

그의 단호한 답에 민아는 더 이상 반박하지 못했다. 그녀 역시 그를 의심하고 있을 것이다. 평생 여자 같은 건 생각조차 하지 않을 것 같았던 남자가 하루아침에 결혼을 했다. 믿고 축하해 주는 것이 더 이상한 일일지도 몰랐다.

"고모님들께는, 결혼했다고 해서 권이도가 달라지진 않는다고 잘 말씀드려."

─ 진짜…… 달라지지 않을 거예요?

민아가 확인하듯 되물었다.

"……그래."

─ 이제야 안심이 되네요. 혹시나 오빠가 여자한테 푹 빠져서 상무 자리까지 뺏기진 않을까 걱정했거든요. 그것만큼 허무한 일이 어디 있겠어요? 난 진짜 오빠 편이거든요. 이미 이쪽 줄에 서 버려서 돌아갈 수도 없어요.

훗. 이도에게선 작은 웃음이 흘러나왔다. 민아의 말이 진심이든 거짓이든 상관없었다. 그는 누구도 믿지 않았으며, 마음을 주는 게 얼마나 위험한 일인지 잘 알았다.

"내 편이라 매일 야근이야? 대충 하고 얼른 들어가."

─ 나 걱정해 주는 거예요?

끊을 줄 알았던 민아가 다시 말을 붙였다.

"……그래. 너도 이제 네 인생 챙겨 가면서 해. 괜찮은 사람 있으면, 나처럼 결혼도 하고. 그렇게 열심히 한다고 큰고모님이 알아주시지 않는다는 거 네가 더 잘 알잖아."

이도는 냉정한 충고를 건넸다. 민아는 잠깐 웃다가 대답했다.

— 좋아하는 사람은 있는데, 결혼은 못 해요.

처음 건네 오는 남자 얘기에 이도는 적당한 위로를 찾지 못했다.

"……."

— 그 사람, 오늘 결혼했거든요.

바에서 나온 이도는 박 비서의 전화번호를 찾았다. 근처 다른 호텔의 묵을 만한 곳을 알아봐 달라고 부탁할 참이었다. 통화 버튼을 누르려던 그는 결국 핸드폰을 다시 주머니에 넣었다. 아무래도 마음이 내키지 않았다. 효은을 혼자 두고 내려올 때부터 신경이 쓰였다. 불편하다고 피한다면 둘은 이 결혼 생활을 유지하지 못할 것이다. 익숙해져야 한다. 그 결심으로 이도는 다시 그들의 방으로 향했다.

벨을 누르려다 시간을 확인했다. 잠들고도 남았을 새벽이었다. 이도는 다시 로비로 내려가 여분의 룸 키를 받아 방 앞으로 돌아왔다. 보안을 풀고 조심히 문을 열자 전혀 예상치 못한 광경이 그의 눈앞에 펼쳐졌다.

제주도 밤바다가 보이는 베란다 앞에 효은이 자리를 잡고 앉아 있었다. 그녀의 앞엔 맥주 캔 여러 개와 먹다 만 과자가 널브러져 있었다. 인기척을 느꼈는지 효은이 갑자기 뒤돌아봤다. 그녀는 방어막 하나 없는 해맑은 미소를 지어 보였다.

"아저씨!"

취했나. 뭘 얼마나 마셨다고? 맥주 캔 몇 개로 저럴 수 있는 건가 싶었다. 이도는 또다시 골치가 아팠다. 위스키 몇 잔에 잠시 돌던 취기가 싹 가시는 것만 같았다. 조용히 잠들어 있을 것이란 상상도 그에겐 쉽게 감당할 수 없는 버거움이었다. 그런데 해맑은 주사라니.

"나 혼자 마시러 갔다고 시위하는 거야?"

이도는 어쩔 수 없이 효은의 곁에 앉으며 그답게 말했다.

"아저씨는 뭐 마셨는데요?"

"……위스키."

"와. 위스키. 멋지네요."

효은은 평상시 그가 봤던 모습보다 밝음이 다섯 배쯤 올라가 있었다. 볼이 발갛게 달아올라 복숭앗빛을 띠었다. 그래서 새하얀 얼굴과 목덜미가 더 도드라져 보였다.

"주량이 얼마야?"

"아, 저요?"

그녀는 자신을 손가락으로 가리켰다. 마치 처음 받아 보는 질문이라는 것처럼.

"설마…… 처음은 아니지?"

"빙고. 딩동댕. 정답입니다."

장난스럽게 말하고 효은이 또 배시시 웃었다. 웃지 마. 그 말이 이도의 입에서 튀어나올 뻔했다. 왜 자꾸 웃는 거야. 사람을 괴롭히는 것도 가지가지라는 생각이 들었다.

"……신혼여행이잖아요. 내 버킷 리스트에 있었어요. 휴양지 밤바다를 내려다보면서 술 한잔, 딱 하는 거. 소원을 이뤘네요. 그런데 이 맥주는 맛이 없다. 소주를 살 걸 그랬나. 위스키는 어떤 맛이에요?"

효은이 다시 맥주 캔을 잡으며 말했다. 이도는 그것을 얼른 낚아챘다.

"남편한테 주사 부리는 것도 버킷 리스트에 있나 보지?"

남편. 이도의 말에 효은이 모든 동작을 멈추고 그를 올려다봤다. 그녀의 눈빛이 천천히, 조금씩 젖어 갔다. 뭐야. 울기까지 하려는 걸까. 앞으로 장효은 앞에 알코올을 가져다 놓는 일은 절대 없을 것이라고 이도는 다짐했다.

"피한 거 아니에요. 아니, 피한 거 맞아요."

효은은 그의 물음과 전혀 다른 답을 내놓았다. 그녀의 눈동자가 깊어졌다.

"결혼을 해 본 것도 아니고, 처음이잖아요. 뭘 어떻게…… 해야 할지 모르겠어요. 남들 사는 것처럼 해 달라고 아저씨한테 부탁했지만 남들이 어떻게 사는지 몰라요. 내가 씩씩한 사람인 줄 알았는데 사실은 외로운 사람이었어요. 아저씨가 나가고 나서 불안했어요. 가지 말라고 말하고 싶었는데, 그런 것도 쉽…… 으앗."

순식간에 효은의 몸이 붕, 떠올랐다. 죄책감에 그녀의 고해 성사를 끝까지 듣지 못한 이도가 효은을 안아 들어 올렸다. 저절로 두 사람의 얼굴이 가까워졌다. 효은은 이도의 눈동자를 마주 바라보지 못했다. 심장이 터질 것같이 쿵쾅거렸다.

"이제 좀 조용하네."

그가 성큼성큼 걸음을 옮겨 침대 가까이로 다가갔다. 효은을 조심히 침대 위에 내려놓은 이도는 건네지 못한 말을 꺼냈다.

"미안해. 이번에도 내 생각이 짧았어."

그의 사과에 효은이 고개를 들었다. 이도의 눈빛엔 진심이 담겨 있었다.

"그러니까, 이제 조용히 자는 게 어때?"

그가 회유하듯 효은을 내려다봤다. 침대 위였다. 효은은 또다시 어색해지고 말았다.

"방금 이거, 공주님 안기죠?"

민망함이 결국 엉뚱한 소리를 주절거리게 만들었다.

"내 버킷 리스트에 이것도 있었어요."

"……이건 없었어?"

이도의 손길이 효은의 뺨에 닿았다. 그의 손은 뜨거웠다. 효은은 놀라 반사적으로 손길을 피했다. 이도는 예상했다는 듯 느리게 웃었다. 그게 이상하게 슬퍼 보인다는 생각이 들 즈음, 그의 손이 이번엔 그녀의 눈가를 다정히 가렸다.

"자라고."

"……."

"이렇게 멋진 남자가 재워 주는 것도, 버킷 리스트에 넣어."

권이도답지 않은 농담이었다. 효은은 앞이 보이지 않았지만 말은
바로잡았다.

"멋진 남자, 확실한…… 거죠?"

"뭐?"

또 이렇게 웃고 말았다. 그녀와 있으면 이도는 모든 게 싱거워져
버렸다. 솔직하게 진심을 모두 말해 버리는 여자. 어떻게 그가 이길
수 있을까 싶었다. 어쩌면 정말 태호의 말이 맞을지도 몰랐다. 자신의
불행도 행복으로 바꿀 아이라는 것. 장효은을 키운 그녀의 할아버지
가 깨달은 점이 이것일까. 이도는 조금씩 공감해 가고 있었다.

"……아저씨는요?"

'설마, 진짜로 한 침대에서 잠들자는 것은 아니죠?' 라고 되묻는
것 같아 이도는 얼른 몸을 일으켰다.

"침대보다 더 넓은 소파에서 잘 거야."

패키지여행답지 않게 호텔방은 넓고 컸다. 허니문이라는 데 중점
을 둔 옵션인 듯했다. 그리고 신혼부부를 위한 방이니만큼 침대는 당
연히 하나뿐이었다. 그곳에서 효은과 같이 잠들 수는 없었다. 그가 소
파 쪽으로 걸음을 옮기려 하자 효은이 놀란 사람처럼 벌떡 일어나 그

의 팔을 붙잡았다.

"옆에서 자요. ……무서워요."

효은의 눈이 진지했다.

"지금 이 방 안에서 나를 제일 무서워해야 하는 거 아닌가?"

효은의 옆에 자리를 잡고 누운 이도가 허탈하다는 듯 말을 건넸다. 조명을 모두 끄고 침대 옆 협탁에 놓인 스탠드 불빛 하나만 남겨 두었다. 침대가 생각 이상으로 넓었기에 두 사람이 같이 눕는다고 해도 서로 달라붙지 않는다면 어느 정도의 거리 유지는 가능했다.

효은은 그에게 옆자리를 내줬지만 거기에 다른 의미는 없어 보였다. 빈틈없이 몸을 감싼 이불이 그걸 증명해 주었다.

"그럴 사람 아니잖아요."

겁 없는 확신. 효은다웠다.

"사람을 믿는 것만큼 위험한 게 없는 법이지."

"아무도 믿지 못하는 건 슬픈 일이에요."

지지 않고 받아치는 효은의 말엔 확신이 들어차 있었다. 효은은 그런 인생을 살아왔을 것이고, 이도는 그게 세상에서 제일 어려운 사람이었다. 그래서 상처 주고 싶지 않았다. 끝이 있는 사이라고 못 박았다.

"아무나 잘 믿으면서 뭐가 무서운데?"

이도가 고개를 돌려 효은을 바라봤다. 그를 마주 보는 그녀의 표정이 복잡하게 얽혀 들었다.

"그냥…… 불안해요. 혼자 있기가 싫어요. 어차피…… 곧 그렇게 될 거잖아요."

체념한 목소리에서 두려움과 어리광이 뒤섞여 묻어났다. 잊고 있었다. 효은은 이제 스물넷. 세상을 독하게 바라보기에는 아직 어린 나이였다. 늘 인생을 다 산 것처럼 도 닦는 말만 하던 여자애가 지금 이 순간에는 그 나이 또래의 여자애처럼 느껴졌다.

"약해서 도움 될 건 없어."

그다운 충고였다.

"강하면 도움 되는 게 있나요?"

효은이 되물었다.

"적어도 무너지지는 않으니까."

이도의 말에 효은은 더 이상 대답하지 않았다.

무너지지 않기 위해서 강해져야 한다. 그건 이도가 그날 이후 자기 자신에게 걸어 온 주문이었다. 포기해야 할 것과 참아 내야 할 일들을 마주하며 그는 자신이 처한 상황에 빠르게 적응했다. 부모를 잡아먹은 저주받은 팔자라는 소리에도 변명 한번 하지 않았다. 꿈 따윈 가질 수 없는 운명이라 철저히 혼자만의 시간을 가졌다. 혹시라도 마음을 준 이가 네가 원하는 일이 무엇이냐고 물으면 어떤 대답도 할 수 없으니까. 그 일을 찾고 싶어질 테니까.

그럼에도 피는 무서웠다. 화가였던 어머니의 재주를 물려받아 그림을 보면 가슴이 울렁거렸다. 그래서 방 안에 있는 종이들을 모조리 찢어 내 버렸다. 그 어떤 곳에도 그림 따윈 그릴 수 없도록.

지독했다. 그 자신조차 치가 떨릴 정도였다. 하지만 그렇게 한 덕분에 흔들리지 않고 지금의 길을 만들었다. 비록 가짜라는 진실을 숨기고 있지만 그 자신만은 진짜 권이도를 알고 있다. 그 녀석이 얼마나 많은 노력을 했는지. 그것으로 만족했다.

"아무 생각 하지 말고 자. 내가 볼 때, 넌…… 겁쟁이가 아니야. 그랬다면 날 옆에 눕히지도 않았겠지."

이도가 나름의 위로를 건네고 바라보자 효은은 이미 눈을 감고 잠들어 있었다. 정말 겁이 없는 게 맞았다. 이도는 효은에게서 시선을 떼고서 눈을 감았다. 잠이 오지 않을 밤이었다.

✾ ✾ ✾

할아버지인 줄 알았다. 한 번씩 무서운 꿈을 꿀 때면 효은은 무의식적으로 그의 방에 들어가 태호를 꼭 끌어안았다. 그러고 있으면 귀신들이 저절로 사라졌다. 만병통치약. 그 말이 딱 맞았다. 오늘도 그런 기분이었다. 효은은 한동안 그녀를 괴롭히던 불행한 기운들이 깨끗하게 사라진 숙면을 취하고 기분 좋게 눈을 떴다.

"헉!"

그리고 자신이 내뱉은 신음에 놀라 황급히 입을 막았다. 눈앞에 남자의 넓은 가슴이 보였다. 그것과의 거리는 1센티도 안 될 만큼 가까웠다. 도대체 어떻게 된 거야. 효은은 숨을 삼키며 천천히 상황 파악을 했다. 어젯밤 그녀가 이 침대에 누워 같이 자자고 한 게 기억났다. 아무리 술을 처음 마셨다지만 그렇게 대범하게 행동하다니. 효은은 자신을 이해하기가 힘들었다.

그리고 눈앞에 있는 남자도 이해하기 힘들기는 마찬가지였다. 너라면 상처 없이 끝내 줄 것 같다고, 독한 말을 서슴지 않았던 그가 그녀의 부탁을 거절하지 않고 모조리 들어주고 있었다. 게다가 미안하다고 사과까지 했다. 도대체 뭘까. 이 남자의 머릿속에 무슨 생각이 들어 있는 걸까. 효은은 이도의 얼굴을 올려다보며 궁금한 마음을 멈출 수가 없었다.

"일어날 거야, 말 거야?"

눈을 감고 있던 이도가 잠시 곳하고 물었다.

"……어, 깼어요?"

"잤어야 깨지."

효은은 그의 말에 놀라 몸을 일으켰다.

"왜 못 잤어요?"

이도가 그제야 몸을 돌려 베개에 얼굴을 묻었다.

"네가 자지 말라며?"

"내가요?"

효은은 기억이 없어 억울했다.

"자지 말고 거리 유지해 주세요. 내 잠버릇이 안 좋거든요."

"내가요? 내가, 그런 말을 했다고요?"

"그래."

이도는 여전히 눈을 감은 채 말했다. 그렇다고 밤새 자지도 못했다는 건가. 안을 수도 있는 거지. 안는 게 어때서? 효은은 그가 미워지기 시작했다.

"이렇게 철저한 분이신 줄 몰랐네요."

"안아 줄 걸 그랬어?"

"네?"

"서운해하는 것 같아서."

하! 효은은 침대를 박차고 일어났다. 이도는 그녀의 행동을 보지 않아도 알 것 같아 입가에 미소를 머금었다. 놀리는 재미가 있을 줄은 몰랐다. 몇 번이고 그의 품으로 파고들어 '가지 마요. 가지 마, 할아버지!' 라고 말하는 그녀가 가여워 잠드는 건 포기했다. 애초부터 그건 불가능했다.

누군가의 옆에서 잠든 게 언젠지도 생각나지 않을 만큼 이도는 혼자인 것에 익숙했다. 그 외롭고 고독한 시간을 견뎌야만 다음 날을 살아갈 수 있었다. 그런 이도에게 효은은 불가사의한 여자였다. 곁에 둘수도, 그렇다고 멀리할 수도 없었다.

"헉, 조식 시간 30분밖에 안 남았어요!"

효은이 큰일이라도 난 것처럼 소리쳤다. 고개를 흔들던 이도가 몸을 일으켰다. 당연히 그가 못 잔 잠을 잘 것이라 예상한 효은은 갈아입을 옷을 꺼내려다 동작을 멈췄다.

"왜, 왜요?"

"조식 먹어야지."

이도는 그게 당연한 것처럼 침대에서 내려와 욕실로 향했다. 칫솔에 치약을 묻히고 양치를 시작하자 쪼르르 따라 들어온 효은이 그의 옆에 나란히 섰다.

"굳이…… 그럴 필요는 없어요. 피곤할 텐데. 가이드님한테는 제가 잘 말해 놓을게……."

"빨리 너도 양치해."

이도가 효은에게 칫솔을 건넸다.

"그리고 이제 가이드 말고 내 옆에 붙어 있어, 제발."

"……네?"

"10분 지났어. 얼른 서둘러."

효은은 지금 이도가 무슨 말을 한 건지 깨닫기도 전에 입 안으로 칫솔부터 집어넣어야 했다.

이도는 효은이 껌딱지라도 되는 것처럼 옆에 붙여 놓고 다녔다. 조식을 먹을 때는 물론, 버스를 타고 이동할 때나 관광 명소에 도착해 구경할 때도 효은을 자신의 뒤쪽에 감춰 두었다. 그 덕분에 어제 효은과 붙어 다니느라 장소 소개를 얼버무리고 넘어갔던 가이드가 오늘은 현장 안내에 열을 올렸다. 이제야 뭔가 제대로 된 여행을 하는 것 같다고 일행 모두가 동일하게 생각했다.

"이거, 밀당의 효곱니까?"

효은은 불쑥 말을 걸어오는 남자를 바라봤다. 꼭 무슨 일이라도 생길 것처럼 옆에 붙어 있던 이도도 볼일은 봐야 했다. 회사에서 급하게 걸려 온 전화를 받으러 간 그의 부재를 틈타 일행 중 한 명인 젊은 남자가 그녀의 곁에 다가왔다.

"무슨 말씀인지……?"

밀당이라니. 효은은 그의 말을 쉽게 이해할 수가 없었다.

"아, 일부러 그런 거 아니었어요? 신랑분 질투심 느끼게 하려고. 어제 하루 종일 가이드 옆에 있었잖아요."

"아, 그건……."

변명하려던 효은은 말을 멈췄다. 이 남자에게 그걸 왜 설명해야 하는지 모르겠단 생각이 들었다. 남의 일을 멋대로 해석하는 사람과 말을 섞으며 시간 낭비를 할 필요는 없었다. 효은은 그런 모토로 지금까지의 인생을 살아왔다.

"내가 어제 신랑분한테 그랬거든요."

효은이 불쾌함을 내비쳤음에도 남자는 눈치도 없이 말을 더 얹었다.

"가이드가 신부님 마누라처럼 데리고 다닌다고. 신경 좀 쓰라고. 그러니까 막 '제 마누라는 제가 알아서 챙기겠습니다!' 그러면서 나한테 눈을 부라리는데, 아이고 오금이 저려서. 하하하. 암튼 두 분 꼭 붙어 다니시니까 가이드가 이제 일을 하잖아요. 어제도 좀 저렇게 하지."

효은은 뒤늦게 남자의 말을 이해했다. 이도의 곁에 있기가 어색하고 불편해 가이드에게 질문을 건넨다는 핑계로 어제 대부분의 시간을 그와 붙어 있었다. 그런 상황에서 이도가 듣게 된 말을 전해 듣자 효은은 마음이 좀 오묘했다.

'제 마누라는 제가 알아서 챙기겠습니다.'

그 말을 이도가 했다는 게 어쩐지 신기할 따름이었다.

때마침 이도가 전화 통화를 마치고 일행 쪽으로 다가왔다. 효은은 아무 일 없었다는 것처럼 그에게 활짝 웃어 보였다. 그리고 둘은 다른 일정을 위해 버스에 올랐다.

원래 중요한 건 마지막에 등장하는 법이라고 했던가. 가이드는 이제껏 방문했던 음식점과 비교해 최고의 퀄리티를 선보이는 레스토랑 안으로 일행들을 인도했다.

"이곳에서의 식사가 마지막이니까 원하시면 술은 제가 선물로 제공하겠습니다."

정말 제대로 정신을 차렸는지 가이드는 확실한 서비스를 베풀었다. 그의 호의를 모두들 흔쾌히 받아들였다. 1박 2일의 짧은 시간이었지만 하루 종일 붙어 있다 보니 제법 친해지기도 했다. 각자 취향에 맞는 술을 따르고 제주도에서의 마지막 밤을 축하하려는데 효은은 눈 앞에서 술잔을 뺏겨 버렸다.

"넌 이거 마셔."

이도가 그녀의 앞에 사이다 잔을 놓았다.

이러긴가. 효은은 이 남자가 왜 갑자기 분위기를 깨는가 싶었다. 어제의 술주정에 대한 복수인가 싶기도 했다. 그러자 그녀도 참을 수 없었다. 사람들과 건배를 한 이도가 술잔을 입에 가져가는 순간 효은 은 그의 귓가에 조용히 속삭였다.

"이것도 마누라를 알아서 챙기는 일인가요?"

맥주를 삼키려던 이도가 비밀이라도 들킨 것처럼 눈을 키웠다. 효은은 복수라며 얄밉게 웃었다. 그가 마시다 만 맥주잔을 빼앗아 든 그녀는 시원하게 그것을 원샷했다.

5. 겁이 없어

"항암 효과가 나타나기 시작했어."

김 교수는 신혼여행에서 돌아온 효은에게 이 소식을 전해 주기 위해 아침 회진까지 급하게 미뤄 두었다. 긴장감이 가득했던 그녀의 얼굴이 더할 나위 없이 밝아지며 끝내 눈가엔 감사의 눈물이 맺혔다.

"감사합니다, 교수님. 감사해요."

"크기가 이대로 잘 줄어들면 수술도 가능해. 아직 좀 더 지켜봐야겠지만 네가 결혼하고 나서 선생님도 안정을 많이 찾으신 것 같아. 어떤 병이든 심리적인 부분이 큰 영향을 미친다는 거 너도 알 거다. 기적이라는 게 다 그 간절한 마음에서 비롯된다는 것도 알지?"

김 교수는 의사인 자신의 입에서 이렇게 긍정적인 말이 흘러나올 줄 몰랐다. 의사란 직업은 늘 최악을 대비하고 그것에 대해서 경고를 건네야 했다. 나을 것이라 희망을 주었는데 그 희망이 헛된 고문이었다는 걸 알고 그를 찾아와 원망하는 환자들의 보호자만 해도 손으로 셀 수 없을 만큼 많았다. 그럴 때마다 그는 냉정해졌고, 환자를 병명으로만 들여다보게 되었다.

"할아버지가 나으실 수만 있다면 뭐든 다 할 거예요. 다 할 수 있어요!"

그런 김 교수에게도 예외가 생겼다. 손태호 스승. 그만은 제발 기적적으로 오래 살아 주기를 바랐다. 그래서 하나뿐인 손녀 효은의 행복을 좀 더 오랫동안 지켜볼 수 있기를.

김 교수는 효은의 어깨를 힘 있게 다독여 주었다.

"이건, 제주도 1등급 한라봉으로 만든 초콜릿. 그리고 오메기떡이랑 감귤차랑…… 아, 그게 어디 갔지. 할아버지 좋아하는 감귤한과도 샀는데. 어, 여기 있다!"

효은은 종이 가방 한가득 담아 온 신혼여행 선물을 병실 안에 펼쳐 놓았다. 태호는 정신이 없었지만 신이 나 있는 손녀를 말릴 생각은 없었다. 효은이 웃으면 그도 웃음이 났다. 효은이 아프면 그도 아팠다. 하지만 효은은 그로 인해 아프지 말았으면 했다.

"이거 다 먹으려면 얼마만큼 더 살아야 하는 거야?"

태호가 농담처럼 건넨 말에 효은이 갑자기 행동을 멈췄다. 그를 바라보는 눈에는 원망과 서운함이 뒤섞여 있었다.

"그걸 왜 계산해? 한 달에 한 번씩 제주도 갈 거야. 그리고 선물 왕 창 사 올 거야. 평생 그럴 테니까 얼마나 더 살 수 있을까, 그런 생각 하지 마. 긍정의 힘이라는 거 몰라? 살 거다, 살 수 있다, 주문을 외우 라고. 난 할아버지 행복한 거 보려고 결혼까지 했는데 나한테 그 정도 는 해 줄 수 있잖아."

또 감정이 넘쳐 버렸다. 효은은 이러지 말아야지 하면서도 조절이 잘되지 않았다. 지금 이 상황에서 가장 힘든 사람은 할아버지일 텐데. 아픔조차 내색하지 않고 견디는 그의 마음을 헤아려 주기보단 그녀의 입장만 생각하며 떼를 쓰고 있었다.

효은은 미안한 마음에 얼른 눈가를 훔치고 웃었다.

"신혼여행 얘기 해 줄까? 할아버지한테 할 얘기가 넘쳐서 노트에 적어 왔다니까."

그녀가 가방에서 수첩을 꺼냈다. 태호는 모든 것이 감사했다. 효은 을 볼 수 있는 이 순간도, 더할 수 없이 행복했다.

"그래, 얼마나 재밌었는지 들어 보자."

❋ ❋ ❋

가족 식사 스케줄이라는 말에 서류를 훑어보던 이도가 고개를 들 었다. 신혼여행을 다녀온 지 하루가 지났다. 이렇게 빨리 효은을 어려 운 자리에 세우게 될 줄은 몰랐다. 어쩔 수 없이 가져야 하는 시간이긴 했지만 낯선 공간에서의 생활에 조금은 적응하고 나서 치러도 되지 않을까 싶었는데 그건 그 혼자만의 배려인 듯했다.

"회장님 지시인 겁니까?"

고모 영란의 작전이라면 그의 선에서 처리할 수 있는 부분이었다. 이도가 묻자 박 비서는 불가능을 말하듯 난처한 표정을 지었다.

"……네. 사모님은 병원에서 곧바로 합류하시겠답니다."

권 영감은 그들의 분가조차 허락하지 않았다. 이 결혼에 이도가 원한 건 딱 그 조건 하나였지만 그를 믿을 수 없다는 게 돌아온 대답이었다. 정상적인 결혼 생활. 남들과 똑같이 살아가는 모습을 보여 주는 게 그의 은혜에 대한 보답이라고 했다. 스물넷의 어린 여자에게 시할아버지 시집살이라도 시킬 생각인 것인가. 이도는 권 영감의 생각을 좀처럼 읽을 수가 없었다.

효은은 흔쾌히 그의 집에 들어와 사는 것을 받아들였다. 자신의 할아버지도 그걸 원한다고 덤덤히 말했다. 그 밑바탕에 깔린 의도가 무엇인지, 어떤 수고가 닥칠지 그녀는 아직 모를 것이다. 나란히 서 있는 것도 불편한 남편, 거기다 세상을 홀로 사는 시할아버지, 터줏대감처럼 집안을 이끄는 시할머니 몫의 집사까지. 감당할 수 있는 게 어쩌면 더 이상한 일일지도 몰랐다.

"다음 스케줄 얼마나 걸리죠?"

이도가 시간을 계산하며 박 비서에게 물었다.

"빠르면…… 아, 빠르게 끝낼 수 있도록 처리하겠습니다."

그의 마음을 단번에 읽은 박 비서는 곧장 운전 속도를 높였다.

❀ ❀ ❀

대문 앞에 도착한 순간, 효은은 참아 온 숨을 골랐다. 골목 어귀 버스 정류장에서 내린 후 전속력으로 뛰어 올라온 길이었다. 이도가 보내온 회사 차는 변명을 붙여 돌려보냈다. 아직은 사모님 소리까지 들어 가면서 뒷자리에 앉아 있는 게 익숙하지 않았다.

병원에서 한 번 만에 오는 버스 노선도 알아 두었고, 이 동네에 적응하기 위해서 그녀 나름의 방법을 찾았다. 하지만 그로 인해 가족 식사 자리의 준비를 도울 시간이 줄어든 것만 같아 마음이 급했다. 효은은 얼른 대문의 벨을 눌렀다. 곧 그녀를 알아본 도우미 아주머니가 반기운 목소리로 문을 열어 주었다.

"혹시…… 뛰어왔어요?"

주방 일을 지시하고 나오던 강 여사가 땀에 젖은 효은을 보고 놀라다가왔다. 얼른 도우미를 시켜 마른 수건을 가져오게 만들었다. 효은은 난처한 마음에 연신 두 손으로 흐르는 땀을 닦아 냈다.

"그게, 늦은 것 같아서요……. 죄송해요, 제가 일찍 와서 같이 준비해야 하는 거였는데……."

그녀의 말을 듣고 강 여사는 오히려 더 미안한 웃음을 보였다.

"준비는 무슨 준비를……. 그냥 권 상무 오는 길에 같이 들어와 앉아 있기만 해도 되는 자리예요. 제가 이 집에서 맡은 일이 이 식사 준비인데, 어린 사모님 손까지 빌려 쓰면 되겠어요?"

"아니, 그래도……. 아, 그리고 사모님이란 호칭 말고 편하게 이름 불러 주세요. 효은이에요."

강 여사는 차차 바꾸겠다고 말하고는 그녀를 신혼방이 있는 2층 독채로 올려 보냈다. 효은은 어쩔 수 없이 방으로 들어와 멀뚱히 침대에 앉아 있었다. 아직은 가구의 위치조차 파악하기 힘든 낯선 공간이었다. 그녀의 짐은 모두 정리되어 있었지만 정작 그 주인은 자신이 아닌 것만 같았다.

멍하니 생각에 잠겨 있던 효은은 정신을 차리듯 자리에서 일어났다. 이러고 감상에 빠져 있을 상황이 아니었다. 얼른 옷장을 뒤져 예복용으로 맞춘 한복을 찾아 입었다. 오는 길에 할아버지에게도 여러 번 새겨들은 말이었다. 예의를 갖춰 할 도리를 다하고, 주눅 들지 말고 당당하라고. 효은은 힘을 내 마음을 다지고 1층으로 내려갔다.

"권 상무가 그런 줄은 몰랐네……."

"워낙 힘든 거 내색 안 하는 사람이잖아요. 한두 달은 제가 약으로 챙겼어요. 먹으라고 갖다줄 땐 싫은 표정이더니, 좀 괜찮아지니까 고맙다고 하더라고요."

"그래. 서 대리가 잘 챙겨 줘서 다행이야."

"여사님, 아직도 제가 서 대리예요?"

"아, 내가 호칭 바꾸는 게 쉽지 않네. 다 늙어서 그런 거니, 이해해 줘."

"에이, 또 저 미안하게 그러신다. 근데 이 새우는 빼야 할 것 같아요. 저번에 홍콩 출장 갔을 때 오빠가 먹고 체해서는 제가 더 고생을…… 어, 안녕하세요."

주방으로 들어선 효은을 발견하고 민아가 인사를 건네 왔다. 사촌 여동생이라고 했던가. 큰고모님의 딸이라고 했었다. 그런 사람이 왜 이 시간에, 익숙한 모습으로 주방에 들어와 요리를 돕고 있는 걸까. 효은은 의아했지만 내색할 수 없었다.

"좀 더 쉬고 있지, 왜 벌써 내려왔어요?"

강 여사는 효은의 등장에 긴장하듯 몸을 일으켰다. 아직 신경 써야할 인물은 맞았다. 서로가 적응하기 위해선 시간이 필요한 사이였지만 효은은 어쩐지 서운한 감정이 들었다. 그게 이도에 대해서 그녀보다 더 많은 것을 알고 있는 듯한 한 여자 때문인 것 같기도 했다. 어쩐지 삐뚤어진 심술 같아서 효은은 얼른 표정을 밝게 바꾸고 민아에게로 다가갔다.

"제대로 인사를 못 드렸어요. 장효은이라고 합니다."

"아, 서민아예요."

민아는 여전히 손으로는 음식을 만들며 효은에게 인사를 건넸다.

"저도 도울게요."

효은은 소매를 걷고 조리대 쪽으로 다가섰다.

"아뇨. 괜찮아요. 아직 익숙하지 않을 텐데, 쉬고 있어요. 이 주방은 원래 여사님하고 제 담당이거든요."

민아가 강 여사에게 찡긋, 눈짓을 보냈다. 그녀가 싹싹하게 도와주는 덕분에 일이 수월해진 것은 사실이었다. 고모 둘에, 그 집안 식구들까지. 갑자기 늘어난 식사 준비를 홀로 도맡기엔 강 여사도 힘에 부쳤다. 도우미 아주머니들이 있긴 하지만 권 회장과 이도만큼이나 권씨 딸들의 입도 여간 까다로운 게 아니었다. 그 입맛을 다 맞추려면 제대로 알고 있는 사람이 하나쯤은 있어 주면 좋았다.

그게 민아여야 한다고는 생각하지 않았다. 그녀가 입양아여서, 이 집안의 핏줄이 아니라서 궂은일을 시킨다는 소리라도 듣게 될까 봐 강 여사는 처음부터 거부했었다.

하지만 민아는 몇 번이고 그 말을 무시하고 강 여사를 도왔다. 한 번이 두 번이 되고, 그녀의 도움이 제법 큰 몫이 됐을 땐 강 여사도 더 이상 거절할 수가 없었다.

'가만히 있는 건 못 하겠어요. 뭐라도 시켜 주세요.'

그렇게 말하고 웃는 그녀가 애처롭고 안타까웠다. 여느 부모들처럼 키운 자식이라고 한들, 권 회장의 장녀 선영이 자신의 딸에게 어느 정도의 애정을 갖고 있는지는 눈으로 보면 알 수 있었다. 강 여사의 눈에도 모든 게 보였다. 사랑받으려고 발버둥 치는 민아가 가엾기도 했다.

"이도 오빠는 좀 늦을 거예요. 오늘 잡힌 스케줄은 빼기가 어려워서."

말을 꺼낸 사람은 효은이 아니라 민아였다. 강 여사는 이상한 기분

131

이 들었다. 효은의 눈치를 살피자 그녀도 표정 관리가 쉽지 않아 보였다.

"그래요……. 먹을 복은 없나 보네요."

효은의 뼈 있는 뒷말에 강 여사는 잠시 입꼬리를 올렸다. 이도의 짝은 어리긴 했지만 주눅 든 기색은 없었다. 오히려 눈치 보는 얼굴을 한 건 민아였다.

"혹시, 기분 나빴다면 미안해요. 워낙 일 때문에 같이 붙어 있다 보니……. 아, 이런 말 하고 보니까 오빠가 진짜 결혼했다는 게 실감이 나네요. 그죠, 여사님?"

민아는 난처한 상황에서 벗어나기 위해 강 여사에게 도움을 청했다.

"그래. 앞으로는 바뀌어야지. 그래야 권 상무도 달라지지 않겠어?"

"오빠가요? 그런 일은 없을 거라고 저한테 딱 잘라 말하던데요?"

그런 말들을 주고받았다는 것도, 그걸 이 상황에서 전하는 민아도 효은은 쉽게 이해할 수 없었다. 하지만 잘못된 추측은 그저 망상이라 여기며 효은은 일부러 농담을 건넸다.

"그 성격이 바뀔 일은 없을 것 같긴 해요."

분위기를 풀어내려 한 그녀의 말에 오히려 민아가 얼굴을 굳혔다.

"오빠가 벌써 성격을 드러내요? 난 입양되고 이 집안에서 가장 어려웠던 사람이 이도 오빠였거든요. 말 트는 데만 해도 3년은 걸렸을 걸요."

입양. 갑작스런 고백에 효은은 아무런 대꾸도 하지 못했다. 옆에서
둘의 대화를 지켜보던 강 여사도 놀랐다. 민아가 입양이란 사실에 대
해서 감추거나 부끄러워하는 기색이 없다는 것은 알고 있었지만 이렇
게 일부러 알리듯 꺼내 놓은 건 처음이었다.

"왜 이러고 서 있어?"

혼란스러워하는 효은의 정신을 깨운 건 예상치 못한 사람이었다.

"다녀왔습니다."

이도가 주방 안의 강 여사에게 인사를 건넸다.

"늦는다던데……?"

그의 등장에 놀란 강 여사는 이도가 아닌 민아를 바라봤다. 당연히
늦어야 할 남자가 나타나자 민아 역시 할 말을 찾지 못하고 있었다.

"누가 사고 칠까 봐 걱정돼서요."

이도가 앞에 선 효은을 잠깐 내려다보다 낮은 웃음을 보였다. 그러
고는 돌아서 2층 쪽으로 걸어가다 다시 고개를 돌렸다.

"뭐 해? 나, 옷 갈아입어야 하는데."

"아…… 네."

효은은 뒤늦게 따라오라는 뜻인 줄 알고 몸을 움직였다. 등 뒤로
여러 시선이 따라붙었지만 신경 쓸 겨를이 없었다. 이상하게 심장이
두근거렸다. 그녀도 모르게 안도감이 찾아들었다.

"억지로 노력할 필요는 없어."

방 안으로 들어선 이도가 불쑥 말을 꺼냈다. 효은은 그 뜻이 무엇인지 알았다. 뭘 해야 할지 몰라서 멀뚱히 서 있는 그녀가 신경 쓰였을 것이다. 혹시나 그 이유 때문에 일정을 빨리 정리하고 달려온 것은 아닐까. 그의 감정이 궁금했지만 선뜻 묻지는 못했다. 어쨌든 그들은 '가짜 결혼'을 하는 데 동의한 당사자들이었으니까.

"아저씨도 내가 원하는 걸 해 주고 있잖아요. 이 정도 노력은 해야 한다고 생각해요. 할아버지도 그게 도리라고 하시고요."

효은이 자신의 생각을 또렷하게 전했다.

"그래? 그럼, 왜 그러고 서 있지?"

이도가 놀리듯 그녀의 앞으로 다가섰다. 효은은 그가 무슨 말을 하는지 이해하지 못했다. 이도는 눈짓으로 자신의 넥타이를 가리켰다. 얼른 벗겨 주지 않고 뭐 하냐고. 효은은 황당했다.

"오늘 서류 사인은 어떻게 하셨어요?"

"……뭐?"

"손이 고장 난 거 같아서."

장효은이 그냥 넘어갈 리 없었다. 이도는 또 이렇게 당하고 말았다. 하지만 이런 그녀가 싫지 않았다. 그가 요구하는 모든 걸 수동적으로 해 주었다면 오히려 더 불편했을 것이다.

"나한테 하듯이, 오늘 저녁 자리도 잘 이겨 내 봐."

이도가 힘내라며 웃어 주었다. 그리고 자신의 손으로 직접 넥타이를 풀고 드레스 룸으로 걸어 들어갔다. 익숙하게 갈아입을 옷을 찾는데, 효은이 할 말이 있는 것처럼 그의 뒤를 따라 들어왔다.

"……왜?"

그는 이미 와이셔츠를 벗어 상체를 드러낸 상태였다. 효은은 시선을 어디에다 둘지 몰라 눈동자를 이리저리 움직였다. 이도는 이 귀여운 숙맥을 어떻게 상대해야 할지 몰라 머리가 아팠다. 옷도 마음대로 벗지 못하는 결혼 생활이 어디 있는가. 헌데 누구를 탓할까 싶었다. 그 가짜 결혼을 해 주겠다고 부추긴 건 그였으니까.

"아…… 안 추워요?"

"한여름이야."

"아, 그렇지."

"장효은."

"네?"

효은이 시선을 들어 그를 바라봤다.

"할 말 있는 거 아니었어?"

언제 갈아입었는지 이도의 상체는 티셔츠로 가려져 있었다.

"아, 그게…… 사촌 여동생이요."

효은은 망설이다 결심하듯 물었다.

"민아가 왜?"

이도는 효은의 입에서 나온 물음이 전혀 예상하지 못한 것이라 잠시 의아한 표정을 지었다. 그러고 보니 주방 안에는 강 여사뿐만 아니라 민아도 함께 있었다는 것을 깨달았다. 깊이 신경 쓴 적은 없었지만 가족 모임이 있을 때면 그녀가 주방 일을 도와주고 있다는 것은 알고 있었다. 그러다 보니 강 여사와 잘 맞았고, 모임이 없을 때도 한 번씩 본가에 들러 그와 함께 저녁을 먹고 갈 때도 있었다. 권 영감도 민아의 그런 싹싹함을 반겼다. 그래서 효은이 신경 써야 하는 인물 중 민아도 포함될 거라고는 생각 못 했다.

"많이…… 친해요?"

그녀의 물음이 이상했다.

"사촌 여동생이야. 친하다는 걸로 구분 지을 사이인가?"

"그렇죠. 그렇긴 한데…… 아니에요."

효은은 고개를 흔들며 애써 밝게 웃어 보였다. 뭔가가 걸리는 표정이었지만 이도도 더 이상 묻지 않았다. 네가 신경 쓸 사람이 아니라고 말해 주는 것도 우스웠다.

"계속 서 있을 거야?"

"네?"

이도가 슈트 바지의 버클을 풀었다.

"자, 잠시만요! 잠깐요."

효은은 얼른 돌아서 드레스 룸을 황급히 나섰다. 이도는 저절로 웃음이 튀어나왔다. 이렇게나 내외를 하면서 어찌 한 공간에서 지낸단 말인가. 옷은 그렇다고 해도 잠자리는 어떻게 할 것인가.

어제는 일을 핑계로 서재에서 잠시 눈을 붙였다. 하지만 그 핑계도 오래가진 못할 것이다. 이 집 안에서 권 영감의 레이더가 미치지 않는 곳은 없었다. 정상적인 결혼 생활. 그것을 하는 데 가장 핵심이 되는 게 무엇인지 모르지 않았다. 뜻하지 않은 고민이 깊어졌다.

❀❀❀

"요리는 좀 해?"

가족 식사 자리 때마다 분란을 만드는 건 늘 영란의 몫이었다. 이번에도 자신의 역할을 잊지 않은 듯 앞자리에 앉은 낯선 새 가족에게로 시선이 꽂혔다. 효은은 고개를 들고 망설임 없이 대답했다.

"아뇨."

잘하지 못하는 걸 잘한다고 할 필요는 없었다. 못하면 배우면 된다고 생각했다.

"가르쳐 주시면 열심히 배우겠습니다. 요리 말고도 여러 가지로 부족한 것이 많지만 노력할 테니까 잘 부탁드립니다."

영란의 시선이 곱지 않았지만 효은은 개의치 않고 식탁에 앉은 모든 이들에게 자신의 뜻을 전했다. 가장 상대하기 버거운 영란에게 맞서 막힘없이 제 할 말은 하고 보는 효은이 호락호락한 상대는 아니란 걸 식탁에 앉은 모든 이들은 저절로 깨달았다.

권 영감의 옆에 앉은 첫째 딸 선영은 그 순간 자신의 아버지를 바라봤다. 그의 눈빛에선 묘한 만족감이 엿보였다. 이도의 짝으로 데려다 앉힐 정도면 노인의 마음을 충족시킬 무언가가 있었다는 건 분명했다. 그게 이 아이의 단단함일까. 아니면, 감춰진 거래일까.

영란 못지않게 그녀의 머리도 아파 왔다. 권이도를 이겨야만 하는 싸움이었다. 새롭게 등장한 이 어린 여자가 그 경쟁의 변수로 작용한다면 그녀도 이전처럼 이성적인 자세를 취하고 있을 수만은 없어다.

"결혼했다고 꼭 여자가 요리를 해야 한다는 법은 없지. 잘하는 걸 하면 돼요. 요즘 세상에 결혼이란 건 동등한 합의에 의한 법률 행위니까. 여자라고 더 많이 참고 양보해야 할 필요는 없어요."

선영은 영란과 정반대의 의견을 던졌다. 효은을 핑계로 누군가의 고지식한 관념을 흔들어 보려는 술수가 보이는 발언이었다. 영란은 언니의 잘난 척에 기가 차 코웃음을 쳤다. 한편인 줄 알았더니 이렇게 뒤통수를 치나 싶었다. 자매가 허공에서 눈싸움을 벌였지만 권 영감은 언제나 있었던 일처럼 무시하며 식사를 이어 갔다.

"급하게 생각할 거 없다. 천천히 하면 돼."

무상은 효은을 건너다보며 딱 두 말만 건넸다. 시할아버지 시집살이라도 시킬 줄 알았던 이도는 '천천히' 라는 말에 의아함을 가졌다. 하지만 말은 말일 뿐이었다. 그 말 안에 담긴 뜻이 정반대일 수도 있는 법이었다.

"요즘 애들은 그렇게 하라고 하면 그렇게만 하면 되는 줄 알아요, 아버지. 속에 능구렁이를 키우시는 분이 천천히는 무슨. 손주도 천천히 보시게요?"

영란이 이도의 속마음을 들여다본 것처럼 권 영감에게 직설적으로 물었다. 그의 서늘한 눈빛이 둘째 딸에게로 향했다. 언제나 세 치의 혀가 문제인 자식이었다.

"너한테는 내가 '천천히'란 말을 꺼낸 적이 없는데, 아직도 세용 부지 터만 잡고 있는 게야?"

노인의 날카로운 물음이 영란과 그 옆에 앉은 아들 정민에게로 향했다.

"아니, 그건······ 아버지."

"그만하세요, 어머니."

정민은 얼른 자신의 어머니를 말렸다. 더 변명을 해 봐야 마이너스가 될 뿐이었다. 선흥 그룹 지역 총괄 본부장이라는 허울 좋은 타이틀을 달고 있지만 그의 속사정은 달랐다. 이도와의 경쟁에서 단 한 번도 앞서지 못한 정민은 결국 본사에서 인정받지 못하고 2인자로 낙인찍힌 채 지방 업무를 담당해야 했다. 회사 사람들이 자신을 어떻게 바라보는지 모르지 않았다. 능력이 없다는 것을 스스로 인정하는 것만큼 패배감을 맛보게 하는 일은 없었다. 이 권씨 집안에서 그는 늘 그 모욕감을 견디며 살아야 했다.

"죽은 큰아들 자식만 싸고도시면서, 무슨 큰 기회나 주신 것처럼 말씀하시네요. 얘 지방 내려간 지 2년이에요. 그게 다 권 상무 때문인 거, 제가 모를 줄 아세요?"

결국. 기어이. 늘, 언제나처럼 영란이 억울한 하소연을 늘어놓는 것으로 가족 식사는 파투가 나 버렸다. 정민은 어쩔 수 없이 어머니를 데리고 자리를 떴다. 선영은 민아에게 뒤처리를 맡기고 회사로 돌아갔다. 모두가 동요하지 않고 자신의 자리로 돌아갔다. 지금의 상황을 보고 놀란 건 이 가족의 분위기에 적응해야 하는 효은뿐이었다.

"신경 쓸 거 없어."

"어떻게…… 안 써요, 신경을."

2층으로 올라온 이도는 남은 일들을 처리하기 위해 서재로 향했다. 그의 태도를 이해할 수 없는 효은은 이도의 옆자리에 앉았다. 숨이 막힐 것 같은 권씨 가족의 대화를 앞으로 계속 견뎌야 한다고 생각하니 머릿속이 어질했다.

"내가 결혼 전에 너한테 부탁한 게 있었어?"

이도는 냉정해진 눈으로 효은을 바라봤다.

"무슨 뜻이에요?"

"말 그대로야. 내가 네 가짜 남편이 되어 주겠다고 했지, 너보고 내 진짜 아내가 되어 달라고 한 적 없어. 내 가족 문제야. 너를 이 진흙탕 싸움에 휩쓸리게 하고 싶지 않아. 넌 그냥 네가 원하는 것만 나한테서 얻어 가면 돼. 괜히 나서다가 너만 다쳐. 이제 내 말 알아듣겠어?"

주제넘는 짓은 하지 말라는 경고였다. 우리의 결혼이 진짜였냐고 묻는 되물음이었다. 효은은 이해했다. 머리로는 알아들었다. 하지만 서운했다. 그가 미웠다. 가짜, 진짜. 그런 말들로 구분 짓는 행동과 감정들이 이만큼 크게 상처로 다가올 줄은 몰랐다. 그 이유는 뻔했다.

이미 그녀가 그에게 너무 많은 마음을 주고 있기 때문이겠지.

"네. 알아들었어요. 어제부터 여기, 서재에 있는 것도 나 때문에 불편해서 그렇다는 것도 알아요. 내가 내 생각만 했어요. 당분간은 할아버지 병원에서 잘게요. 그게 서로 편할 것 같아요."

효은은 제 말만 꺼내 놓은 후 드레스 룸으로 향했다. 곱게 차려입은 한복을 갈아입고 급하게 가방을 쌌다. 이도가 룸 안으로 들어서는 게 느껴졌지만 동요하지 않고 몸을 일으켰다.

"장효은."

"왜요? 나도 내 맘대로 할 권리 있어요."

감정적이란 것도 알았다. 하지만 효은은 상처받은 마음을 숨기고 싶지 않았다.

"……알았어. 네 맘대로 해."

이도는 서늘해진 눈빛으로 차갑게 말을 뱉었다. 효은은 그를 두고 방을 나섰다. 그녀가 대문을 빠져나와 버스 정류장으로 향하는 사이에도 그에게선 전화조차 없었다. 효은은 알 수 없는 서러움에 울음을 참듯 입술을 깨물었다.

서류가 눈에 들어올 리 없었다. 이도는 파일을 내려놓고 의자에 기대 눈을 감았다. 감정을 이기지 못하고 집을 나서는 효은을 붙잡지 못했다. 그녀가 어느 부분에서 상처받았는지 알면서도 그는 강조해야만 했다. 오늘의 식사 자리가 이런 식으로 마무리될 것이라는 걸 예상하지 못한 것도 아니었다.

한 번은 일러 줘야 한다고 생각했다. 그 마음에는 변함이 없었다. 그녀가 그의 가족 일에 휩쓸려 상처받는 걸 원하지 않았다. 그 때문에 처음 결혼을 반대했던 것이다. 그는 효은이 결혼 기간 동안 자신이 원하는 것만 얻어 가길 바랐다. 그게 그가 바라는 전부였다.

"하아……."

결국 이도는 핸드폰을 집어 들었다. 통화 버튼을 눌렀지만 돌아오는 목소리는 없었다. 받지 않을 건 예상했다. 그렇다고 모른 척 내버려 둘 수도 없었다. 이도는 어쩔 수 없이 몸을 일으켰다. 옷을 갖춰 입고 밤늦게 운전대를 잡았다. 가장 먼저 도착한 곳은 당연히 병원이었다.

"어쩐…… 일이야?"

병실엔 태호 혼자뿐이었다. 간병인은 식사를 위해 잠시 자리를 비운 상태였다. 이도는 효은이 이곳에 오지 않았다는 것을 깨달았다. 어쩌면 당연했다. 걱정할 게 뻔했으니까. 그럼 도대체 그녀는 어디로 간 것일까. 그의 가슴이 점점 더 답답해져 왔다.

"급한 일 때문에 회사 들렀다가, 지나는 길에 인사드리려고 왔습니다."

이도는 태호가 걱정하지 않게 얼른 둘러댔다.

"이 시간까지 고생이 많구나. 아, 오늘 가족 모임은 잘 치렀고?"

효은이 가고 그가 무엇을 염려했을지 눈에 보였다.

"그저 식사하는 자리였습니다. 걱정하실 일 없었습니다."

"그래도……. 부끄럽지만 내가 아무것도 가르치질 않았어. 이렇게 급하게 결혼시킬 줄도 몰랐고……. 잘 모르고 실수를 해도 자네가 넓은 마음으로 이해해 주게나."

태호는 부탁하듯 이도의 손을 붙잡았다. 그의 손은 변함없이 따뜻했다.

"저도 부족한 게 많은 사람입니다. 효은이가 저보다 더 나은걸요."

"그래? 그 녀석이, 제 할 말은 하는 편이지?"

이도의 마음을 꿰뚫어 본 것처럼 태호는 그의 어깨를 다독여 주었다. 감춘다고 감춰질 것은 아니었다. 그가 이 시각에 병원에 나타난 것 자체가 두 사람에게 무슨 일이 있었다는 것을 의미했다.

처음부터 완벽한 톱니바퀴일 순 없었다. 잘 맞아 들어가는 것도 이상했다. 맞춰 가는 것이 결혼 생활이었고, 상대방의 마음을 이해해 보려고 노력하는 것이 삶이었다. 태호는 이 신혼부부의 투닥거림이 오히려 더 긍정적으로 다가왔다.

병원을 나선 이도는 다시 한번 효은에게 전화를 걸어 보았다. 이번에도 받지 않았다. 이도는 태호가 준 힌트에 대해서 생각했다.

'가장 의지하는 친구야.'

그 친구가 남자라는 이유만으로 보이는 거부 반응은 아니었다. 그를 대신해 결혼해 달라고 말했던 사람이었다. 그만큼 믿고 편하게 지낼 수 있는 사이라는 뜻이었다. 이도는 그 남자에게 가지는 자신의 적

대심이 한편으로는 우스웠다. 이기적인 소유욕이었다. 가짜를 운운하면서 그 마음까지 그에게만 향하길 바라는 걸까.

자신을 반성하듯 그는 생각을 정리하고 차를 돌렸다.

❀ ❀ ❀

"놀랐어요?"

"아…… 진짜 오실 줄은 몰랐어요."

승재는 기수의 가게 안으로 들어선 민아를 보고 잠시 멈칫했다. 저녁엔 형을 돕기 위해 이곳에 있는 시간이 많았다. 알바까지 쓸 만큼 여유롭지 않은 상황을 알기에 당연하다는 듯 자리를 지켰다. 오늘따라 손님이 없어 걱정하고 있는 찰나, 문이 열리고 한 여인이 들어섰다.

"오라고 한 사람은 승재 씨예요."

민아는 적당한 곳에 자리를 잡고 앉았다. 승재는 우선 물과 메뉴판을 그녀 앞에 내려놓았다.

결혼식 이후 민아에게 옷을 보냈고, 그게 다음 만남의 약속으로 이어졌다. 세탁비 몫을 꼭 치르고 싶다는 그녀의 부탁 때문이었다. 승재는 별 뜻 없이 형의 가게를 말했다. 정 미안하면 시간 날 때 찾아와 매상을 올려 주라며 그저 흘러가는 말처럼 꺼냈었다. 정말 이렇게 그녀가 찾아올 줄은 몰랐다.

민아는 승재의 표정을 이해한다며 오늘 방문 목적에 대해 설명했다.

"술 한잔하고 싶은 날인데…… 갈 데도, 같이 마실 사람도 없더라고요. 집 근처 작은 호프집이나 갈까 하다가 갑자기 승재 씨 문자가 생각났어요. 혹시 내가……, 많이 부담스러운 건 아니죠?"

"아, 아뇨."

승재는 얼른 손사래를 쳤다. 오라고 한 사람은 그였다. 효은 남편의 측근이다 보니 좀 더 조심스러운 건 사실이었다. 자신도 모르게 벽을 친 것 같아 승재는 미안한 마음이 들었다.

"정말 친구 없는 사람이구나, 그렇게 간단히 생각해 줘요."

상황을 웃어넘긴 민아는 메뉴판에 집중했다.

"여기는 뭐가 맛있어요?"

"어…… 그냥 간단히 드실……."

"야, 나 오다가 장효 뒷모습이랑 비슷한 여자 만…… 어, 손, 손님이 계셨군요. 반갑습니다. 하하하."

떨어진 간장을 사러 급하게 마트에 다녀온 기수가 테이블에 앉아 있는 민아를 보고 얼른 90도로 인사를 건넸다. 최근 들어서 손님이 없어 걱정이 많았다. 한 명의 고객도 소중했고, 그 고객이 미모의 여성이라면 더없이 감사했다.

"안녕하세요. 사장님이신가 봐요?"

"아, 네네. 근데, 이쪽 동네분은 아니시죠? 이렇게 눈부신 미모를 가지신 분을 제가 못 보고 지나칠 리가 없거든요."

민아는 장사를 아주 잘하시는 사장님이라며 그를 추켜세워 주었다. 그러자 기수는 자신의 자리를 잊은 것처럼 민아의 옆에 붙어 서서 주방으로 돌아갈 생각을 하지 않았다.

"저희 집은, 혹시 파워 맛집 블로그에 소개되어서 그걸 보고 오신 건가요?"

"아……. 그건, 아니고. 승재 씨한테 갚을 게 있어서요."

"우리 승재요?"

기수가 포기하듯 옆에 서 있는 승재를 돌아봤다. 녀석이 언제 이런 은밀한 작업을 했단 말인가. 결혼한 유부녀를 잊지 못하고 마음속에 끌어안고 사는 줄 알았더니 다 쓸데없는 걱정이었던 것 같았다.

"형."

"어?"

"주문."

승재는 얼른 기수를 주방 안으로 밀어 넣듯이 돌려보냈다.

"친형이에요?"

두 사람의 모습을 웃으며 지켜보던 민아가 물었다.

"아, 네."

"어쩐지 닮았더라고요."

"그거, 욕입니다."

"……네?"

"농담 아니고요."

아, 하하하. 민아는 승재의 굳은 표정에 결국 크게 웃음을 터뜨리고 말았다. 볼수록 매력 있는 타입이긴 했다. 낯을 가리긴 했지만 요즘 훈남들처럼 외모도 준수했고, 마냥 가볍지 않은 말투와 분위기가 어리다는 느낌을 가지지 않도록 만들어 주었다.

"여자 친구 있어요?"

민아가 음식을 기다리는 틈에 불쑥, 질문을 던졌다.

"저…… 말씀하시는 겁니까?"

"그럼 저기 주방 안에 있는 사장님에 대해 묻는 거겠어요? 아, 이 말은 사장님한테 비밀이고요."

눈치를 보듯 검지로 입을 가린 민아가 주방을 건너다봤다. 승재는 그녀의 의중을 알 수 없어 선뜻 대답할 수 없었다. 혹시 그에게 마음이 있는 걸까. 그러기엔 나이 차이도 제법 났고, 굳이 그를 맘에 들어 할 만한 이유도 없었다.

겉으로 보기엔 부족함이 없는 여자였다. 기수가 칭찬한 것처럼 외모도 출중했고, 그에게 건네준 명함 속 직업도 멋졌다. 아니면 키우고 싶은 연하가 취향인 건가. 하지만 거기에 동조하기엔 승재는 그녀와 같은 뜻이 없었다.

"좋아하는…… 사람은, 있습니다."

처음으로 내뱉은 말이었다. 승재는 자신이 꺼내 놓고도 놀란 것처럼 잠시 멍하게 서 있었다. 효은을 생각하는 마음. 그게 사랑이라는 감정이라고 인정한 적은 없었다. 하지만 이제야 깨닫고 있었다. 그녀가 다른 남자와 식장에 걸어 들어가고 난 이후, 그는 10년을 넘게 곁에 있었던 그 장효은을 좋아하고 있었던 자신을 받아들였다. 멍청했고, 느렸으며, 답이 없었다.

"짝사랑이구나……. 우린, 닮았네요."

민아는 수수께끼 같은 말을 꺼내 놓고 잠시 슬픈 눈빛을 보였다.

"뭐야, 어디 가셨어?"

"화장실."

주방 일을 대충 마무리한 기수가 홀에 나오자마자 민아를 찾았다. 승재는 형과 입씨름을 하고 싶지 않아 테이블 정리에 집중했다. 하지만 기수가 그를 가만히 둘 리 없었다.

"어떻게 아는 사인데? 어? 정말 이러기야?"

"뭐가?"

"장효 못 잊어 하는 줄 알았더니."

"형!"

승재는 행주를 던지고 형을 노려봤다. 그의 마음이 그렇다 해도 이젠 숨겨야 하는 감정이었다. 아무렇지 않게 꺼내 놓고 농담처럼 주고받고 싶지 않았다.

"아, 귀 떨어지겠네. 어, 맞다! 나 아까 장효 만났다니까 그러네."

기수가 다시 생각난 듯 그때의 상황을 입에 올렸다.

"잘못 봤겠지. 걔가 왜 지금 이 시간에 이 동네에 있어."

승재는 형이 잘못 본 것이라 생각하며 대수롭지 않게 대꾸했다. 결혼한 효은이 이 늦은 저녁 시간에 혼자 돌아다닐 리가 없었다. 하지만 무슨 일이라도 있는 것인가 하는 걱정이 덜컥 들었다. 승재는 얼른 주머니에서 핸드폰을 꺼냈다. 효은에게서 온 연락은 없었다. 이제 마음대로 전화할 수 있는 사이가 아니라는 생각이 들었다. 예전처럼 그녀를 친구로 여겼다면 하루에도 수십 번 통화 버튼을 눌렀겠지만 지금은 그럴 수가 없었다.

"진짜 장효 같았는데……. 큰 가방 들고……, 암튼 너 집에 가서 보자. 저 미모의 여성분과 어떻게 알게 된 사이인지 소상히 고하지 않으면 오늘 잠은 다 잔 거라고 생각해라. 알겠나, 동생!"

승재는 벌써부터 머리가 아팠다. 오늘은 얼마나 시달려야 끝이 날까. 브라더 콤플렉스도 아니고. 기수는 언제나 승재의 문제에 대해서 자신의 일보다 더 관심을 가지고 신경 쓰는 경향이 있었다. 어릴 때부터 부모님이 맞벌이를 하셨고, 지금도 시골에 내려가 농사를 지으시느라 떨어져 지내다 보니 형의 책임감이 클 것이란 생각은 들었다. 하지만 너무 지나칠 때면 그는 피곤했다. 일찍 마감을 하고 형을 피해 친구 집으로 피신을 할까 생각하는데 또다시 가게의 문이 열렸다. 하늘은 어찌 그의 편이 아닐까. 승재는 얼른 단념하고 힘차게 손님을 맞았다.

"어서 오……."

"맞게 찾아왔군요."

효은의 남편이었다. 권이도. 그가 눈앞에 서 있었다. 승재는 덜컥 심장이 내려앉는 것 같았다. 이도가 이곳에 나타났다는 것은 효은에게 무슨 일이 생겼다는 뜻이기도 했다. 기수가 마주쳤다는 여자가 정말 효은이었을까. 도대체 무슨 일이 있었던 걸까. 답답한 눈으로 그를 바라보자 이도는 잠시 허탈한 눈빛을 보였다.

"여기도 아닌가 보네요."

효은이 이곳에 있을 것이라 생각하고 찾아온 것 같았다. 그녀가 없다는 것을 확인한 이도는 곧바로 인사를 건네고 돌아섰다.

"저기, 효은이한테 무슨 일 있나요?"

미련 없이 나서는 그에게 승재가 다급하게 물었다.

이도는 몸을 돌려 잠시 승재를 바라봤다. 제대로 인사를 나눈 적은 없는 사이였다. 그 자리가 당연한 깃처럼 효은의 옆에 서 있던 친구. 그녀의 핸드폰에서 할아버지 다음으로 가장 많은 발신이 찍힌 사람. 어쩌면 효은에게 친구 이상의 감정을 품고 있을지도 모르는 남자. 그가 그렇게 정의 내린 '한승재'라는 인물에게 오늘의 일은 기회일 수도 있었다.

"별일 아닙니다. ……그럼."

"……편의점이요!"

그가 문을 열기 전, 승재는 정답을 알려 주듯 말을 던졌다.

"속상한 일 있으면 편의점에 앉아서 라면을 먹어요. 집 근처나. 아무튼, 그 주변을 한번 찾아보세요. 핸드폰은 가방 깊숙이 넣어 놓고 안 볼 거예요."

만약 이것이 경쟁이라면 완벽한 패배였다. 이도는 승재를 이길 수가 없었다. 한승재가 장효은과 보낸 세월이 그를 비웃었다. 이도는 고맙다는 말도 하지 못한 채 가게를 빠져나갔다. 정말 효은이 편의점에 앉아 있다면, 그는 우스운 질투심에 휩싸여야 할지도 몰랐다.

결혼 전에 살던 동네의 편의점을 모두 돌았지만 효은은 없었다. 혹시 몰라 태호의 병원 근처도 살폈지만 허탕이었다. 그게 한편으론 '다행이다'란 멍청한 마음이 찾아들었다. 한승재는 장효은을 전부 알지 못한다. 그가 바란 가설이 들어맞는 것일 테니까.

이도는 사라진 효은을 찾으며 그가 경험하지 못한 온갖 감정들에 샤워를 당하는 기분이었다. 한 여자의 존재가 이토록 크게 다가온 적이 있었던가. 이성을 제대로 마음에 담아 본 적조차 없던 그가 감당하기엔 벅찬 마음들이었다. 결국엔 효은에 대한 원망으로 귀결됐다.

더는 신경 쓰지 않겠다고 다짐한 후 돌아오는 길, 이도는 자신의 집 근처 편의점에 앉아 있는 효은을 발견했다. 허무하고, 허탈하며, 또 오기 같은 감정이 생겼다.

이도는 차를 세워 두고 편의점 안으로 들어섰다. 효은은 라면을 먹느라 그를 보지 못한 것 같았다. 테이블 위에는 라면뿐만 아니라 맥주 캔도 몇 개 놓여 있었다. 이제 작정을 하고 술꾼이 되려나. 또 무슨 주사를 부리려고. 이도는 자신도 같이 취해 버리는 게 가장 좋은 방법이라 생각하며 그녀의 옆자리에 앉았다. 당당하게 맥주 캔을 가져와 따 버렸다.

"어, 저기요! 이거 제 거…… 아저씨……."

놀란 효은의 표정을 보고도 이도는 우선 목부터 축였다. 걱정하며 돌아다니느라 식도가 바짝 마른 것만 같았다. 그에게 복수하는 법도 가지가지라는 생각이 들었다. 맥주 캔 하나를 모두 비워 내고 나서야 이도는 효은을 마주 바라봤다.

"당당하게 나가더니, 겨우 여기야?"

가출 청소년이라도 되는 것처럼 그녀의 옆에는 큰 가방이 덩그러니 놓여 있었다. 다시 화를 내고 싶진 않았지만 감정 조절이 쉽지 않았다. 그녀를 찾았다는 안도감과 함께 왜 꼭 편의점에 앉아 있어야 했냐고 따져 묻고 싶었다.

"화내지 마요. 나도 반성하는 중이니까."

효은은 고개를 돌려 앞을 바라봤다. 가라앉은 얼굴이 이도의 죄책감을 더욱 자극시켰다. 그래, 늘 이렇게 밀당에 능한 여자였다. 그를 이러지도, 저러지도 못하게 만들었다.

"할아버님한테 갔었어."

"……네?"

"걱정하실 거야. 전화부터 드려."

이도의 말에 효은은 얼른 가방 깊숙이 넣어 둔 핸드폰을 꺼냈다.

이도가 그녀를 찾아 나설 것이라 기대하지 않았다. 아니, 그랬으면 좋겠다고 잠시 상상했지만 아픈 태호가 걱정할 일이 생길 것이라고는 예상하지 못했다. 그녀의 생각이 짧았다. 할아버지에게 간다고 했으니 당연히 이도는 그곳으로 향했을 것이다. 효은은 얼른 태호에게 전화를 걸었다.

"응. 할아버지. 어. ……어. 지금 같이 있어. ……진짜야. 바꿔 줄까? 알았어. 응……. 미안해. 응. 그래, 할아버지도 안녕히 주무세요. ……네."

잔뜩 혼이 난 얼굴로 효은이 전화를 끊었다. 이도는 나름 복수가 된 것 같아 기분이 풀렸다. 그가 슬며시 웃자 효은이 원망스러운 표정을 지었다.

"웃음이 나와요?"

"네 친구한테도 갔었어."

"누구요? 승재요?"

효은이 다시 놀라서 핸드폰을 붙잡았다. 그러자 이번엔 이도가 핸드폰을 뺏어 가 버렸다.

"거긴 전화하지 마."

"왜요?"

"자존심 문제야."

"네?"

"그런 게 있어. 얼른 일어나."

이도는 효은의 가방을 챙겨 자리에서 일어섰다.

"이거, 아직 덜 먹었어요."

효은의 말에 대꾸도 않은 채 이도는 편의점을 빠져나갔다. 효은은 남은 맥주를 챙겨 얼른 그의 뒤를 따라갔다. 차 안에 그녀의 가방을 넣은 그는 다시 문을 잠갔다.

"왜요?"

"음주운전 하라고?"

"아……."

그걸 생각도 못 하고 맥주를 벌컥벌컥 마신 걸까. 효은은 그의 행동을 이해할 수 없었다. 어쨌든 집 근처이니 천천히 걸어가도 괜찮을 거리였다. 그녀는 두 손에 든 맥주 캔 하나를 이도에게 건넸다. 그는 말없이 술을 받아 들었다. 여름밤 공기가 뜨거웠지만 기분은 상쾌했다. 효은은 천천히 그의 뒤를 따라 걷기 시작했다.

늦은 밤 동네를 걷는 사람은 없었다. 대부분 기업의 오너들이 터를 잡고 사는 곳이기에 걸어 다니는 분위기가 아니었다. 차로 이동하며 운동은 집 안에서 해결할 수 있을 정도로 넓은 공간을 갖춘 곳이 많았다. 이도도 이 동네를 걸어 본 지가 언제인지 생각나지 않을 정도였다. 효은 덕분에 졸지에 동네 구경을 하게 되었지만 이런 여유도 나쁘지만은 않았다. 그녀를 찾아다니는 내내 답답했던 속이 뻥 뚫리자 모든 것이 만족스러웠고 평온했다. 그는 자신의 손에 들린 맥주 캔을 홀가분한 마음으로 따려다 문득 궁금한 생각이 들었다.

"술을 네 개나 샀어?"

효은이 하나를 마셨고, 그가 원샷한 후 남은 캔은 두 개였다. 그가 오지 않았다면 네 캔이나 마실 생각이었나. 효은의 위험한 객기에 이도가 염려스러운 마음을 드러냈다.

"네 개 사야 할인되더라고요."

"뭐?"

그런 싱거운 이유였다니. 이도는 웃음이 났고, 다시 목이 탔다. 캔 맥주를 한 모금 마시자 효은이 그를 따라 맥주 캔을 땄다.

"이리 줘."

"왜요?"

자기 몫을 뺏어 가나 싶어서 그녀가 눈을 동그랗게 떴다.

"오늘 밤에도 무섭다고 내 몸 안고 잘 거야?"

"아니, ……네?"

그날 밤이 떠올랐다. 효은은 얼굴이 홍당무가 된 채 이도의 경고에 어떠한 변명조차 하지 못했다. 조용히 그의 손에 맥주 캔을 건넸다. 이도는 원하는 바를 이뤘다는 것처럼 만족한 표정이었다.

"근데…… 계속 우려먹을 생각은 아니죠?"

"어, 그럴 생각이야."

"치사해요."

"그러니까 술 좀 먹지 마."

그가 다정한 목소리로 경고했다. 효은은 그 잔소리가 싫지 않았다.

심장 어딘가가 간지럽기도 했다. 때마침 여름밤의 바람이 살랑 불어
와 두 사람의 머리카락을 시원하게 날렸다. 얼마 전까지만 해도 그와
이렇게 나란히 여름밤을 걷게 될 거라곤 상상조차 하지 못했다. 아니,
권이도란 남자와 결혼해 부부 싸움 같은 걸 하고, 화해랄 것도 없이
한집으로 들어가는 꿈조차 꾸지 않았다. 효은은 지금의 현실이 마치
꿈속 같기도 했다.

"아…… 밤공기 좋다."

"벌써 취했어?"

"누가 보면 나, 진짜 술꾼인 줄 알아요."

"이대로 가면 그렇게 될 것 같은데?"

"이제까진 할아버지 걱정할까 봐 못 마셨단 말이에요."

"……내 걱정은?"

이도가 또다시 심상 떨릴 한마디를 건넸다. 돌아본 그의 진지한 눈
빛이 그녀를 점점 더 헷갈리게 만들었다. 마치 사랑하는 여자를 걱정
하는 남자 같았다. 그럴 리가 없었다. 이 아저씨 선수인 건가. 효은의
눈초리가 달라졌다.

"신경 쓸 일 안 만들 테니까 걱정 말아요."

"오늘 할 말은 아닌 것 같다."

"아……."

말장난이 재밌었는지 이도가 올라가는 입꼬리를 감추지 못했다.
이렇게 수다스러운 남자였었나. 효은은 잠깐 그가 낯설었다. 하지만

그녀도 그와 나누는 대화가 재미있었다. 집이 점점 가까워져 오는 것이 아쉬울 정도였다.

"그리고…… 상의해야 할 문제가 있어."

원래의 권이도처럼 그가 심각한 표정으로 말을 꺼냈다.

"네. 말해요."

"……잠자리 말이야."

"……잠이요?"

효은이 놀라 걸음을 멈추고 그를 바라봤다. 이도도 나란히 그 자리에 우뚝 섰다. 그녀의 얼굴이 붉어지는 걸 보고 그가 눈살을 찌푸렸다.

"뭘 생각하는 거야?"

"생각하면…… 안 돼요?"

그녀의 목소리가 당당했다. 어차피 엎질러진 물이었다.

"나는 지금 널, 존중하고 배려하는 거야. 서재에서 잤던 것도 내가 불편한 것보다 널 위해서 그랬던 거고. 오해하지 말란 소리야. 결혼했다고 너한테 함부로 굴 생각 없어. 그러니까 걱정하지 말……."

"아저씨, 남자잖아요."

효은이 이도의 말을 끊어 내며 불쑥 확인했다.

"……그런데?"

"나랑 자고 싶지 않아요?"

"……뭐?"

어이없음에 그의 눈빛이 서늘해졌다.

심각하긴. 효은이 히죽, 웃으며 그를 앞서 걸어갔다.

"농담이에요. 쫄지 마세요."

하지만 곧장 그의 손에 붙들려 돌아서고 말았다. 이도는 효은을 자신의 앞에 데려다 놓고 움직이지 못하게 만들었다. 심장 소리가 들릴 정도로 두 사람의 거리가 가까웠다. 효은은 자신이 실수했다는 생각이 들었다. 이도의 뚫어질 듯한 눈빛이 심장을 꽉 부여잡고 놓지 않는 것만 같았다.

그가 그녀를 한참 동안 내려다보다 끊어 내듯 문장을 완성해 뱉었다.

"너, 진짜…… 겁이 없어."

6. 가슴에 갇힌 진심

"……이처럼 중국은 향후 노인 인구의 잠재 소비력에 주목하고 있습니다. 높은 수준의 경제력을 보유한 새로운 노인층이 그 대상인 것이죠. 중국 노령 산업 발전 보고서에 따르면 중국 노인 인구의 잠재 소비력이 2050년 약 106조 위안 규모로 성장하리라 전망하고 있습니다. 하지만 현재 중국의 고령화 대책에는 구조적인 문제점이 많습니다. 수요층은 급증하지만, 아직까지 서비스 공급이 제대로 따라가지 못하고 있는 실정인데요. 저희가 중국 '오센' 측과 협업으로 준비하는 '스마트 양로(智能養老)' 사업이 이렇게 변화하고 있는 실버 세대의 전반적인 소비 성향과 특징을 반영한 가장 적합하고 성공 가능성이 큰 해외 진출 사업이 되리라 기대하고 있습니다. 이상, 발표를 마치겠습니다."

프로젝트 팀의 발표가 끝나자 임원들의 눈은 모두 이 사업을 비밀리에 준비한 이도에게로 향했다. 갑작스러운 결혼 발표로 인해 한동안 회사 내에서는 그의 능력을 의심하는 괴소문이 나돌았었다. 또 다른 유력 회장 후보인 선영이 신사업을 성공적으로 오픈하고, 그에 따른 매출 증대의 효과를 빠른 시간 안에 구현해 내자 그녀의 힘을 믿고 라인을 바꿔 서는 부류들도 생겨나기 시작했다.

권 회장이 장자 승계를 못 박았다고는 해도 임원들의 의견을 무시할 수 없었다. 회사가 살아야 그도 있고, 모든 직원들이 선흥을 믿고 일할 수 있었다. 능력을 증명할 수 없다면 왕의 자리에 앉을 수 없어야 했다. 시대는 변했고, 변화는 당연한 일이었다.

만약 권이도 상무가 현재의 분위기를 역전시키지 못한다면 선영에게 그 기회가 돌아갈 가능성이 컸다. 허수아비가 아니라는 증명은 그래서 이도에게 더 날카롭고 무서운 잣대로 평가될 수밖에 없었다. 권이도 상무가 내세운 지금의 사업 전략이 선흥의 해외 시장 확장을 위한 가장 중요한 디딤돌로 남을 것인가. 아니면 그를 나락으로 떨어뜨릴 위험한 배팅으로 끝날 것인가. 그 결론은 오로지 이도의 머리와 노력에서 판가름 날 것이다.

"우리 권 상무님이 이번 해외 전략 사업에 아주 이를 많이 가셨네요."

이도의 기획에 반기를 들 인물은 하나뿐이었다. 발표 공간의 분위기가 이도의 발 빠른 추진력과 비상함에 대해 인정하는 쪽으로 흘러

가자 선영은 마이크를 잡을 수밖에 없었다. 그녀도 이미 예상한 반응이었다.

"그런데 한 가지 걸리는 게 있습니다."

선영이 맞은편에 앉은 이도를 정면으로 바라봤다.

"네. 말씀하시죠."

이도는 얼마든지 도전을 받겠다며 눈을 맞췄다.

"실버산업 시장이야 지금 시대에 늘 회자되는 화두죠. 그걸 파이가 큰 중국 쪽에 갖다 붙인 거, 아주 좋은 생각이에요. 그런데 수익 결과는? 중국 양로 사업에 구조적인 문제가 많다고 발표하셨죠? 보고서를 조금만 찾아보면 베이징시 민영 양로 기관 중 수익을 낸 기관은 8퍼센트뿐이고, 65퍼센트가 적자에 허덕인다고 분석합니다. 이건 우리나라도 마찬가지예요. 양로 기관의 특성상 투자 규모가 크지만 투자 수익을 회수하기까지는 아주 오랜 시간이 걸려요. 길게 보고 운영해야 손익 균형을 실현할 수 있다는 건데, 그때까지 우리는 뭘로 버티나요? 제 신사업 수익으로?"

선영이 준비한 반격은 날카로웠다. 임원들은 동요했다. 하지만 이도는 그런 분위기에 전혀 흔들리지 않는 눈빛이었다. 어쩌면 그도 이미 선영이 그의 작전을 파악하고 대비했다는 걸 알고 있었을지도 몰랐다. 이도가 차분하게 마이크를 잡았다.

"이사님이 내신 신사업 수익으로 어떻게 지금의 선흥을 이끌죠? 우리 선흥이 그렇게 작았습니까? 아, 지역 라인 정도면 가능하겠네요. 그 부분에선 저도 아주 감사드립니다."

두 사람의 기 싸움은 승부를 가리지 못할 정도로 팽팽했다. 경쟁에 있어서 이도는 선영에게 한 발도 지지 않았다. 그녀를 나이 많은 임원이나 가족인 고모로 대하지 않고, 철저히 자신의 경쟁 상대로 바라봤다. 선영이 붉어진 눈으로 그를 노려보자 이도는 더욱더 냉정하게 눈빛을 바꿨다.

"중국의 구조적인 문제를 지적하셨습니다. 네, 맞습니다. 현재 중국에선 우수한 공립 양로원은 자리를 구하기 어렵지만 일반 민간 양로원은 침상이 넘치는 상황이 발생하고 있는 실정입니다. 그래서 우리가 '스마트 양로'로 길을 잡은 겁니다. 타겟층으로 잡은 중국의 1950년대 세대들은 조사 결과 가장 돈을 아끼지 않는 집단입니다. 향유형 소비를 하는 럭셔리층이죠. 왜 이들이 한국에 와서 쓰는 관광 비용만 생각해야 합니까? 그들 나라에 가서 그 집단에 우리 것을 팔아 버리면 됩니다. 위험 부담이 높다고 하셨죠? 그 부분은 중국 '오센' 측과의 협업을 통해 모든 게 해결됩니다. 저희가 제시한 계약 항목을 보시면……."

회의는 완벽한 이도의 승리로 끝이 났다. 누구를 얼마나 더 잘 설득할 수 있는가. 그건 사업을 하는 데 있어 아주 중요한 능력이었다. 선영도 그 부분에서 이도를 인정했다. 녀석의 머리는 비상했고, 타인의 신뢰를 얻어 내는 침착한 이성과 지치지 않는 노력이 그를 이 자리까지 올라오게 만들었다.

권 영감이 이도에게 집착하는 이유를 인정하고 싶지 않았지만 그 녀는 이미 깨닫고 있었다. 그래서 더 불안했고, 이기고 싶었다. 이젠 어떤 방법을 쓰더라도 이도의 몰락을 지켜보고 싶은 검은 마음이 꿈틀대기 시작했다.

"한 방 먹었다며?"

측근 이사진들과 긴급 대책 회의를 마치고 돌아온 길이었다. 선영의 집무실엔 이미 영란이 제자리인 양 앉아 있었다. 동생의 취미는 지독했다. 이쪽, 저쪽 들쑤실 수 있는 곳이라면 어디든 들어가 감정을 헤집었다.

그게 그녀가 살아남는 방법이었고, 내세울 수 있는 단 하나의 장점이란 것도 알고 있었다. 하지만 지금처럼 신경이 날카롭게 솟아 있는 시기엔 영란의 도발을 이성적으로 받아 내기 힘들었다. 똑같이 달려들어 물어뜯는다면 두 사람이 자매라는 걸 인정하는 꼴밖에 되지 않았다.

"너 상대할 시간 없어. 나가."

평소보다 더 서늘한 선영의 목소리가 영란을 더욱 들뜨게 만들었다. 언니도 똑같아. 아무리 아닌 척해도, 권이도한테는 뺏기기 싫은 거야. 수단 방법 가리지 않고 싶지? 누가 그 자리에 앉든 권이도는 끌어내고 보자는 생각에 동의하지? 영란은 시뻘건 속내를 드러내듯 선영의 앞에 사진들을 펼쳐 놓았다.

"……뭐야?"

선영의 눈은 어쩔 수 없이 그곳으로 향했다. 뿌리칠 수 없는 유혹이었다.

"조카며느님의 하나뿐인 가족."

영란이 가져온 사진에는 태호와 이도가 함께 찍혀 있었다. 늙은 노인은 뼈가 드러날 정도로 살이 빠진 상태로 환자복을 입은 채였다.

"시한부라네. 얼마 안 남았대."

영란이 언니의 마음을 읽었다는 듯 설명했다. 선영은 태호를 부축하고 있는 이도의 모습을 내려다봤다. 그의 행동에서 거짓은 보이지 않았다. 마음에도 없는 일을 꾸밀 녀석은 아니었다.

"계약 결혼이라도 했다는 거야?"

그렇게 추측하기엔 이도가 어린 신부를 대하는 모습이 너무도 감정적이었다.

"이 영감, 우리 선홍이랑 인연이 깊더라고."

영란은 또 다른 단서를 흘렸다. 그녀의 눈빛이 흥분하듯 반짝였다.

✹ ✹ ✹

3일째 릴레이 회의가 이어졌다. 발표한 기획 사업을 빠르게 진행하려면 시간이 없었다. 결혼으로 틈을 보인 건 사실이었다. 선영이 쫓아올수록 그는 더욱더 도망가야 하는 운명이었고, 권 영감의 선택에

타당성을 부여할 수 있도록 결과를 내놓아야 했다.

이도는 언제나처럼 야근으로 자신을 채찍질했다. 아침에 퇴근하는 게 일상이 되었고, 본가에서 잠드는 건 의무적인 행위였다. 그 습관을 결혼으로 바꿀 생각은 없었다. 정신없는 지금이 차라리 잘된 것일지도 몰랐다. 효은에게 흔들리는 자신을 인정하고 싶지 않았다.

'나랑 자고 싶지 않아요?'

당돌하게 묻는 여자를 옆에 두고 24시간 감정 방어선을 쳐야 했다. 결국 그가 서재에서 잠들기로 합의했지만 그 이후 이도는 효은에게 좀 더 선을 그어야 했다. 3일 동안 집으로 들어가지 않았다. 이제야 어느 정도 거리가 유지되는 듯싶었지만 발칙한 여자는 그를 내버려 둘 생각이 없는 것 같았다. 이도는 효은이 밤마다 그에게 보내온 문자를 열어 보았다.

[침대가 아주 넓어요.]

[나 혼자 자서 행복해요.]

[이게 독박 시집살이인가.]

[화장실은 가죠?]

[그 시간에 문자는 못 하나 싶어서.]

[혹시 죽었어요?]

마지막 문장에선 저절로 웃음이 샜다. 이도는 핸드폰을 내려놓고 정신을 차렸다. 띠링. 그걸 방해하겠다는 것처럼 문자음이 울렸다. 당연히 효은일 것이라 생각하고 고개를 내렸다. 하지만 문자를 보낸 이는 내일 스케줄을 확인하는 박 비서였다. 이도는 이상한 서운함이 들었다.

집중하지 못한 채 30분쯤을 소득 없이 보내다 그는 핸드폰을 다시 붙잡았다. 통화음이 들렸지만 효은은 받지 않았다. 독수공방시킨 그에 대한 복수인 걸까. 그녀의 행동이 귀여우면서도 걱정되는 마음이 찾아들었다. 핸드폰을 내려놓고 잠시 생각하는 사이, 전화가 울렸다. 이번에도 효은이 아니었다. 이 밤에 전화할 일이 없는 강 여사였다. 이도는 잠시 심장이 두근거렸다.

"네, 접니다."

— 아, 권 상무. 밤늦게 미안해. 아직 회사야?

"네. 무슨 일 있습니까?"

이도가 곧장 물었다.

— 아니, 효은 양이 아직 안 들어왔기에…… 혹시 같이 있나 해서. 며칠 동안 권 상무 기다리느라 잠을 못 잔 거 같더라고. 오늘은 병원에 가지 말고 쉬는 게 어떠냐고 했는데 괜찮다고 나가서는, 아직 소식이 없네……. 아니야. 병원에서 자고 올 수도 있고, 친구도 만나고 하겠지. 내가 사서 걱정하는 걸 거야. 일하는 데 방해해서 미안해. 끊을게.

걱정 말고 주무시라는 말로 통화를 끝냈지만 이도는 그 이후 아무것도 할 수 없었다. 그를 걱정시키는 게 취미인 여자일까. 이도는 숨을 끊어 뱉으며 차 키를 챙겨 자리에서 일어났다.

문을 열고 나서자 조명이 꺼진 비서실에 놀란 눈을 한 여자가 서 있었다. 효은이었다. 그제야 뛰던 심장이 안도감으로 가라앉았다. 그리고 곧장 가슴 어딘가가 찌르르 먹먹하게 울려 대기 시작했다.

"아, 그게…… 진짜 무슨 일 있는 건가…… 싶어서."

겁이 없는 여자는 또다시 겁 없이, 멋대로 그의 마음을 흔들었다. 거리를 유지하려 노력한 게 무슨 의미일까 싶었다. 효은이 민망한 웃음을 짓고, 돌아서려 했다. 이도의 마음이 다급해졌다. 그녀를 놓치기라도 할까 봐 재빨리 효은의 앞으로 다가섰다.

"……방해한 거예요?"

그가 다가오자 효은이 머뭇거리다 물었다.

"아니."

이도는 짧게 대답하고 그녀의 손을 붙잡았다. 효은은 이끌리듯 이도의 집무실 안으로 들어섰다. 그가 하루의 대부분을 보내는 공간은 생각했던 것보다 더 넓고 멋졌다. 스위트룸을 일상처럼 드나드는 위치라고 허세를 부렸던 말이 거짓이 아니라는 걸 또 한 번 실감하는 순간이었다.

"거기 앉아."

이도가 눈으로 큰 테이블을 가리켰다. 그리고 곧장 자신의 자리로 돌아가 다시 서류를 잡았다. 나가려던 것이 아니었나. 효은은 잠깐 궁금했지만 더 이상 묻지 못하고 쭈뼛거리며 어색한 모습으로 자리에 앉았다.

"조금만 마무리하면 돼. 기다릴 수 있지?"

곧 이도의 목소리가 들렸다.

"아, 네. 천천히 해요."

효은은 그제야 자신이 전화도 없이 불쑥 찾아왔다는 사실을 깨달았다. 왜 이곳으로 올 생각을 했을까. 제멋대로 뻗어 나가는 자신의 마음을 감당할 길이 없었다. 일 때문에 며칠은 집에 갈 수 없을 것이란 그의 문자에 아무렇지 않게 그러라고 일렀다. 그리고 이도가 없는 3일 동안 그녀는 여실히 그의 빈자리를 느꼈다.

일상은 달라진 게 없는데 문득 불안했고, 혹시나 하는 걱정이 일었고, 결국엔 그가 보고 싶었다. 매일 밤 보내는 문자에 그가 답장이라도 해 줬더라면. 그 서운함이 결국엔 이곳까지 찾아오게 만들었다.

"전화는 왜 안 받아?"

이도가 여전히 서류에서 눈을 떼지 않은 채 물었다.

"아."

효은은 그제야 생각난 듯 주머니를 뒤져 핸드폰을 꺼냈다. 예상대로 배터리가 나간 상태였다. 할아버지를 웃게 만들기 위해 코미디 영화 한 편을 다운받아 같이 보고 충전을 하지 못한 게 원인인 것 같았다. 그리고 수시로 그에게서 연락이 오지 않을까 들여다봤던 것 또한 한몫 차지했을 수도 있었다.

"그러는 아저씨는 왜 답장 안 해요?"

결국엔 참지 못하고 되물었다. 이도가 고개를 들어 효은을 건너다봤다. 변명할 말이 없는 표정이었다. 그가 낮게 웃으며 서류를 정리했다. 일 대신 너를 선택하겠다는 것처럼 성큼성큼 그녀 앞으로 다가왔다.

"오늘 벌은 어떻게 받을까?"

"······벌이요?"

"하고 싶은 거 있냐고."

이도가 다정히 물었다.

"드라마를 그렇게 좋아하는 줄 몰랐어."

"나, 스물네 살이에요."

그게 나이와 무슨 상관이겠냐마는, 효은은 어느 드라마에서 나왔던 장면이라며 '밤바다'를 외쳤다. 여자 주인공이 남자인 척을 하며, 남자 주인공을 좋아하는 마음을 숨긴 채, 그러나 서로에게 끌리는 감정을 어쩌지 못하고 바다로 향하던 길.

그 밤, 드라마 주인공들은 현실을 잊게 만드는 바다에서 애써 막아 두었던 감정을 터뜨리듯 깨닫고 만다. 사랑이 그런 걸까. 어쩌지 못하는데, 그렇다고 막을 수도 없는. 효은은 옆자리에 앉아 묵묵히 운전대를 잡고 있는 이도를 바라봤다.

'당신 마음은 지금 어디쯤이에요?'

'나를, 그래도 조금은 생각하고 있어요?'

'내가 원하는 건, 왜 모두 들어주고 있어요?'

'꼭, 나를 생각하는 것처럼.'

'그걸 당신 자신만 모르고 있는 것처럼.'

욕심이다. 효은은 고개를 저었다.

"예전에도 그랬어."

이도가 침묵을 가르며 입을 열었다.

"집에 못 들어가는 날이 반이었다고."

네가 있어서 그런 게 아니라는 변명을 건네주는 남자. 다정한 게 무엇인지도 모르면서 결국엔 그녀의 마음을 따뜻하게 만드는 사람이었다. 효은이 허무하게 웃을 수밖에 없었다.

"괜찮아요."

"그러니까 기다리는 거 하지 말라는 소리야."

그리고 딱 그만큼의 선을 그었다. 차라리 이 편이 나았다. 기대가 없으면 실망도 없는 법이니까. 효은은 익숙하게 마음을 다지며 고개를 끄덕였다.

"알았어요. 이젠 안 그럴 거예요. 아무리 가짜라도 남편인데, 너무 생각 없이 쿨쿨 자고 있으면 안 되잖아요. 걱정하는 꼴골 좀 보였어요. 그게 할아버님께 보이기도 좋을 것 같고. 우리, 진짜처럼 보여야 하잖아요."

"……그럼, 다행이고."

이도가 뒤늦게 대답했다.

"그럼요. 다른 이유가 있을 게 뭐 있어요."

효은이 짧게 웃으며 대답하곤 창가로 고개를 돌렸다. 밤바다는 보이지 않고 유리창에 그녀의 얼굴이 귀신처럼 비쳤다. 캄캄하니까 고래 배 속 같다는 명대사를 실감했다. 고래 배 속. 효은은 눈을 감고 생각을 끊었다. 고래 배 속. 다시 눈을 뜨니 그녀를 바라보고 있는 이도가 창가 끝에 걸렸다.

한여름 밤의 해수욕장은 사람들로 넘쳤다. 둘만 있을 수 있는 조용한 곳을 바란 것은 아니었지만 효은은 자신이 생각한 풍경이 아니라 실망하고 말았다. 정말 현실과 드라마는 이렇게나 다르구나. 조용히 백사장을 걷다가 예쁜 문양이 그려진 돗자리를 깔고 그 위에 나란히 누워 서로를 바라보는 건, 꿈속에서나 가능한 사치일지도 몰랐다.

"설마, 그 드라마에서 수영도 한 건 아니지?"

안 그래도 마음이 심란한데 이도가 한술 더 떴다.

"하고 싶어요? 밀어 드릴까요?"

효은이 그의 등 뒤로 다가가 미는 시늉을 했다. 정말 확 밀어 버릴까. 이 갑옷 같은 슈트가 바닷물에 다 젖으면 그는 조금쯤은 진심을 말할까. 자꾸만 나를 바라보는 이유가 무엇인지 설명해 줄까. 효은은 손목에 힘을 주어 그의 허리를 앞으로 밀쳤다.

"아, 윗!"

하지만 그렇게 될 리 없었다.

"내, 내려 줘요!"

어느새 상황은 역전돼 이도가 그녀를 안아 들었다. 공주님 안기가 취미신가. 효은이 발버둥을 쳐도 그는 묵묵히 바닷가 쪽으로 걸어갔다.

싸아아아. 파도 소리가 거칠게 그녀의 귓가를 쳐 댔다. 설마. 진짜로? 장난일 것이다. 효은은 겁이 나 그의 목을 더 꽉 부여잡았다. 그의 단단한 가슴에 얼굴이 밀착되었다. 심장이 미친 듯이 뛰었다. 일단은 후퇴하고 볼 일이었다.

"아저씨, 잘못했어요. 사과할게요."

"……뭘?"

이도가 갑자기 가던 걸음을 멈추고 그녀를 내려다봤다.

"뭐든요. 지금 나 던지면, 정말 집에 못 들어올 줄 알아요."

곧 죽어도 입은 살았다. 효은은 말을 꺼내고 아차, 싶었다.

"누가 던진대?"

"그, 그러려는 거 아니었어요?"

효은이 오히려 외이한 표정으로 그를 바라봤다.

"너 다치는 일을 내가 왜 해."

이봐. 이 아저씨 정말 선수일지도 몰랐다. 효은은 더욱더 속상해졌다. 발버둥을 쳐서라도 그에게서 벗어나고 싶었다. 나를 가지고 놀고 싶은 것이라면 그만두라고. 나는 진심인데, 당신은 장난하는 거냐고.

"내려 줘요."

그녀가 차갑게 말했다. 이도의 눈이 더 깊어졌다.

"하나만 해."

"……?"

그가 아리송한 말로 일렀다.

"좋아하든지."

심장이 또 멋대로 두근거렸다.

"싫어하든지."

이도가 효은을 파도 앞에 내려놓았다.

"이상한 소리 하지 마요."

효은이 그에게서 멀어지며 표정을 감췄다.

"으앗."

그 순간 거친 파도가 그녀의 다리를 쳤다.

"이리 와."

이도가 급하게 한 팔로 그녀를 당겨 그의 품 안에 끌어안았다. 정신을 차리고 보니 그에게 안겨 있었다. 효은은 그 자리에 얼음이 되고 말았다. 거기다 그의 몸에 밴 은은한 향수 냄새가 그녀를 더욱 괴롭혔다. 나한테 왜 이래요, 진짜. 그녀는 알 수 없는 울분이 일어 그를 밀쳐 내 버렸다.

"윽……!"

이도는 기습적으로 당한 공격에 넘겨졌고, 파도에 몸을 적셨다. 황당해하는 그의 얼굴을 내려다보고 있으니 효은은 그제야 마음이 조금 풀렸다. 심술. 딱 그 말이 맞았다.

"화 안 나요?"

적어도 이런 장면을 상상하진 않았다. 효은은 편의점 의자에 앉아 있었고, 그 앞에 무릎을 굽히고 앉아 그녀의 젖은 신발을 삼선 슬리퍼로 바꿔 신겨 주려는 이도를 내려다봐야 했다. 와이셔츠까지 홀딱 젖은 건 그인데, 그는 효은의 젖은 발을 지켜보고 있기 버겁다는 것처럼 그녀를 곧장 이곳으로 데려와 앉혔다.

"화내라고 한 거였어?"

아니라는 말도 못 하고 효은은 입을 다물었다. 그는 거리낌 없이 축축한 양말을 벗기고 그 안에 감춰진 뽀얀 발을 금방 산 물티슈로 닦아 냈다. 효은은 발가락이 간지러워 견딜 수가 없었지만 티를 낼 수도 없었다.

"나, 손 안 부러졌어요."

어디까지 하나, 두고 보자는 심정으로 가만히 있으니 이 남자는 그녀를 아기 취급 하고 있었다. 효은이 다 닦인 발을 그의 손에서 빼내 그녀가 직접 삼선 슬리퍼를 끼워 신었다. 자리에서 일어서자 그도 따라 일어났다.

"다들 와이프한테 이러지 않나 싶어서."

그가 뒤늦게 이유를 가져다 붙이고 웃었다. 와이프. 아내. 마누라. 이젠 그 말이 익숙하게 나오는 건가 싶었다. 아무렇지 않게 웃어 주지 말아요. 경고예요. 경고. 효은이 그에게 눈을 부라렸다.

"재밌어요?"

"뭐가?"

"나 놀리는 거요."

피식, 이도의 입가가 더 크게 올라섰다.

"뭐 때문에 골이 난 건지는 모르겠지만, 난 이런 거에 익숙한 사람이 아니야."

그가 갑자기 고해 성사를 했다. 효은의 가슴 어딘가가 따끔거렸다.

"결혼 같은 거 생각한 적 없었어. 그게 중요하지도 않았고. 그것 말고도 내가 짊어져야 하는 일이 얼마나 많은지 네가 지켜봤으니 알 거야. 내 사인 하나에 누군가의 목숨 줄이 왔다 갔다 하고, 선홍이 흔들릴 수도 있어. 난 매일 넥타이를 매고 전쟁터에 서 있는 사람이야."

"그러니까 너까지, 심통 부리지 말라고요?"

효은이 알아들었다며 그의 말을 받았다.

"그러니까…… 상처받지도 말고."

그가 잠시 숨을 고르고 뒷말을 이었다.

"너무 미워하지도 말라고."

이도가 흐리게 웃었다. 그녀 때문에 홀딱 젖은 남자가 미워하지 말란다. 효은은 갑자기 눈물이 핑 돌았다. 어쩌라는 거야. 너무 좋아지는데, 미워하지도 말라니. 이 남자가 이렇게 밀당하는 재주가 좋은지 미처 몰랐다.

"그럼, 나도 부탁할게요."

효은이 마음을 다잡고 그를 올려다봤다.

"헷갈리게 하지 마세요."

"……."

"확, 좋아해 버릴 거니까."

※ ※ ※

"앞으로 다신 그러지 마."

그에게 무섭게 날렸던 경고는 부메랑처럼 다시 그녀에게 날아왔다. 효은은 병원으로 찾아온 승재에게 할 말이 없었다. 왜 거기를 찾아가서는. 그를 탓하기엔 그날 밤, 그녀의 잘못이 너무 컸다.

"무슨 일이라도 생겼으면 어쩔 뻔했어?"

"미안. 이제 안 그럴 거야."

승재는 효은이 곧장 반성하자 더 이상 할 말이 없었다. 이도가 가게에 다녀간 후, 그는 밤새 잠들지 못했다. 그렇다고 효은에게 쉽사리 전화를 걸 수도 없었다. 둘 사이에 무슨 일이 있었는지. 이제는 해결이 되었는지. 예전이었다면 편하게 물었을 말들을 입 밖으로 뱉어 낼 수가 없었다. 결국 며칠 만에 병원으로 찾아가 효은과 마주 앉았지만 가슴속에 담긴 질문은 이번에도 밖으로 나아가지 못했다.

"할아버지 상태는 좀 어떠셔?"

물음은 다른 쪽으로 옮겨 갔다.

"아주아주 많이 좋아지셨어. 이번 항암 효과가 크대. 결혼한 게 이렇게 크게 도움이 될지 몰랐어."

효은은 신이 난 얼굴을 감추지 못하고 밝게 웃어 보였다. 모두가 원하던 바였다. 그게 정말 효과로 나타나자 승재도 덧붙일 말이 없었다. 만약 그가 그때 효은을 말렸더라면, 그 결혼의 상대가 권이도가 아니라 자신이었다면, 지금의 결과를 가져올 수 있었을까. 멍청한 물음이 생겨나기도 했다.

"앞으로 더 좋아지시겠지. 그래야 되는 거고."

"어, 그래야지. 그래서 나 할아버지가 원하시는 거, 뭐든지 할 거야."

그녀의 이 절박함을 치기 어린 순간의 감정으로 생각했던 승재는 뒤늦게 미안함이 들었다.

"더 할 게 남았어? 잘 사는 모습 보여 드리면 된 거지."

"응. 결혼해 보니 그렇게 나쁘지 않아. 그 사람도 할아버지한테 잘하고, 부담 주는 일도 없어. 내가 원하는 건, 하나뿐이야. 할아버지가 건강하게 오래오래 사시는 거."

"너는?"

결국 묻고 말았다. 네 행복은 중요하지 않느냐는 눈빛으로. 승재는 효은이 외면하고 있는 마음 어딘가를 깊숙이 찔렀다. 효은은 그저 흐리게 웃었다.

"나까지 생각할 여유 없어. 지금도 항상 미안해. 좋은 곳에 갈 때나, 좋은 음식 먹을 때나, 할아버지 생각만 나. 나만 행복한 거 같아서."

"효은아."

그런 죄책감은 가질 필요가 없다고 위로해도 소용없었다. 만약 상황이 바뀌었다면 할아버지 태호도 분명 그랬을 것이다. 효은은 지금으로 만족했다. 더 욕심부리지 않을 것이다.

"걱정하지 마. 난 지금도, 충분해."

효은이 오히려 승재를 안심시켰다.

"······친구? 할아버지 병원까지 왔다 갈 정도면 친한가 봐?"

승재를 배웅하고 돌아선 길이었다. 효은은 예상치 못한 인물, 두 명을 병원 로비에서 마주해야 했다. 영란은 여전히 삐딱한 눈빛으로 효은을 훑어 내렸다. 작은 흠집 하나라도 발견하고 말겠다는 것처럼 눈동자 안에는 무서운 독기가 가득 들어차 있었다.

그런 영란의 뒤에서, 커다란 과일 바구니를 들고 서 있는 여인은 이도의 사촌 여동생 민아였다. 그녀는 지금 눈앞에 있는 영란의 딸이 아니라 큰고모 선영의 입양아라고 하지 않았던가. 이 둘의 소합이 선뜻 이해되지 않았지만 효은은 그것을 따지고 있을 상황이 아니었다.

"여긴 어쩐 일이세요?"

분명 그녀의 사정을 알고 찾아온 것일 테다. 하지만 효은은 모른 척 물을 수밖에 없었다. 이런 일까지 감당해야 하는 게 그의 진짜 아내 자리인 걸까. 그래서 이도는 그토록 효은과 이 집안사람들이 엮이지 않길 바라며 화를 냈던 걸까. 효은은 조금씩 그의 냉정한 배려를 이해하고 있었다.

"할아버님이 아프시다며? 남도 아니고 사돈 사인데 모른 척할 수가 있어야지. 우리 집안에서 이런 일에 적극적으로 나서는 사람이 나밖에 없어. 네 남편만 봐도 알겠지만 다들 뼛속까지 이기적인 유전자라, 자기 말고 다른 사람 일에는 관심이 없거든. 조카며느님이 이해 좀 해 줘."

극존칭까지 써 가며 그녀가 이곳을 찾은 이유가 뭘까. 효은은 머리를 굴려 보았지만 좀처럼 답을 찾지 못했다. 재벌가의 세력 다툼. 그런 것은 아침 드라마에서나 나오는 이야기라 생각하며 관심조차 두지 않았다. 그녀에게 현실로 닥칠 거라곤 상상도 하지 못했다. 이도의 배경을 계산하지 못한 채 다급하게 붙잡은 결혼이었다. 당연히 감당도, 후회도 그녀의 몫이었다.

"아니에요. 걱정 끼쳐 드리는 것 같아 제가 더 죄송합니다."

효은이 깍듯이 고개를 숙여 인사를 건넸다. 영란은 더 이상 할 말이 없어 입만 달싹거렸다. 만만치가 않은 상대라는 것은 지난번 가족 식사 자리에서 이미 느꼈다. 어리다고 쉽게 여겼던 생각에 빨간불이 켜졌다. 이런 여자니 권 영감이 권이도 옆에 붙여 두는 것이겠지만 사람이란 틈이 있기 마련이었다. 더군다나 남자와 여자가 아닌가. 감정이 섞이면 이성적인 행동이 죄가 될 때가 있는 법이었다. 두 사람이 정말 진심으로 좋아하든, 정상적인 부부처럼 연극을 하든, 어느 쪽이든 그녀에게는 승산이 있었다.

"괜찮으시면 할아버님 뵙고 인사를 드렸으면 하는데."

영란은 오늘 찾아온 목적을 말했다.

"어쩌죠? 지금 집중 치료 기간이라서. 오늘은 조용히 쉬셔야 할 것 같아요. 저도 이제 돌아가려던 참이에요. 미리 연락을 주시지 그러셨어요."

이렇게 불쑥 찾아오는 게 얼마나 무례한 행동인지 효은은 차분히 설명했다. 영란은 되바라진 효은의 대처에 할 말을 잃고 코웃음을 쳤다. 그녀의 등 뒤에 권이도란 든든한 배가 있다 이것인가. 그들의 항해가 무사히 종착하려면 우선 자신부터 무너뜨려야 한다는 것을 모르는 것일까. 영란은 산뜻하게 웃으며 다른 제안을 했다.

"그럼, 조카며느님이랑 커피 한잔할까? 우리 집안의 앞날에 대해서 진지하게 이야기를 좀 나눴으면 좋겠는데. 어때?"

효은은 더 이상 거절할 수 없었다.

"부모 일찍 보내고 외롭게 자란 애야."

영란의 입에서 흘러나온 말에 놀란 건 효은뿐만이 아니었다. 옆자리에 앉아 잠시 그녀의 비서 노릇을 하던 민아 역시 배 속에서 구역질이 일었다. 영란이 뻔뻔하게 철판을 까는 모습이야 지겹도록 봐 왔지만 오늘은 모른 척 웃어넘길 수가 없었다.

이 집안에서 가장 속을 잘 드러내는 사람이 영란이었다. 그래서 쉬웠다. 한편으론 그녀의 올곧은 무시가 감사했다. 가식적인 동정 따위 없었으니까. 이해하는 척 같잖은 위로 따위 건네지 않았으니까.

그런 영란이 지금 이도의 어설픈 부모 노릇을 하고 있었다. 어머니 선영의 지시가 아니었다면 따라오지 않았을 자리였다. 굳이 그녀가 나서지 않아도 영란이 알아서 판을 뒤집어 놓을 것이라 예상했다.

그녀는 잠시 구경만 하면 된다고 생각했다. 이도는 그녀에게 약속한 것처럼 일에만 몰두했다. 며칠째 집에 들어가지 않았다고 전달받았다. 그 모습이야말로 두 사람의 사이를 대변해 준다고 여겼다.

민아는 자신과 처지가 다를 바 없는 어린 여자를 바라봤다. 그녀가 감내해야 할 일은 이제 시작이었다. 감당하지 못할 것이라면 떠나라고 충고해 주고 싶었다. 무슨 조건을 붙여 권이도의 옆자리를 지키고 있는지는 모르겠지만 껍데기 같은 아내 노릇은 집어치우라고, 경고하고 싶었다.

"그 사람 걱정해 주시는 마음, 감사해요. 그런데 이젠 편히 마음 놓으셔도 돼요. 제가 옆에 있으니까요."

효은은 영란과 민아를 번갈아 바라보며 당당히 자신의 마음을 표현했다. 이게 거짓이라고 볼 이는 없었다. 영란은 예상대로 일이 진행되고 있다며 웃었고, 민아는 가슴 어딘가가 찌르듯이 쑤셔 와 테이블 아래에서 주먹을 힘주어 쥐어야 했다.

"이렇게 든든한 손주며느리를 보다니. 자식 앞세운 우리 아버지, 이제야 마음 편히 지내시겠네. 그래서 말인데, 새 식구가 빨리 늘면 더 기뻐하시지 않을까?"

영란이 핸드백 안에서 명함 한 장을 꺼내 효은의 앞으로 내밀었다. 종이엔 유명 산부인과 교수의 이름이 찍혀 있었다. 그녀의 의도는 확실해 보였다.

"우리 집안이 장자 승계를 고집해서 말이야. 대를 빨리 이어 줘야 그쪽 할아버님이나 우리 아버지도 편히 눈감으시지 않겠어?"

영란의 오지랖이 이런 쪽으로 뻗어 나갈 줄은 예상하지 못했다. 민아는 그녀의 뜻을 파악하기 힘들었다.

난처한 건 효은도 마찬가지였다. 첫 가족 식사 자리부터 목적이 이 것이라는 것처럼 그녀가 더 나서서 두 사람의 2세를 걱정하고 있었다.

"이건, 아직 너무 이른 얘기 아닐까요? 두 사람이 알아서 할 부분이고요. 요즘은, 이런 얘기 부담스러워해요. 보세요, 효은 씨 난처해하잖아요."

결국 민아가 나서서 입을 열고 말았다.

"요즘 젊은 사람들하고 애들이 같아?"

영란이 민아를 날카롭게 바라봤다. 어디서 나서냐는 눈빛이었다.

"무슨 말씀이신지 알아들었어요. 신경 써 주신 거니, 감사히 받겠습니다."

효은은 두 사람의 신경전을 끊어 내듯 명함을 집어 자신의 주머니에 넣었다. 그녀의 행동에 영란은 만족스러운 표정을 보였고, 민아는 끓어오르는 감정을 참기가 힘들었다.

곧 영란이 일어나고, 자리는 파해졌다. 뒷정리를 맡은 효은에게 과일 바구니를 전달하려고 남아 있던 민아는 그녀에게 먼저 다가섰다.

"원래 종잡을 수 없는 분이세요."

오늘의 일을 무마하려는 그녀 나름의 위로인 것 같았다.

"괜찮아요. 신경 쓰지 않으셔도 돼요."

효은은 어쩐지 민아를 편하게 대할 수 없었다. 그의 가족 중에 편한 사람이 있겠느냐마는, 이도와 사촌 지간이기에 마음만 잘 통한다면 가까이 지낼 수도 있는 사이였다.

하지만 그녀가 자신이 입양이라는 걸 밝힌 순간부터 추측은 걷잡을 수 없이 확신으로 자리 잡아 버렸다. 효은이 보기에 그녀는 이도를 그저 사촌 오빠로 대하지 않는 것 같았다. 미친 생각이라 해도 어쩔 수가 없었다. 효은의 직감이 그렇게 경고했다.

"그리고 오늘 있었던 일, 이도 오빠한테는 말하지 않는 게 좋을 것 같아요. 집안 문제 말고도 머리 아픈 일이 많은 사람이잖아요. 요즘, 갑작스럽게 결혼한 것 때문에 회사에서 지지도가 떨어지는 중이었거든요. 일에 집중하게 해 줘요, 우리."

마치, 그녀가 이도의 아내라도 되는 듯한 뻔뻔한 발언이었다. 효은은 어쩔 수 없이 표정이 딱딱하게 굳어졌다. 그런 효은의 반응을 예상한 것처럼 민아의 얼굴은 더할 수 없이 부드러웠다. 자신이 승리했다고 생각하고 돌아서려던 민아에게 효은은 지지 않고 말을 덧붙였다.

"네. 그럴게요. 더 골치 아픈 일이 없도록, 아이도 되도록 빨리 가질게요."

효은은 민아가 건넨 과일 바구니를 든 채 유유히 병실 쪽 엘리베이터로 향했다. 민아는 그 자리에서 움직이지 못했다. 헛웃음이 나오다 천천히 입가가 굳어졌다. 효은의 마지막 말을 곱씹자 심장 저 끝이 짓

이겨지는 기분이었다.

❀ ❀ ❀

시원한 바람이 뺨을 스쳤다. 그제야 명함만 내려다보던 효은의 눈동자가 앞을 바라봤다. 병원 안쪽의 작은 연못에선 일정한 시간에 맞춰 분수가 솟아올랐다. 이곳은 그녀가 가장 좋아하는 장소였다. 오르내리는 물줄기를 멍하니 보고 있으면 답답함이 조금은 가시는 기분이었다. 그래서 오늘도 이곳을 찾아왔는데, 이상하게도 고민의 무게가 점점 더 커져 가기만 했다.

'새 식구가 빨리 늘면 더 기뻐하시지 않을까?'

그의 아이. 결혼 전에는 진지하게 생각조차 해 본 적 없는 문제였다. 잠자리도 없는 가짜 결혼에서 임신은 가장 먼저 제외되어야 할 금지 사항이었다. 그 부분에 대해선 이도도 뜻을 같이할 것이다. 그 남자는 그녀의 부탁 때문에 힘겹게 이 결혼을 결정한 사람이었으니까.

영란의 무례한 참견은 시댁의 지나친 관심으로 치부하면 그뿐이었다. 심각하게 생각하고 들어줄 이유가 없었다. 하지만 효은은 자꾸만 주머니 속 명함이 신경 쓰였다. 그것을 자꾸만 꺼내 내려다보고 있는 자신을 깨닫고 말았다.

'뭘 원하는 거야. 뭘 어쩌겠다는 거야.'

욕심은 끝이 없었고, 그에게로 향하는 마음도 멈출 수가 없었으며,

지금 그녀에게 미래는 중요치 않았다. 어쩌면 할아버지가 좋아하실 것이란 이유는 핑계일 뿐이었다. 결혼만으로도 충분했다. 그 결혼이 진심에서 비롯된 게 아니라 연극이라는 것만으로도 이미 충분히 죄책감을 느끼고 있었다. 여기에 아이까지. 그녀의 철저한 이기심이었다.

하지만 가족이 필요했다. 가족이 있었으면 했다. 할아버지가 떠나고 나면, 그녀는 혼자가 될 테니까. 그를 닮은 아이를 낳아, 영원한 내 편을 만들면 안 되는 걸까. 아이라도 옆에 있다면, 이 두려운 외로움에서 벗어날 수 있지 않을까. 철없는 생각이 끝없이 꼬리를 물었다.

여기서 그만해야 했다. 효은은 고개를 흔들었다. 지금도 충분하다며 자신을 다독였다. 더는 안 된다는 게 현실이었다. 그녀의 부탁을 들어줄 리 없는 남자였다. 효은은 영란이 건넨 명함을 연못 근처 쓰레기통에 던져 버리곤 자리를 떴다.

"……그 주식 때문이었군요."

"이유야 어찌 되었든 두 사람이 잘 살면 그만이야."

"효은일 이용만 하고 헤어지면요? 그게 조건이었다면서요? 사업하는 사람들이 얼마나 냉정한지 선생님이 더 잘 아시지 않습니까? 지금이야 그 주식 받기 전이니, 쇼라도 하겠죠. 더군다나 권 회장 손자 아닙니까?"

"내가 믿는 건 권 회장이 아니라 권이도야."

처음엔 무슨 말을 주고받는 것인지 선뜻 이해되지 않았다. 효은은 병실 문틈 사이로 흘러나오는 할아버지 태호와 김 교수의 대화를 의도치 않게 엿들으며 그 자리에 굳어진 채 서 있었다.

주식. 그녀와 결혼한 이유가 그 조건 때문이었단 말인가. 효은은 커다란 망치에 얻어맞은 것처럼 머릿속이 하얘졌다. 그렇게 거부하던 결혼을 제 발로 찾아와 허락했다. 이유를 물으니 너라면 감정 없이 헤어져 줄 것 같다는 잔인한 말을 건넸다. 모든 아귀가 들어맞았다.

그는 이 결혼을 통해 원하는 주식을 얻게 될 것이며, 그 목표를 달성하면 그녀와 계약을 끝낼 것이다. 지긋지긋한 세력 싸움에서 우위를 선점하기 위해 그녀를 이용하는 것이다.

그래. 그것이었다. 멍청했다. 바보 같았다. 그런 남자를. 그런 남자에게 마음을 준 그녀의 진심이 송두리째 짓밟혀진 기분이었다. 효은은 잇새를 깨물었다. 심장이 저려 와 눈물이 멋대로 치솟았다. 울지 않을 것이다. 그녀를 좋아해 줄 가능성조차 없는 남자 따윈 이제 잊을 것이다. 생각하지 않을 것이다.

하지만 그렇게 될 리 없었다. 나쁜 사람. 잔인한 인간. 이미 모든 걸 줘 버렸는데. 어쩌라고. 그를 싫어할 수도 없는, 효은은 서러워 울 수밖에 없었다.

❋ ❋ ❋

"중국 쪽 자료는 더 없습니까?"

취합한 보고서를 내려다보던 이도가 미간을 더욱 찌푸렸다.

"……네. 아직 구체화되기 전 단계이기도 하고. 중국 특성상 시간 끌기 중이라. 지금이라도 좀 더 받아 내 보도록 하겠습니다."

프로젝트 팀장이 얼른 핸드폰을 손에 집었다.

"아닙니다. 오늘은 여기까지 하죠."

그의 대답에 릴레이 야근으로 지쳐 있던 직원들이 얼른 고개를 들었다. 며칠째 이어져 온 기약 없는 회의였다. 권이도 상무가 하나에 꽂히면 독종처럼 파고드는 스타일이라는 건 익히 알고 있었지만 피부로 느끼는 것은 또 달랐다. 마치 그에게만 체력이 보충되는 것처럼, 이도는 지치지도 않고 프로젝트 사업을 초고속으로 진행시켰다. 얼마 전 결혼식을 올린 새신랑이라는 게 무색할 만큼 그는 변함이 없었다.

그런 그가 어쩐 일로 스톱을 외쳤다. 당연히 오늘도 퇴근은 희망 사항일 뿐이라 생각하며 포기하고 있었던 프로젝트 팀원들은 눈물까지 글썽이며 얼른 자료들을 챙겼다. 이도는 그들의 반응은 신경조차 쓰지 않으며 손목시계를 내려다봤다.

지금쯤 나서면 저녁은 같이 먹을 수 있을 것이다. 그 생각이 들자 그의 발걸음이 가벼웠다. 확, 좋아해 버릴 것이라 말한 당돌한 아내는 직원들의 릴레이 야근을 멈추게 만든 감춰진 구세주였다.

"상무님! 오빠!"

엘리베이터를 타기 위해 복도로 나서던 이도는 그를 멈춰 세운 한 여자를 돌아봤다. 민아는 마치 그를 만나러 온 것처럼 다행스러운 표정으로 다가왔다.

"엇갈릴 뻔했네요."

"무슨 일이야?"

이도는 다시 시계를 내려다봤다. 효은에게 퇴근을 알리는 문자를 보냈지만 아직 답장은 없었다. 오늘은 집에서 같이 저녁을 먹을 수 있다는 희소식을 전했다. 며칠 동안 그녀를 본가에 홀로 지내게 만든 미안함이 바닷가를 다녀온 이후에도 지속되었다. 무슨 일이 있어도 오늘은 집에 들어가고 싶다는 생각이 회의 시작 전부터 머릿속에 박혀 있었다.

"집안일인데, 잠깐 얘기할 수 있어요?"

무슨 얘기일지는 뻔했다. 이도는 시계를 한 번 더 내려다보며 돌아서려 했다.

"나중에. 오늘은 급하게 들어가 봐야……."

"이모님이 새언니 할아버님을 만나러 갔어요."

이도의 고개가 다시 민아에게로 돌려졌다.

✽ ✽ ✽

"서두르셨던 거 아니었습니까?"

본가 앞에 도착했지만 이도에게선 기척이 없었다. 박 비서가 뒤를 돌아보자 그는 창가에 머리를 기댄 채 눈을 감고 있었다. 잠든 것일까. 그럴 만도 했다. 연이은 야근과 회의에 수면 시간을 극도로 줄인 상태였다.

그저 그의 옆을 지키는 비서인 자신도 방전 상태인데 당사자인 제 보스가 멀쩡한 게 더 의아한 일이었다. 신사업 프로젝트에 대한 스트레스가 어마어마할 것이다. 거기다 갑작스런 결혼으로 신경 써야 할 부분이 더 많아진 것도 사실이었다. 재영은 조용히 차의 시동을 끄고 이도가 편히 쉴 수 있도록 자리를 비켜 주었다.

홀로 차 안에 남게 된 이도는 천천히 눈꺼풀을 들어 올렸다. 피로가 쌓인 그의 눈동자가 더욱 짙게 가라앉았다.

'다짜고짜 아들부터 낳으라니. 그러면서 산부인과 명함을 내미는데 내 얼굴이 다 화끈거렸어요. 그게 여자한테 얼마나 수치스러운 일인지 오빠는 모를 거예요. 더군다나 새언니…… 할아버님 일로 많이 힘들 텐데 얼마나 속상하겠어요. 하소연할 친정 식구들이 있는 것도 아니고. 다행히 제가 상황은 잘 정리했어요. 그러니까 오빠가 잘 다독여 줘요. 부담 가질 필요 없다고. 신사업 때문에 해야 할 일도 많은데 그것까지 신경 쓸 여유 없잖아요.'

민아의 말을 듣고 이도는 당장 영란의 전화번호를 찾았다. 하지만 통화 버튼은 쉽게 눌러지지 않았다. 그게 영란이 바라는 일일 테니까. 그가 흔들리는 모습을 보고, 또다시 효은을 흔들겠지. 그렇게 되면 죄 없는 그녀가 마음을 다치는 건 시간문제였다.

이도는 아무것도 할 수 없는 자신이 답답했다. 이럴 줄 알았으면서도 미칠 것 같았다. 너를 위해 아무것도 해 줄 수 없다는 뻔뻔한 경고가 이리도 그를 고통 속에 몰아넣을 줄이야. 허무한 웃음만 흘렀다.

그저 지금은 효은을 위로하는 방법밖에 없었다. 이도는 정신을 차리고 차를 빠져나왔다.

"이 사람은…… 어디 갔습니까?"

그의 퇴근을 맞은 건 강 여사뿐이었다. 이도는 부엌 쪽으로 시선을 주었지만 그가 찾는 여자는 보이지 않았다.

"아…… 방에 있을 거야. 오늘 병원 다녀오고부터 표정이 어둡더라고. 혹시나 할아버님 상태가 안 좋은지 걱정이 돼서 전화하려고 했더니, 다행히 권 상무가 일찍 들어와 줬네. 얼른 올라가 봐."

이도는 짤막하게 인사를 남기고 곧장 독채로 올라갔다. 열린 방문 사이로 누군가와 전화 통화를 하는 효은의 목소리가 작게 흘러나왔다.

"……그래. 너밖에 없어. 내가 기댈 사람이 누가 있어. 야, 한승재. 이러기야? ……아니. ……알았어. 그럼 내일 최신버기 사 와. 응. 끊어."

이도는 그 자리에서 굳어졌다. 입가엔 허무한 웃음이 흘렀다. 너밖에 없어. 오해하고 싶지 않았지만 가슴에선 질투심이 불길처럼 타올랐다. 가장 의지하는 친구라고 정의 내린 남자가 이렇게 그에게 패배감을 맛보게 하리라고는 생각하지 못했다.

"어…… 왔어요?"

문을 나서던 효은이 이도와 마주쳤다. 하지만 그녀의 눈은 그를 제대로 바라보지 않았다. 앞치마를 들고 지나치려는 그녀의 팔을 이도가 단번에 붙잡았다.

"어디 가?"

효은이 그제야 그를 올려다봤다.

"저녁 준비 도와드려야죠."

"전화했는데."

이도는 자신이 유치하다는 걸 알았지만 이 알 수 없는 불안감이 그를 더욱 미치게 만들었다.

"못 봤어요."

"힘들면 나한테 풀어."

밑도 끝도 없이 이도가 말을 건넸다. 효은이 그의 끈질긴 시선을 외면하며 깊은숨을 내쉬었다.

"그런 거 없어요."

"장효은."

화가 난 듯 이름을 부르는 목소리에 효은이 참지 못하고 고개를 들었다.

"나보고 뭘 어쩌라고요? 아저씨는 아무것도 해 줄 생각이 없다면서요. 왜 그래요? 왜 다 하라고 해요? 하지 말라고 할 땐 언제고, 이젠 다…… 사람이 어떻게…… 아니, 됐어요. 아니에요. 어른들 기다리세요."

이미 효은의 눈가는 젖어 있었다. 이도는 그녀를 이렇게 내려보낼 수 없었다. 서운함이든, 억울함이든, 괴로움이든, 그게 뭐든, 모두 그에게만 쏟아 내기를 바랐다.

"원하는 게 있으면 말해. 다 들어줄 테니까."

그녀의 팔을 움켜쥔 이도가 오히려 사정했다.

"내가 뭘 원할 줄 알고요?"

효은이 비웃듯 웃었다.

"뭐든."

그는 물러나지 않았다. 효은은 표정을 지운 채 말했다.

"아이…… 갖고 싶어요."

이도는 웃어 버렸다. 진지할 수가 없었다.

"무슨…… 뜻인 줄 알고, 말하는 거야?"

그의 입꼬리는 올라섰지만 눈동자는 더없이 차가웠다. 한 손으로 넥타이를 끌어 내리며 이도가 효은에게로 다가섰다.

"할아버지가 원해요."

"고모님 만난 거 알아."

핑계 따윈 필요 없다며 그는 되돌릴 기회를 주었다.

"그럼 내가 왜 이러는지 잘 알겠네요."

효은은 흔들리지 않았다. 기회는 이때뿐이란 생각이 들었다.

"그럴 필요 없다고 했잖아. 내가 알아서 해. 너한테 그런 부담 지울 생각……."

"아저씨가 뭘 어떻게 해결하는데요? 고모님을 해결하고 나면 할아버님은 어떻게 할 건데요? 결혼하면 거기에 대한 책임이 따른다는 걸

192

이제야 알았어요. 생각해 보니 할아버지한테 이보다 더 좋은 선물이 없을 것 같아요. 결혼도 쉬웠는데 아이는 어때서요? 내가 낳은 아이 보면서 할아버지가 더 오래 사셨으면 해요. 나한텐 그게 중요해요."

이도는 도저히 효은의 생각을 이해할 수 없었다.

"아이를 낳는 사람은 너야. 너는……? 네 생각 따윈 없어?"

"나만 생각했으면 이 결혼도 안 했어요."

결국엔 그가 예상한 답이었다. 이럴 줄 몰랐나. 무슨 대답을 원한 걸까. 그가 바라는 답을 말한다고 해도 들어줄 수 없다고 못 박은 사람이 그였다. 그러면서도 그녀가 욕심났다. 자꾸만 눈앞에서 아른거리는 여자를 남자로서 품고 싶지 않았다면 거짓말일 것이다.

"그럼 더 안 돼. 이게 소꿉장난인 줄 알아? 이런 걸 정말 할아버님이 좋아하실 거라고 생각하는 거야?"

꼭 너여야만 하는. 당신의 아이를 갖고 싶다는 말이 듣고 싶어서는 아니었다. 소중한 축복으로 태어나지 못한 굴레. 아비를 속여 가며 자신의 잇속을 채운 어미에게 속 시원히 원망할 기회조차 받지 못한 그가 가장 두려워하는 것은 그의 인생을 대물림하는 것이었다. 언젠가 밝혀질 껍데기 인생 앞에서 어떤 것도 남기고 싶지 않았다. 누구에게도 상처 주고 싶지 않았다. 그래서 결혼도 싫었다. 아이는 더더욱 상상조차 하지 않았다.

"내 인생이에요. 걱정해 주는 척하지 마요."

효은은 그의 가식을 비웃으며 경고했다.

"왜요? 이 부탁은 못 들어주겠어요? 이런 연극까지 할 생각은 못 하겠어요? 아저씨가 내 부탁을 들어줄 수 없다면 나한테 이 결혼은 의미가 없어요. 다른 방법을 찾을 거예요."

효은이 냉정하게 의사를 전했다. 이도는 헛웃음을 내놓고 그녀를 코너로 몰았다. 막다른 벽에 갇힌 효은은 시선을 피할 길이 없었다. 똑바로 올려다본 그의 눈동자 안에는 시퍼런 날이 서 있었다.

"……무슨 뜻이야?"

"결혼도, 아이도 쉬운데, 이혼이 어렵겠어요?"

하. 이도에게서 싸늘한 미소가 흘렀다.

"우리 계약이 그렇게 간단한 거였어? 네 뜻대로 되지 않으면 마음 대로 무르고, 없던 일로 해 버릴 만큼 네 눈엔 내가 우스워?"

화가 난 이도는 더 차분하고 냉정해졌다. 눈가에선 얼음 같은 냉기가 가득 흘렀다. 다정하게 그녀를 바라보던 그는 없었다. 효은은 그게 가슴 아프고 두려웠지만 피하고 싶지 않았다. 그를 붙잡고 싶은 마음과 그에 대한 배신감이 그녀를 더욱 오기로 가득 차게 만들었다.

"할아버지가 원하는 건, 다 하고 싶어요. 그게 어때서요?"

"그렇게 태어난 아이는?"

어디까지 가 보나 시험하듯 이도가 낮게 물었다.

"내가 키워요. 책임져 달라고 말 안 해요."

어리고 어렸다. 그게 아이에게 얼마나 고통스러운 일인지 모른단 말인가. 차라리 날 사랑한다고, 당신이 첫사랑이라고 고백했다면. 이도는 그녀와 자신의 아이를 만들고 싶었을지도 모른다. 하지만 이런 식은 아니었다. 적어도 이런 결말은 아니어야 했다.

"그래……. 만약 네가 원하는 대로 해 준다면."

이도가 자세를 바꾸고 넥타이를 완전히 풀었다.

"뭐부터 해야 하는지는 알아?"

효은은 수치심에 입술을 떨었지만 물러나지 않았다. 그녀는 오직한 가지만 생각했다. 다른 건 의미가 없을 테니까. 흔들리지 않는 눈빛으로 그녀가 받아쳤다.

"옷부터 벗을까요?"

"아니."

이도가 가볍게 그녀의 말을 끊었다.

"내 아래가 너한테 반응하는지부터 봐야지."

더 갈 수 없는 막다른 길이라면, 이도는 효은이 포기하길 바랐다. 나쁜 놈이 되는 건 쉬웠다. 세상이, 인생이, 소꿉놀이가 아니라는 걸 잔인한 방법으로라도 가르쳐 줘야 했다.

"……그렇군요. 그게 중요한 건데. 몰랐네요, 내가."

경멸하듯 그를 바라보던 효은의 눈가엔 끝내 눈물이 맺혔다. 정신을 차린 이도가 그녀에게 다가섰지만 차갑게 내쳐졌다.

"건드리지…… 마요."

효은이 날카롭게 읊조리며 돌아섰다. 선을 넘어 버렸다. 오만했다. 이도는 그녀를 붙잡을 기회마저 놓쳐 버리고 말았다. 꽃 같은 여자.

효은은 그에게 그런 여자였다. 가까이하면 꺾일까 싶어 아끼고 아끼며 다가서지 못한 채 감춰 둔 마음이었다. 이런 게 사랑이란 것이었나. 이도는 그제야 깨닫고 있었다. 하지만 가슴에 갇힌 진심은 결국 그로 인해 더 깊게 가라앉아 버렸다.

※ ※ ※

"들자."

권 영감의 한마디로 아침 식사가 시작됐다. 식탁 위에는 평소보다 더 많은 종류의 음식들이 보기 좋게 차려져 있었다. 며칠 동안 비워져 있던 이도의 의자에 모처럼 당사자가 앉게 되었으니 강 여사도 신경을 쓸 수밖에 없었다.

효은은 새벽부터 1층으로 내려가 강 여사를 도왔다. 서재에서 남은 업무를 처리하다 밤을 지새운 이도는 아침 밥상에 앉고서야 효은을 마주할 수 있었다. 그는 일부러 자신을 피하는 효은을 충분히 이해했다.

"같이 드세요."

효은이 물러나려는 강 여사의 옷자락을 붙잡았다. 그가 없을 땐 늘 세 사람이 마주 앉아 밥을 먹었다. 이도가 등장했다고 달라질 이유는 없었다.

"그래. 번거롭게 그럴 필요가 뭐 있어."

권 영감은 효은의 말에 힘을 실었다. 언제부터고 그리했어야 할 일이었다. 늘 시키면 남자 둘이 앉아 먹는 밥이 맛있을 리 없었다. 까다로운 이도가 항상 강 여사에게 거리를 두었기에 암묵적으로 정해진 그들만의 방식일 뿐이었다. 이제 새 식구를 맞았으니 변해야 하는 게 맞았다.

"앉으세요."

이도는 간단한 문제였던 것처럼 강 여사를 바라봤다. 그녀에게 벽을 친 데에 다른 이유는 없었다. 이방인이란 생각 때문이었다. 어느 누구에게도 정을 주고 싶지 않았다. 그저 이 집안을 이끌 집사로만 여기는 게 편했다. 누군가에게 마음을 주게 되면 매달리고 싶어질 것 같았다. 그런 자신을 다잡기 위해서 그는 더 냉정해졌고, 사람들과의 거리를 유지했다.

"그럼, 오늘만…… 같이 먹도록 할게요."

강 여사는 효은의 맞은편에 자리를 잡았다. 그러자 불안하게 흔들리던 어린 사모님의 눈빛이 조금은 편안해졌다. 무슨 일이 있는 것은 분명해 보였다. 표정을 감추는 게 쉽지 않을 나이였다.

효은은 항상 웃고 있는 밝은 사람이었다. 고운 심성으로 집 안의 모든 사람들을 단번에 자신의 편으로 만들었다. 모르는 걸 부끄러워하지 않고 배우려 했으며, 포기하지 않고 끝내 완성해 냈다. 그리고 나쁜 규칙들을 없애기 위해서 권 영감에게도 가감 없이 반론을 제기했다.

효은과 같이 살기 시작하면서 무상도 조금씩 변하기 시작했다. 늘 서재에 앉아 자신만의 시간에 갇혀 있던 노인은 효은이 건강을 챙길 것을 강요하자 하루에 잠깐이라도 정원을 걸었다. 그때 옆을 지키며 말동무가 되어 준 사람은 당연히 효은이었다.

사랑스러운 여자. 모두들 효은에 대해 그렇게 말했다. 그런 보석 같은 여인을 옆에 두고도 몰라보는 남자. 강 여사의 시선이 이도에게로 향했다.

두 사람이 지금 어떤 관계를 맺고 있을지 그녀도 추측만 할 뿐이었다. 권 영감은 그저 지켜보기로 마음을 먹은 듯 보였고, 그 뜻에는 그녀도 동의했다. 하지만 효은이 힘들거나 괴로워할 때면 아무리 정을 쌓은 도련님이라고 해도 이도가 미워 보였다.

며칠 동안 효은을 독수공방시켰을 때는 자신이 먼저 나서서 전화를 걸어 보기도 했다. 어설픈 참견과 주책이라 해도 상관없었다. 그저 안타까웠다. 이도도, 효은도 행복했으면 했다. 서로에게 위로받고 사랑하며, 세상을 살아갈 힘을 얻었으면 하고 바랐다. 그것이 제대로 된 인생이라는 걸, 그녀는 오직 하나의 해답을 통해 깨닫고 있었다.

"……신사업은 어디쯤 진행되고 있어?"

어색한 식탁 분위기를 깨고 권 영감이 입을 열었다. 이도는 곧장 대답했다.

"이달 말까지 계약 마무리하고 보고 올리겠습니다."

"중국 놈들 어떤지 네가 더 잘 알 거다. 마지막까지 긴장 늦추지 말고."

이도는 몇 마디를 더 얹어 권 영감을 안심시키는 중에도 시선은 효은에게로 가 있었다. 그녀는 의미 없는 젓가락질만 반복하고 있었다. 안색이 안 좋아 보였다.

"새아가는 왜 밥 먹는 게 신통치 않아?"

권 영감이 뒤늦게 눈치채고 화제를 돌렸다.

"아…… 더워서 그런가 봐요."

효은이 변명하듯 말하며 숟가락을 들었다.

"안 그래도 내가 장 기사한테 말 넣어 두었다. 이제 병원 다닐 때 내 차 이용해라. 이 더위에 버스를 타고 다니니 탈이 안 날까. 넌 제대로 챙기지 않고 뭐 한 게야?"

권 영감의 시선이 곧장 이도에게로 향했다. 그를 탓하자 효은이 얼른 고개를 저었다.

"……제가 버스가 편해서 그랬어요. 죄송해요."

효은은 평소처럼 밝게 웃었지만 왠지 힘이 없어 보였다. 이도는 결국 자신이 먼저 수저를 내려놓았다.

"죄송합니다. 급하게 처리할 일이 생각나서요. 먼저 일어나 보겠습니다."

이도가 권 영감에게 고개를 숙인 후 자리에서 일어났다. 효은은 당연하다는 듯 그를 뒤따라 2층으로 올라가야 했다. 드레스 룸으로 향했을 것이라 생각했던 이도가 불쑥 계단 끝에 나타났다.

"고개 들어 봐."

그의 큰 손이 그녀의 이마에 얹어졌다.

"괜찮아요……."

효은이 그의 손을 밀어 내려 했지만 쉽지 않았다.

"뭐가 괜찮은 거지? 지금 네 얼굴을 보여 줘야 알아?"

화를 내는 이도가 미웠다. 이해할 수 없었다.

"……상관하지 말아요."

그녀는 입술을 깨물며 눈물을 삼켰다.

"장효은."

"머리 아파요. ……부르지 마요."

결국 효은이 배를 움켜쥐며 주저앉았다. 이도는 다급하게 그녀를 안아 들었다. 하얗게 질린 그녀를 안고 뛰면서 그는 모든 것을 후회했다.

네게 가짜 따위를 운운해서.

너무 쉽게 상처를 줘서.

너를 마음에 품었다고 먼저 말하지 못해서.

7. 마음의 소란

눈을 떴을 땐 낯선 창가가 흐리게 다가왔다. 머리가 흔들리고 온몸이 자꾸만 아래로 가라앉는 기분이었다. 어쨌든 일어나야 한다는 생각으로 효은이 팔을 들자 무언가 걸리며 움직임을 방해했다. 그것이 링거 줄이라는 걸 뒤쪽에서 날아온 단단한 경고를 듣고 나서야 깨달았다.

"누워 있어."

등 뒤에 앉아 있는 남자를 바라보고 싶지 않았다. 효은은 다시 눈을 감았다. 뒤늦게 상황 파악이 되었다. 이곳은 병원인 것 같았다.

어젯밤부터 복통이 조금씩 있었지만 진통제를 먹으면 진정될 줄 알았다. 하지만 아침 식사 자리에서 그를 다시 마주하자 단단하게 굳었던 위가 돌덩이처럼 변해 버렸다. 경험한 적 없는 고통이었다. 그러나 내색하고 싶지 않았다. 입술을 깨물며 맡은 임무만 생각했다. 그리고 그를 뒤따라 2층으로 올라간 이후로는 기억이 사라져 버렸다.

쓰러졌던 걸까. 그런 그녀를 이곳으로 데려온 사람은 이도인 것 같았다. 왜. 왜 이렇게 그녀를 괴롭히는지 알 수가 없었다. 나쁜 놈이 되려면 그것만 하면 되지 않는가. 나쁘다가도 이리도 다정하게 굴면 어쩌란 말인가. 그녀가 희망을 버리지 못하게 하는 그의 태도에 효은은 화조차 낼 수 없었다. 그는 분명 이 결혼에 대한 자신의 책임을 운운할 테니까.

"난 괜찮으니까 출근해요."

창가 옆에 걸린 시계는 이미 정오를 넘어 있었다.

"오늘은 옆에 있을 테니까 신경 안 써도 돼."

그 말을 끝으로 서류 넘어가는 소리가 몇 번이고 들렸다. 그가 어떤 위치에 있는 남자인지 모르지 않았다. 그는 자신이 넥타이를 맨 채 매일 전쟁터에 서 있는 사람이라고 말했었다. 그런 그가 자리를 비우면 회사는 어찌 될까. 큰 병도 아니고, 겨우 위경련을 일으킨 것 때문에 아내를 간호하겠다는 회사 대표는 아무도 없을 것이다. 그런 이도를 믿고 권 영감이 회장 자리에 앉힐 리도 없었다.

"원래 자주 이랬어요. 입원까지 할 필요는 없었어요. 링거 맞고 나면 괜찮아지니까 아저씨는……."

"이제 내 얼굴은 보고 싶지도 않아?"

효은은 등 뒤에서 들리는 서운한 목소리에 깊은 한숨을 내쉬었다. 심장 안쪽이 욱신거리듯 아팠다. 정말 사람을 못 살게 굴지. 어쩔 수 없이 몸을 돌렸다. 조심히 일어나 앉자 와이셔츠 단추도 제대로 채우지 못한 이도가 보였다.

"옷은…… 왜 그래요?"

"이게 중요해? 네 상태가 어떤지부터 물어봐야지."

이도가 또 혼을 내듯 그녀를 다그쳤다.

"어때요? 심각하대요?"

효은이 포기하듯 힘없이 되물었다.

"며칠 쉬면 괜찮을 거야. 그래도 앞으로는 조심해. 아프면 바로 말하고. 혼자 끙끙대면 너만 손해야. 왜 바보같이 병을 키워?"

"이렇게 1인실에 누워 보려고 그랬나 보죠, 뭐."

효은이 그를 바라보며 싱거운 농담을 던졌다. 이도는 이것만으로도 감사하다며 얼굴 위로 작은 웃음을 띠었다. 자리에서 일어나 그녀에게 물이라도 건네려는데 효은이 기어이 고집스런 말을 꺼냈다.

"일어났으니 퇴원할게요. 할아버지 기다려요."

무슨 마음인지 안다. 하지만 이도는 이기적이게도 지금은 효은의 건강이 더 소중했다.

"내일까지만 있어. 할아버님한테는 내가 대충 핑계 만들어서……"

"무슨 큰 병이라고 누워 있어요. 할아버지한테 미안해서 못 해요. 지금도 충분해요. 이것까지만 맞고 일어날 테니까 아저씨도 얼른 출근……"

"지금 너, 아프다고 전화드릴까?"

눈을 맞춘 이도가 결국엔 마지막 방법을 썼다. 효은은 그의 야속한 협박에 결국 물러설 수밖에 없었다. 그는 그녀가 무엇에 약한지 너무도 잘 알고 있었다.

"……알겠어요. 할아버지한테 말 안 한다고 약속해 줘요. 그리고 다른 사람 불러 주세요. 아저씨가 옆에 있는 거 불편해요. 더 아프게 만들 생각은 아니죠?"

핑계는 잔인했다. 하지만 후회해도 소용은 없었다. 그렇게 만든 사람이 이도 자신이었다. 그는 효은을 내려다보다 포기하듯 고개를 끄덕였다.

"강 여사님께 부탁드릴게."

"아뇨. 친구 부르면 돼요."

친구. 한승재를 말하는 거냐는 물음이 목 끝까지 솟구쳤지만 이도는 끝내 말을 뱉지 못했다. 지금 그 녀석이 옆에 있어야 이 병이 나을 것 같다는 말까지 듣고 싶진 않았다.

"……그래. 마음대로 해."

효은이 그제야 안심하듯 다시 자리를 잡고 누웠다.

"부탁 좀 하겠습니다."

연락을 받고 뛰어온 승재에게 이도는 깍듯하게 고개를 숙였다.

"네. 얼른 출근하세요."

승재는 그의 전화를 받고 놀라 달려올 수밖에 없었다. '효은이가 아픕니다.' 그 한 문장에 심장이 내려앉았고, '그쪽의 간호를 원한 다' 는 말에는 이도의 마음이 궁금해졌다. 아내가 아프다는데, 그녀의 친한 남자 친구에게 간호를 부탁하는 남편. 누구 봐도 이상한 상황이 었다. 하지만 승재는 곧 이해했다.

'가짜 남편 해 주겠대.'

그는 효은에게 조금도 마음이 없는 것일까. 그래서 이 모든 걸 받 아들일 수 있는 건가. 이기적이게도 희망이 솟아오르고 말았다. 정말 그렇다면 이미 그에게 마음이 가 있는 효은은 얼마나 상처를 받고 있 는 것일까. 지금 그녀의 속병이 만약 이 남자 때문이라면, 승재는 가 만히 지켜보고만 있을 수 없을 것 같았다.

"고집부려도 당장 퇴원은 안 됩니다. 퇴근하고 올 때까지만 지켜봐 주세요. 혹시라도 그 전에 무슨 일 생기면 꼭 연락 부탁드립니다."

이도는 마지막까지 신신당부를 하고 대기하던 비서와 함께 사라졌 다. 그의 흐트러진 와이셔츠를 한참이나 바라보던 승재는 잠깐의 희 망이 헛되었다는 것을 깨달았다. 아무래도 이 두 사람의 마음이 일방 통행은 아닐 것이란 추측을 하게 되었다. 그걸 눈치챈 자신이 불쌍해 웃음 지을 수 없었다.

"진작 고치라는 내 말 안 듣더니."

병실 안으로 들어선 승재는 창가에 서 있는 효은에게로 다가갔다. 환자복을 입고 링거를 꽂은 효은의 모습을 보는 건 그녀가 맹장염에 걸렸던 고등학교 3학년 이후 처음이었다.

그날은 만우절이었다. 모두가 거짓말로 서로의 진심을 시험하던 때였다. 하루 종일 효은의 장난에 시달리던 승재는 야자 시간 효은이 배를 움켜쥐고 아프다는 말을 했을 때 믿지 않았다.

아픈 그녀의 얼굴에 대고 절대 속지 않을 것이라며 화를 내기도 했다. 결국 효은이 정신을 잃고 책상 아래로 쓰러졌을 때 그는 자신의 행동을 후회하며, 앞으로 평생 동안 그녀의 말을 믿고 따라 주겠다고 결심했다. 쓰러진 효은을 업고 5층 계단을 뛰어 내려가 양호실에 도착하는 순간까지 지옥 같은 죄책감을 느꼈다.

그 이후, 그녀가 아픈 건 그에게 트라우마가 되었다. 다행히 그의 마음을 눈치챈 것처럼 효은은 크게 아프지 않고 잘 지냈다. 할아버지가 걱정하신다는 이유 때문이었지만 승재는 감사했다. 효은이 아픈 건 그가 아픈 것보다 더 고통스러운 일이었다.

"미안해. 부를 사람이 너밖에 없었어."

힘없는 목소리로 말한 효은이 미안하다는 듯 웃었다.

"무슨 일인데?"

"……위경련."

대답은 간단했다.

"아니, 네 맘속에 있는 병."

핵심을 날카롭게 파고든 승재의 질문에 효은은 아니라며 고개를 흔들다 결국 참았던 눈물을 쏟아 냈다. 더 이상은 감출 수가 없었다.

감정이 터지듯 흘러나와 버렸다.

효은이 그 자리에 주저앉아 평평 울었다. 승재는 칼로 가슴을 도려내는 것처럼 아팠지만 그녀를 조용히 안아 주는 것조차 할 수 없었다. 그저 옆을 지키는 것만이 그가 할 수 있는 전부였다.

❀ ❀ ❀

"······상무님?"

책상 위에 놓인 핸드폰을 바라보던 이도가 팀장의 부름에 고개를 들었다.

"4분기 자료는 이미 요청해 둔 상태입니다. 덧붙일 게 있으시면 지금 말씀······."

"아뇨. 송 팀장이 알아서 처리하는 걸로 합시다. 그럼."

이도가 얼른 서류에 사인을 하고 팀장을 내보냈다. 병원에서 회사로 돌아온 후 숨도 쉬지 않고 일을 처리했다. 박 비서가 그를 위해 도시락을 챙겨 두고 갔지만 도시락이 담긴 봉투는 여전히 응접 테이블 한쪽에 덩그러니 놓여 있을 뿐이었다.

이도는 다시 핸드폰을 붙잡고 그 남자의 이름을 찾았다. 하지만 이번에도 통화 버튼을 누르지 못했다. 효은을 그에게 맡긴 것부터 겁 없는 짓이었다. 그녀는 절대 다른 남자를 마음에 품지 않을 것이란 어이없는 자신감. 10년 넘게 그녀의 곁을 지킨 친구보다 그가 더 그녀에게 필요한 사람일 것이란 자만이 지금의 상황을 만들고 말았다.

이도는 결국 핸드폰을 들고 자리에서 일어섰다. 남은 업무를 뒤로 한 채 병원으로 향했다. 지금 그의 감정을 효은에게 털어놓아야 했다. 그녀가 더 아프지 않게. 그녀가 그에겐 기회조차 주지 않으려 하기 전에. 이도의 마음이 바빴다.

❀ ❀ ❀

"……꼭 먹어야겠어?"

"응. 나, 괜찮다니까. 이거 먹으면 정말 행복할 것 같아서 그래."

너무 울어 눈이 퉁퉁 부은 효은이 아이같이 웃었다. 승재는 어쩔 수 없이 사 온 햄버거를 그녀 앞에 내밀었다. 위경련이라는데. 이것이 얼마나 위험한 짓인지 알면서도 효은의 부탁을 거절할 수 없었다. 그만 좀 울라고 그가 애원하자 효은이 다짜고짜 햄버거를 먹어야겠다고 말했다. 엉뚱하고 막무가내인 장효은으로 돌아온 것 같아 다행이다 싶으면서도 한편으로는 그녀의 행동이 위험해 보였다. 두 사람은 병원 분수 앞에 앉아 잠시 실랑이를 벌였다.

"그럼 한 입만 먹고 나 줘. 다시 탈 나면 내가 어떻게 그 사, …… 네 남편을 봐?"

"이 쫄보. 너까지 그 사람 눈치 볼래?"

"나 갈까? 전화해서 그 사람 다시 오라고 해?"

승재가 엉덩이를 드는 척했다.

"알았어! 한 입만! 딱 한 입 먹을게."

효은은 얼른 승재의 손에서 햄버거를 뺏어 왔다. 최대한 크게 입을 벌리고 햄버거를 한입 베어 문 뒤 아쉬운 표정을 지으며 남은 조각을 승재에게 건넸다. 입 안에 탄수화물이 들어가자 예상했던 대로 그녀는 행복했다. 아주 짧은 시간이었지만 그것만으로도 만족했다.

"이렇게 앉아 있으니까…… 너무 절박해서, 너한테까지 결혼하잔 헛소리를 한 그때가 생각나네."

효은은 분수 가운데를 멍하니 바라보며 예전을 떠올렸다.

"그때나 지금이나 네 배 속을 행복하게 해 주는 건 나라는 걸 기억해라."

승재가 유세하듯 으스대며 농담을 건넸다.

"그래. 그때나…… 지금이나…… 난 여전히 바보 같고."

"……자학은 넣어 두고."

"승재야."

"왜?"

"돌아가고 싶어. 그때로."

"……."

"그 사람을 몰랐으면 좋겠어."

효은은 그럴 수 없다는 걸 잘 알았다. 그때로 다시 돌아간다고 해도, 그를 처음 만났던 중학교 시절로 시간을 되돌린다고 해도, 그녀는 언젠가 그 남자를 만나고, 또 마음에 품는 똑같은 결말을 맞이하게 될 것이란 걸 깨닫고 있었다. 그게 사랑이라는 걸 아프게 알아 가는 중이었다.

"나를 모르는 건 어때? 지금부터."

"죽을래?"

효은이 승재를 노려봤다. 승재는 얄미운 웃음을 내놓으며 그녀를 일으켜 세웠다. 그러곤 그녀의 어깨에 걸쳐진 얇은 카디건의 매무새를 정리해 준 뒤 링거 거치대를 끌며 앞서갔다. 모든 게 익숙한 한 박자였다. 그가 효은의 남편이라 해도 수긍할 수 있는 장면이었다.

이도는 분수대 뒤쪽에 우두커니 서서 두 사람의 모습을 지켜봤다. 멍청한 웃음이 흘렀다. 그의 손에는 주인을 놓친 죽 봉투가 들려 있었다.

❀ ❀ ❀

재영이 연락을 받고 달려갔을 때 이미 이도의 표정은 평상시와는 달랐다. 흐트러진 머리카락과 삐뚤어진 넥타이가 모든 것을 설명해 주었다. 눈을 돌려 이도의 앞을 바라보자 양주병이 바닥을 드러낸 채 말 없는 친구처럼 놓여 있었다.

효은의 퇴원 수속을 비서 재영에게 맡긴 후, 그는 일에만 집중했다. 프로젝트 팀원들은 일주일 동안 지옥 체험을 경험하듯 신사업의 진행 상황을 그에게 실시간으로 보고해야 했다. 빠른 시일 내로 결과물을 가져오라는 권 회장의 입김이 존재하긴 했지만 이도는 무언가를 잊으려는 것처럼 자신을 더 극한으로 몰아넣었다.

그의 집요하고 악착같은 추진력은 결국 중국 측과의 계약을 일주일 만에 마무리 짓게 만들었다. 모두가 혀를 내둘렀지만, 우선은 해방됐다는 생각에 집으로 기어갈 때도 이도만은 회사에 남아 또 다른 일을 처리했다. 재영이 말려도 소용이 없었다. 그에게선 서늘한 독기만 흘러내렸다. 그렇게 일이라도 붙잡아야 살 수 있을 것 같다는 고집 앞에선 더 이상의 참견은 무의미했다.

그리고 주말이었다. 휴일을 보내던 그에게 주소만 찍힌 이도의 문자가 날아왔다. 얼른 옷을 껴입고 달려와 보니 전혀 상상하지 못한 상황이 그의 눈앞에 펼쳐졌다.

"……앉아, 선배."

재영을 발견한 이도가 그의 옆자리를 가리켰다. 정말 힘들 때가 아니면 '선배'라 부르지 않는 녀석이었다. 그를 '선흥'에 입사시킬 때 이도는 앞으로 선배 대우는 하지 않겠다고 못 박았다. 그는 당연히 수긍했다. 당시엔 모든 것이 절박했고, 손을 내밀어 준 이도가 고마웠다.

아버지가 심장마비로 돌아가시면서 재영의 집은 풍비박산이 되었다. 그에게 남겨진 빚과 가장의 무게는 스물여덟의 청년을 세상 앞에 무릎 꿇게 만들기 충분했다. 대학 졸업을 유예하면서까지 붙잡고 싶었던 건축가의 꿈은 그에게 사치였다. 억대의 빚 독촉을 받는 상황에서 4년제 대학의 졸업장은 무의미했다. 당장의 밥벌이를 위해 막노동판을 전전하며, 주야간으로 공장에서 교대 근무를 했다. 딱 죽지 않을 만큼만 숨 쉬며 당시를 버텼다. 하지만 빚은 줄지 않았다. 포기하고 싶었다. 모든 걸.

끝이 보이지 않는 터널을 걸어가는 그에게 구세주처럼 나타난 사람이 이도였다. 대학 시절 같은 동아리였다는 공통점밖에 없는 사이였다. 당시에도 거리감이 느껴지는 녀석이었다. 그의 배경이 그랬고, 성격 역시 지금처럼 차갑고 냉정했다. 그런 권이도가 도와 달라는 말로 재영을 붙들었다. 남은 빚은 선흥을 담보로 융통해 줬고, 대졸 신입사원이 절대 받을 수 없는 액수의 월급을 지급하며 그의 숨통을 틔워 주었다.

과분한 대우에 대한 대가로 이도가 재영에게 원한 건 아무것도 묻지 않고 곁에서 자신을 보필하며, 만약 알게 되더라도 비밀을 지켜 달라는 것이었다. 그는 무조건 알겠다고 고개를 끄덕였다.

7년. 길지 않은 세월 동안 이도의 비서로 지내며 재영은 모든 빚을 청산했고, 가정까지 이루며 살아갈 수 있게 됐다. 그래서 재영은 이도가 그 누구보다 행복했으면 했다. 그의 행복을 가로막는 아주 큰 비밀이 존재한다고 해도, 마지막까지 그의 곁을 지킬 사람은 자신이 되겠다고 다짐한 맹세를 여전히 잊지 않고 살아가고 있었다.

"이걸 다 드신 겁니까?"

재영이 이도 앞에 놓인 술병을 치우며 조용히 꾸짖었다. 이도는 미안하다며 웃었다.

"취하지가 않아."

"더 시킬까요?"

월요일인 내일 아침부터 처리할 업무가 산더미라는 비서다운 말은 건네지 않았다. 재영은 생각했다. 그도 한 번쯤은 무너지는 날이 있을 것이라고. 자신을 너무 옥죄기만 하는 이도가 잠시라도 쉬어 갈 수 있다면 재영은 기꺼이 모든 뒤처리를 자신이 감당하겠다고 생각했었다. 그게 급작스럽게 결정한 결혼이 될 줄은 몰랐지만.

"부부 싸움이라도 한 거야?"

그 이유밖에 없다고 생각하며 재영이 물었으나 이도는 여전히 웃기만 했다. 그녀를 생각하는 것처럼 녀석의 눈이 깊어졌다. 첫 만남부터 호락호락해 보이진 않았다. 천하의 얼음 왕자를 되돌아보게 만든 여자였다. 그 이후부터 이도의 가슴 한구석엔 늘 그녀가 존재하는 것처럼 보였다. 그의 수족이나 다름없는 자신이 그걸 모를 수는 없었다.

"선배 딸이…… 몇 살이랬지?"

이도의 물음에 재영은 녀석 대신 들고 있던 술잔을 놓칠 뻔했다.

"두 달 전에 돌잔치 하라고 봉투 준 게 너였어."

"……아."

아이를 가질 생각인 것인가. 재영은 이도의 의중을 알 수 없었다. 결혼조차 철저히 거부하던 녀석이었다. 특히나 여자는 결벽증이라도 있는 것처럼 가까이하지 않았다. 이 녀석이 혹시나 다른 취향이거나, 무성욕자가 아닐까 하는 의미 없는 생각을 잠깐 하기도 했었다.

그런 녀석이 아이라니. 재영은 어린 사모님이 더욱더 대단해 보였다.

"갑자기 비서 사생활에 관심 생긴 건 아닐 테고, 뭐가 궁금한 건데?"

"난…… 사실, 선배가 결혼할 줄은 몰랐어. 그렇게 일찍 아이를 가질 거라고도 상상 못 했고. 그래. 이제 와서 솔직해지자면…… 절벽 끝에 서 있는 선배라서 내 옆에 데려왔어. 모두 다 잃어 본 적이 있는 사람이라서, 내 옆에 둘 수 있었거든."

재영도 솔직한 이유가 궁금하긴 했다. 왜 자신인지. 다 잃어 본 사람이기 때문이라는 말에 그는 수긍할 수밖에 없었다. 모든 걸 가져도 그것은 전부가 아니며, 결국엔 모두 무의미해진다는 걸 깨달았기 때문인 걸까. 왜 이도가 그를 옆에 두고 있는지 이제야 조금은 이해됐다.

"지금도 욕심내지 않아."

이도가 그의 말뜻을 모르겠다는 듯 바라봤다.

"……흘러갈 뿐이지."

"무책임하군."

"그래도 노력하지. 살아 내기 위해서. 지키기 위해서."

재영은 그렇게 사랑할 수 있는 여자를 만났다는 것에 감사했다. 그녀를 닮은 아이를 낳으며 미련 따윈 없던 세상에 맞서 싸울 용기가 생겼고, 설사 모든 걸 잃는다고 해도 후회하지 않을 만큼 행복하려고 하루하루에 최선을 다했다.

"……내 보스는 흔들리지 말아야 하지만, 내 후배 권이도는 흔들렸으면 한다. 그게 사랑 때문이라면 더더욱."

재영이 명쾌한 해답을 내놓은 것처럼 이도의 어깨를 두드려 주었다.

흔들리라고. 그게 무슨 답인가. 돌팔이라 생각하며 이도가 웃어 버렸다.

"괜찮겠어?"

대리 기사가 집 앞에 차를 세우자 재영은 이도를 부축하려 했다. 하지만 이도는 멀쩡한 모습으로 그의 손을 털어 냈다.

"보스는 흔들리지 말라며?"

이도의 정신력이 얼마나 강한지는 그가 더 잘 알고 있었다. 재영은 말없이 웃어 주며 깍듯하게 인사를 건넸다. 이제 비서로 돌아갈 시간이었다.

"푹 쉬십시오, 상무님."

"내일 봅시다."

이도는 간단히 손을 흔들고 문 안으로 들어섰다.

돌계단을 오르며 그는 생각했다. 흔들려 버리는 게 가능할까. 그는 언제나 그 뒤를 생각하는 사람이었고, 마지막엔 효은의 미래를 걱정하게 되었다. 시시한 놈. 자격이 없는 것일지도 몰랐다. 승재와 함께 있는 효은을 보면서도 다가가지 못했다. 그 사람을 몰랐던 때로 돌아가고 싶다는 여자 앞에 식은 죽조차 내밀지 못했다.

결국 쓰레기통에 처박혔던 그의 진심이 정신을 환기시켰다. 여기서 그만두는 게 모두를 위한 길이라고 생각하면서도, 뜨겁게 달아오른 가슴을 어쩌지 못하고 있었다.

"이제…… 와요?"

독채로 올라선 이도는 계단 앞에서 효은과 마주쳤다. 마치 그를 기다리고 있었다는 것처럼. 헛된 희망이 뻔뻔하게 가슴속 불씨를 지폈다. 하지만 그럴 리가 없었다. 효은은 퇴원한 후 철저하게 그를 멀리했다. 정말 모르는 사람처럼, 잊고 싶어 발버둥이라도 치는 것처럼, 어떠한 감정의 빛도 드러내지 않았다. 그렇게 그를 상대조차 하지 않으면서도, 자신의 의무는 충실히 수행하는 그녀의 행동이 미칠 듯이 숨 막혀 이도는 술이라도 마셔야 했다.

"……할 말 있어요."

그런 여자가 그를 기다린 이유. 하나밖에 없었다.

"난 더 이상, 연극 못 하겠어요. 내가 억지 부려서 한 결혼인 거 알아요. 그런데 아저씨 말 듣고 정신 차려 보니까 모든 게 다 후회돼요. 그냥…… 철없는 어린애한테 된통 당했다고 생각하고 말아 줘요. ……미안해요. 할아버지한테는 내가 솔직하게 말할……"

"원하는 게 아이야?"

"……."

효은은 대답하지 않고 그를 올려다볼 뿐이었다.

"대답해. 아이면 되는 거냐고."

이도의 다그침에 그녀의 눈이 상처로 가득 차 버렸다.

"……왜요? 그것도 이제 들어줄 수 있을 것 같아요?"

"그래."

이도가 효은의 손목을 붙잡고 안방으로 이끌었다. 침실 옆에 그녀를 세워 두고 거칠게 자신의 셔츠 단추를 풀기 시작했다. 짙고 검은 그의 눈동자가 올곧게 그녀에게로 고정됐다.

효은은 눈빛만으로도 발가벗겨진 기분이었다. 수치스러웠다. 이런 관계를 원한 건 아니었다. 모든 게 그녀의 잘못이란 생각이 들었다. 욕심. 그 두 글자만이 머릿속을 가득 채울 뿐이었다.

"술 먹고 이러는 거라면, 그만둬요."

싸늘한 목소리가 숨 막히는 침묵을 갈랐다.

"……왜? 건강한 정자가 필요해?"

상체를 드러낸 이도가 성난 눈빛으로 다가섰다. 효은의 눈가엔 결국 눈물이 맺혔다. 하도 깨물어 입술엔 잇자국이 선명했다. 그가 이렇게 해서라도 결혼을 유지하려는 이유. 그녀를 붙잡아야 하는 그 조건 따위를 차라리 몰랐으면 했다.

"……나랑 왜 결혼했어요?"

결국엔 멍청한 물음이 터져 나왔다. 진실을 듣는다고 해서 상처받지 않을까. 그래도 한 번은 변명이라도 듣고 싶었다. 그럴 수밖에 없었던 이유. 지금은 다르다는, 그저 네가 필요하다는 거짓말이라도 가슴에 새기고 싶었다.

　"……계속 생각나서."

　그녀의 마음을 읽은 것처럼 이도가 대답했다. 그는 어느새 애틋한 손길로 그녀의 뺨을 쓰다듬고 있었다. 거부할 수 없었다. 심장이 저릿하게 떨려 와 아무것도 할 수가 없었다. 이도의 손이 천천히 효은의 입술을 매만졌다.

　"요즘도…… 그래. 온통 네 생각뿐이야."

　효은은 차라리 두 눈을 감아 버렸다. 눈물이 흘러나와 얼굴을 적셨다. 이게 고백이었다면. 그의 진심을 믿을 수 있었다면. 모든 건 가설일 뿐이었다. 끝까지 날 가지고 놀 생각이냐고 따지기 전에 입술이 그에게 삼켜졌다. 뜨겁고 절박한 키스였다. 바보처럼 모든 걸 믿고 싶게 만드는.

　이불을 뒤집어쓴 효은은 답답한 마음에 벌떡 자리에 일어나 앉았다. 욕실에서 들려오는 샤워기 소리가 더 선명하게 그녀의 귓가에 빨려 들어왔다. 생각을 모두 집어삼킨 급작스런 키스는 곧장 다른 시작을 알렸다. 이도의 거친 손이 그녀의 잠옷 안으로 들어와 맨살을 훑을 땐 온몸 끝까지 전기가 통하는 것처럼 정신이 어질했다. 머릿속에서 저절로 빨간 경고등이 들어왔다.

효은은 가까스로 이성을 끌어모아 그를 밀어 냈다. 이도의 눈빛은 살려 달라고 말하는 것처럼 다급했다. 그의 손을 내치며 거절하자 이도는 상처받은 눈이었다. 한참을 그녀만 내려다보던 그가 욕실로 향했다. 술 냄새 때문이라고 오해한 것 같았다. 그리고 그녀를 배려하려는 마음이겠지.

하지만 이렇게 그를 기다리는 고문 같은 시간이 그녀에게 주어질 줄은 몰랐다. 지금이라도 그만하자는 말을 건네야 했다. 뒤늦게라도 이성이 돌아왔으니 여기서 멈추는 게 맞았다. 그의 진심을 의심하며 모두의 앞에서 연극을 펼칠 자신이 없었다. 그에 대한 마음이 커질수록 효은이 견뎌야 하는 죄책감의 고통과 배신감의 무게도 커져만 갔다.

하지만 그만큼 욕심 또한 차올랐다. 그와의 입맞춤이 그녀에게 면죄부를 주고 있었다. 그가 그녀를 이용한다면. 그녀도 그를 이용해도 되지 않을까. 그녀가 원하는 건 뭐든지 들어주어야 하는 운명이라면, 그녀가 품은 이 마음이 더 이상의 미련을 남기지 않도록 그에게 사랑해 달라고 원하면 안 될까.

갈피를 잡지 못한 생각으로 효은은 머리가 터질 것 같았다. 다시 이불을 뒤집어쓰고 침대에 눕자 곧장 물소리가 끊어지고 욕실 문이 열렸다. 침이 저절로 꿀꺽 삼켜졌다. 예고 없던 첫 키스에 어찌할 바를 몰라 두 손만 버둥거리던 좀 전의 어수룩한 자신이 떠올랐다.

이도는 허공에서 떨고 있는 효은의 손을 붙잡아 자신의 목에 감싸도록 만들었다. 그러곤 든든한 팔로 그녀의 허리를 휘감아 자신의 몸에 밀착시켰다. 발이 들리다시피 한 채로 그에게 기대 사나운 키스를 받아 냈다. 그녀의 모든 것을 집어삼킬 것처럼 그의 입맞춤은 뜨거웠다. 혀가 입 안 곳곳을 휘젓고 다닐 때마다 먹먹하고 야릇한 감각이 머리끝까지 차올랐다. 어지럽고 막막했다. 단 한 번도 느껴 본 적 없는 감정이었다. 몸 안에서 열꽃이 피어올라 그녀 자신조차 감당하기 힘든 것 같은 생경함이었다.

어떤 남자에게도 두근거림을 느껴 본 적 없었다. 단 한 명을 제외하고는. 중학교 때 마주쳤던 까까머리 군인 아저씨가 유일했다. 넋 놓고 그를 바라보다 발을 헛디뎌 개울가에 빠져 버렸다. 놀라 허우적대는 그녀를 단숨에 들어 올린 건 그 남자였다. 화난 눈빛으로 그녀의 호흡을 살필 때는 본 적도 없는 엄마를 찾게 되었다.

'심장이 터질 것 같아, 엄마. 나 어떡해.'

'말해 봐. 무슨 말이든 해 보라고.'

머리가 어떻게 된 줄 알고 다그치는 그의 목소리가 달콤한 고백 같아 눈물이 났다. 그녀가 펑펑 눈물을 쏟자 그는 얼굴을 더 일그러뜨렸다. 기껏 물에서 구해 줬더니, 꼭 그가 잘못한 것처럼 몸을 밀치며 눈물부터 쏟는 여자는 처음이었을 것이다. 첫 단추가 아주 단단히 잘못 꿰어져 버렸다. 그래도 좋아하는 사람이 생겨 버려서 눈물이 났다. 끝없는 서러움이 어디서 밀려오는지 알 길이 없어 그녀는 기절한 척 눈을 감아 버렸다.

그날부터 그와 같이 먹는 식사 자리도 피했다. 쪽팔림 때문에 죽을
수도 있다는 것을 몸소 체험하고 말았다. 그는 그러거나 말거나 똑같
은 포지션을 유지했다. 자신에게 신경조차 쓰지 않는 남자가 미워지
기도 했다. 이유가 없었다. 그의 행동 하나하나에 감정을 느끼고, 열
병을 앓았다. 그렇게 끙끙 앓고 나면 나을 줄 알았다. 그가 떠나기로
한 마지막 날. 효은은 침대에서 벗어나지 못하는 신세가 되었다.

'*괜찮습니다. 쉬게 두세요.*'

'*그래도, 이제 보면 또 언제 볼 줄 알고. 인사는 해야지.*'

'*다시 만날 일이 있겠습니까? 그럼, 안녕히 계세요.*'

그런 남자였다. 그리워하지도 못하게 만들었다. 그녀도 잊었다. 잊
으려고 노력했다. 더 멋진 사람을 품을 수 있을 것이라 착각했다. 그
작은 스침이 뭐라고. 어설픈 마음의 소란쯤으로 여기며 추억으로 남
기려 했다.

"……장효은."

이도의 젖은 목소리가 가깝게 들렸다. 그가 쓰는 바디 워시 향이
시원한 공기와 함께 침대 위로 전해졌다. 추억은 무슨. 모든 게 또렷
하고 생생했다. 효은은 억울했다. 왜 그에게만 가슴이 떨리는지. 왜
이렇게 모든 게 설레기만 하는지.

"누가 맘대로 키스하래요?"

그녀가 뒤집어쓰고 있던 이불을 걷고 그를 쏘아봤다. 할 말은 해야

221

했다.

"사과할 맘 없는데."

이도가 가볍게 웃으며 대답했다. 이마 아래로 내려온 젖은 머리가 그의 얼굴을 더 분위기 있게 만들었다. 잘생기면 다냐고. 불쑥불쑥 화가 치밀어 올랐다. 당당하기만 한 그가 미웠다. 이도는 당연한 것처럼 이불을 걷어 내 버렸다. 놀란 그녀의 가까이로 다가와 손을 뻗었다. 망설임 없이 그녀의 부은 입술을 쓰다듬었다.

"하지 마요."

효은이 벗어나려 했다.

"아파?"

무턱대고 빨아 댔으니. 효은은 민망해 자신의 손으로 입을 가렸다.

"괘, 괜찮아요. 신경 쓰지 마요."

"내가 안 괜찮아."

아, 정말. 그가 손을 거두지 않고 효은의 뺨으로 옮겨 갔다. 효은은 자리에서 벌떡 일어나 앉았다. 그 모습이 귀엽다는 듯 그가 또다시 웃었다. 심장이 민망함과 창피함으로 벌렁거렸다.

"술이나 깨고 이러시죠, 권 상무님."

"취하지도 않았어."

정말 할 말 없게 만드는 사람이었다.

"……왜 마셨어요?"

걱정하지 않았다면 거짓말일 것이다. 그의 얼굴을 바라보지 않는다고 해서 마음까지 닫히는 게 아닐 텐데. 하지만 효은은 그렇게라도 자신의 마음을 다독여야 했다. 여기서 더 이상은 나아가선 안 되는 거니까.

"네가 나 안 봐 줘서."

하아……. 이젠 정말 항복이었다. 효은은 베개를 들고 자리에서 일어났다. 그러나 단숨에 이도의 손에 붙잡혀 주저앉아 버렸다.

"놔 줘요."

"어디 가?"

"서재요."

"거긴 왜?"

정말 몰라서 묻는 눈빛이었다. 효은은 그제야 이성이 찾아들었다.

"아저씨는 내 말이 우습죠? 아까 그만두자고 한 말 못 들었어요? 아님, 내가 그냥 투정 부리는 거라고 생각하는 거예요? 아저씨는 날 진지하게 생각하긴 해요? 지금 내 마음이 어떨 것 같아요? 아이요? 그렇게 원할 땐 절대 안 되는 것처럼 굴더니, 내가 도망갈 것 같으니까 그제야 붙잡아요. 꼭 어장 안 물고기를 관리하는 것처럼."

"……어장?"

그녀의 표현이 황당해 이도가 눈썹을 꿈틀거렸다. 그러다 계속하라는 것처럼 입을 다물었다. 효은은 멈추지 않았다. 그녀도 무서울 건 없었다.

"이제 아저씨가 하는 말, 믿지 않아요. 이랬다저랬다 사람 헷갈리게 만드는 거 지쳤어요. 정말 아무것도 안 원해요. 쇼할 필요 없어요. 우리 서로…… 시간 낭비하지 말아요."

"……네 눈엔 이게 쇼로 보여?"

되묻는 이도의 목소리가 낮았다. 가라앉은 눈빛이 어두웠다.

"쇼든 아니든 이제 관심 없다고요. 서로 상관하지 말고 살아요."

효은은 단단히 이르고 자리에서 일어섰다. 그러자 이도도 같이 일어났다. 조용히 그녀의 손에 들린 베개를 뺏어 든 그가 한참 그녀를 내려다보다가 입을 열었다.

"참…… 힘들게 해. 너. 나를."

스타카토처럼 끊어 말한 이도가 돌아서 걸어갔다. 효은은 그 자리에 멈춰 서 억울함을 참아 냈다. 잘못한 것은 그인데 왜 그가 더 슬픈 얼굴인지. 주먹을 움켜쥐며 감정을 다스리는데 이도가 문 앞에서 돌아서 다시 그녀에게로 다가왔다.

"원하는 대로 다 할 테니까……."

"……."

"그러니까…… 그만둔다는 소리 좀 하지 마."

❈ ❈ ❈

스며들어 오는 빛에 정신을 차렸지만 이도는 감은 눈을 뜨지 않았다. 조용한 걸음으로 그에게 다가오는 인기척이 느껴졌다. 가슴이 또 먹먹하게 떨려 왔다. 요즘 들어 효은만 보면 나타나는 이상 증세였다. 심각한 병이 아닐까 의심할 정도로 증상이 점점 더 악화되고 있었다.

"……일어나요. ……아침이에요."

풀 죽은 작은 목소리가 귓가를 간지럽혔지만 이도는 움직이지 않았다. 일어나면 가 버릴 테니까. 조금이라도 더 같은 공간에 있고 싶은 마음이 그녀가 싫어하는 연극놀이를 부추기고 말았다.

어젯밤, 어장이라는 말에 머리를 한 대 얻어맞고, 쇼를 한다는 말에 심장이 내려앉았다. 그만큼 신뢰를 주지 못한 듯해 저절로 반성하게 되었다.

어쩌면 당연했다. 감정에 휘둘려 중심을 잡지 못하면서도 인정하지 않았다. 그러다 그녀가 사라져 버릴까 봐 겁이 나 뒤늦게야 손을 붙잡았다. 그러한 뒤늦은 깨달음이 몇 번이나 반복되는 동안 효은은 지쳐 가고 있었을 것이다. 모두 그의 잘못이었다.

"……잠이 와요? 난 이렇게…… 아무것도…… 못 하겠는데……."

효은이 말을 끝맺지 못하고 자리에서 일어섰다. 이도가 급히 그녀의 손을 붙잡았다. 놀란 효은이 아래를 내려다봤다. 이도가 간절한 눈동자로 그녀를 바라보고 있었다.

"……노력할게."

그의 입에서 나온 말은 그녀가 예상하지 못한 것이었다.

"네가 날 믿을 수 있도록…… 내가 노력해 볼게."

"……."

효은은 아무런 대답도 하지 못했다. 정말 진심 같았다. 또 믿어 버리고 말았다. 그의 깊은 눈동자가 그녀의 마음을 아주 쉽게 뒤흔들었다.

"어디…… 어떻게 노력하는지 볼게요."

당당히 받아치는 효은의 대답에 이도는 웃고 말았다. 민망해진 효은이 서재를 벗어나려는데 그가 붙잡은 손을 놓지 않았다.

"또 왜요?"

"노력하려면 네가 내 옆에 있어야지."

이도는 노력이 아니라 고문을 하고 있었다.

"10분만 같이 있어."

희망 고문. 그것은 지상 최대로 잔인하게 마음을 휘젓는 신종 괴롭힘이었다. 그가 효은의 손을 끌어당겨 자신의 옆에 앉혔다. 그러곤 만족한다는 듯 히죽 웃었다. 그를 보자 효은의 심장이 끝도 없이 두근거렸다. 그게 어느 순간부터였는지 그녀조차 알 수가 없었다.

✽ ✽ ✽

"……주식이요?"

"아직 확실한 건 모르지. 그걸 받는 조건으로 결혼을 진행했는지, 아니면 그 주식 때문에 결혼부터 시킨 건지. 우리 아버지가 어떤 분인데, 장삿속 없이 사람을 들였겠어. 이미 예상은 했는데, 권이도가 그걸 따랐다는 게 음흉한 거지."

아침 식사 자리엔 선영과 민아뿐이었다. 아버지 한길은 친가 쪽에서 추진하는 해외 사업 문제로 장기 출장 중이었다. 두 사람의 결혼도 이도와 다르지 않았다. 조건에 맞춘 협약 같은 정략결혼. 그들에게 감정 같은 건 사치였다. 더군다나 선영이 불임이라는 사실이 양쪽 집안에 알려지자 서로가 원하는 바를 주고받는 일은 더 깔끔하고 쉬워졌다.

결혼 초기에만 해도 건설 사업 분야에서 이름을 날렸던 한길의 집안이 몇 번의 투자 실패로 부도 위기를 맞았을 때 마지막까지 버팀목이 되어 준 게 선흥이었다. 그 이후부터 당연히 선영 쪽의 힘이 커졌고, 그녀가 원하는 대로 결혼 생활이 유지되었다.

공개 입양 역시 선영의 선택이었다. 한길은 입양을 원하지 않았다. 그는 본인의 피를 이어받은 자식을 원했다. 그러나 선영을 버릴 수는 없었다. 결국 그는 자신이 선택한 삶에 대한 책임을 지기 위해 민아를 받아들였고 아버지 역할을 충실히 수행했다.

하지만 그뿐이었다. 마음을 열지 않았다는 건 민아가 제일 먼저 깨달을 수밖에 없었다. 수많은 사람들 속에서의 한길은 그 누구보다도 자상한 아버지였지만 그는 민아의 혈액형조차 제대로 알지 못했다.

선영은 그걸 당연하게 생각했다. 그에게 감정을 강요하지 않았다. 그건 그녀 자신도 마찬가지였으니까.

선영은 자신이 필요한 것만 한길에게 요구했다. 그가 종종 홍콩으로 긴 출장을 다녀올 때마다 사적인 스케줄이 추가된다는 것을 알면서도 모른 척했다. 바람 따윈. 애초에 남편에 대한 사랑이 없었다. 그가 다른 여자를 만난다 해도 이혼은 있을 수 없는 일이었다.

그 이혼으로 그녀의 위치가 흔들리게 될까 두려울 뿐, 가슴에 남는 건 작은 허무함밖에 존재하지 않았다. 그 누구도 믿어서도 안 되고, 마음을 주어서도 안 된다는 결론. 아버지를 보고 자라며 그녀가 깨달은 삶의 이치를 그대로 확인하는 것일 뿐이었다.

"그럼…… 주식을 받게 되면, 두 사람 결혼도…… 끝나는 거겠네요?"

민아가 수저까지 내려놓고 물었다. 선영이 고개를 들어 자신의 딸을 바라봤다. 불쌍한 것. 가지지 못할 사람을 마음에 품은 것으로도 모자라 제 분수에 맞지 않게 질투심도 감추지 못했다. 무너질 사람이 누구인지 뻔한 이야기가 아닌가. 하지만 사람의 삼성은 그 쉬운 명제를 아주 어렵게 망쳐 버리는 재주를 지녔다.

"그사이에 두 사람이 마음 맞아 애 낳고 잘 살아도 아버지가 손해 볼 건 없지 않겠어? 원하는 건 그 주식으로 깔끔하게 권이도를 회장 자리에 앉히는 거니까."

"아무것도 가진 게 없는 여자예요. 아니, 오빠한테 아무 도움도 되지 않을 사람이에요."

"그럼 우리한텐 더 좋은 거 아닌가?"

선영이 정신 차리라며 경고했다.

"……."

"시나리오는 여러 가지야. 주식 때문이든 뭐든 그 어린 여자애한테 푹 빠져서 정신 못 차린다면 임원들도 가만히 있진 않을 거야. 아버지도 이도를 백 퍼센트 믿지는 않으시겠지. 자기 자식이 하루아침에 죽었는데도 눈 하나 깜짝 안 하고 상을 치른 양반이야. 손자라고 다를까."

민아는 선영의 딸로 입양되면서 다시 태어날 것이란 기대에 부풀었다. 과자 하나에도 죽일 듯이 머리를 뜯어 가며 싸우는 고아원 아이들을 지켜보는 것만으로도 치가 떨렸다. 왜 내 세상은 이런 것일까. 왜 나는 태어나면서부터 권리를 부여받지 못한 것인가. 하루에도 수십 번 신을 원망했다. 그러나 아버지라고 부르던 원장의 시커먼 눈동자 속에서 그 신조차 인간이 만들어 낸 거짓이라는 걸 깨닫고 체념했다. 밤마다 탈출의 날만을 세고 또 세며 견디고 버텼다. 죽기엔 억울했으니까.

그러다 선영을 만났다. 고아원으로 찾아온 선영이 그녀에게 눈을 맞춰 왔을 땐 다시 신을 믿게 되었다. 내 삶은 이제 시작이라고 생각하며 엄마가 된 그녀를 힘껏 끌어안았다.

'이러지 마.'

선영의 첫마디는 차가웠다. 철저한 거부. 껍데기뿐인 삶은 바뀌지 않았다는 무서운 경고였다. 하지만 민아는 그것만으로도 감사했다. 그녀가 누릴 삶에서 가족, 사랑, 행복만을 빼내어 버리면 그만이었다.

욕심부리지 않겠다고 다짐했다. 선영이 그녀를 고른 이유는 딸 역할을 해 줄 사람이 필요했기 때문이다. 민아는 그 역할을 충실히 수행하기 위해 선영의 곁을 충견처럼 지켰다.

"넌 권이도가 그 여자한테 더 정신 못 차리도록 만들어 봐. 그 녀석의 허점이 그 여자가 될 수 있도록. 내 앞에 무릎 꿇고 다 내려놓겠다고 울며 애원하는 권이도를 보는 재미가 아주 쏠쏠할 것 같지 않아?"

선영은 민아에게 미션을 주고 식사를 이어 갔다. 민아는 어머니를 따라 웃지 못했다. 선영이 이제껏 그녀에게 부여하던 스파이 임무와는 달랐다. 마치 그녀를 단두대 위에 오른 이도의 앞에 세워 두는 기분이었다.

원하면 같이 죽여 주겠다고. 어느 쪽인지 선택하라고. 하지만 어느 쪽에도 그녀가 바라는 결과는 없었다. 이도의 행복도 그녀의 불행이었고, 이도의 불행도 그녀의 불행이었다. 모든 건 이미 정해진 운명인 것처럼. 민아는 생각해야만 했다. 이렇게 무너질 수는 없었다. 버틴 만큼 얻어 낼 것이다. 이제는 그러고 말 것이다.

❀ ❀ ❀

"펑 샤오강은 오후 일곱 시 체크인입니다. 우리 측 자료는 이미 전달받고 훑었을 겁니다. 그런데 3차 자료가 못마땅한지 피드백이 없는 상태라고 합니다. 다른 조건을 내밀지도 몰라서 TF 팀에서도 긴장한 상태로 주시하고……."

"……화났을 땐 어떻게 풀어 줍니까?"

"……네? 화가 난 것까진 아닌……."

재영은 질문이 제대로 이해되지 않아 이도를 바라봤다. 여태까지 그가 한 보고를 제대로 듣지 않은 듯했다. 앞에 놓인 자료 파일은 한 장도 넘어가지 않은 채 그대로였고, 손에 들린 만년필만 책상 위를 노크하듯 반복적으로 움직이고 있었다. 녀석의 상태가 이상했다. 아침부터 심각한 고민이 있는 사람처럼 미간에 주름이 잡혀 있어 비서실의 분위기를 줄곧 얼음처럼 차갑게 만들어 놓았었다.

"형수한테 쓰는 방법 뭐라도 말해 봐."

답답함을 참지 못한 이도의 눈동자가 곧장 재영에게로 꽂혔다.

"상무님."

"여섯 시 지났어. 지금은 권 상무가 아니라 권이도야."

재영은 그저 웃고 말았다. 이도에게 이런 면이 있을 줄은 몰랐다. 하루 종일 어떻게 하면 화난 와이프의 마음을 풀어 줄 수 있을지에 대한 생각만 하고 있었던 걸까. 하지만 그렇다기엔 그는 오늘 스케줄을 모두 완벽하게 소화했다. 모든 게 권이도답다고 생각하며 재영은 선배로 돌아가 되물었다.

"얼마큼 화가 났는데?"

"……얼마큼?"

이도는 자신이 그걸 어떻게 아냐는 눈빛이었다. 뭘, 어디서부터 가르쳐야 할지 막막함이 느껴지는 건 기분 탓일 것이다. 재영은 작은 한숨을 내쉬며 구체적인 발단을 물었다.

"뭐 때문에 화가 난 것 같은데?"

"그걸 알면 내가 선배한테 묻겠어?"

듣고 보니 맞는 말이긴 했다. 재영은 다른 쪽으로 생각을 돌렸다.

"눈은 맞춰 줘?"

그게 왜 중요한지 모르겠지만 이도는 오늘 아침을 떠올렸다.

"안 맞추면 내가 맞추게 하지."

휴. 어련하실까 싶었다. 사랑도 사업처럼 하고 있는 것일까. 재영은 괜히 자신이 훈수를 두어 두 사람의 관계를 더욱 악화시킬까 봐 걱정이 되었다. 흔들려 버리라는 조언도 플러스가 아니라 마이너스로 작용한 것이면 앞으로 그의 비서 자리도 위태로웠다.

"내가 노력한다고 했어. 그러니까…… 어디, 해 보라던데?"

"뭐? 하하하."

재영은 웃음이 터질 수밖에 없었다. 어린 신부의 자신감이 아주 대찼다. 천하의 권이도를 조련하는 사람이 나타날 줄이야. 재영은 그저 이 상황을 팝콘이나 먹으며 지켜보는 관객으로 남고 싶은 생각이었다. 하지만 권이도가 그렇게 둘 리가 없었다.

"형수한테 먹힌 방법을 말해 보라니까. 시간 없어."

저녁 시간에 맞춰 들어가야 노력이라도 해 볼 수 있을 것이었다.

이도는 손목시계를 가리키며 재영에게 빨리 말하라고 재촉했다. 재영은 하는 수 없이 자신의 경험을 떠올렸다.

"음…… 꽃다발이나 귀금속, 아니면 뜨거운…… 밤. 아, 마지막은 위험 부담이 있어서 안 될 수도 있음. 그렇게 해서 우리 재은이가 태어났거든."

"꽃다발, 귀금속, 뜨거운 밤……이라는 거지?"

이도는 투자처 대표인 샤오강의 마음을 돌리기 위한 작전이라도 읊는 것처럼 진지한 표정이었다. 재영은 입술을 깨물며 가까스로 웃음을 참았다. 연애도 해 본 사람이 하는 것이라 했던가. 뒤늦게 사랑이란 것을 하려니 잘난 상무님 권이도도 어설픈 바보가 되었다. 하지만 그게 인간적이라 재영은 효은에게 감사할 정도였다. 권이도의 마음을 단단히 붙들어 부디 행복하게 만들어 주길. 그가 어린 사모님에게 바라는 건 그게 전부였다.

❀ ❀ ❀

"목련꽃…… 있습니까?"

집근처 꽃집 안으로 들어선 이도는 다짜고짜 목련꽃을 찾았다. 목련이 언제 피는지, 그 꽃으로 꽃다발을 만들 수 있는지, 아무것도 아는 것이 없는 남자였기에 주인은 잠시 당황했다.

"아, 목련은 철이 지났죠. 그리고 목련은 꽃다발보다는 한 송이씩

꽃병에 꽂아 두는 게 더 보기 좋아요."

"아……."

이도는 다른 고민 없이 목련으로 만든 꽃다발을 사 갈 생각이었다. 효은을 생각하면 떠오르는 새하얀 목련꽃. 그 꽃을 받고 환하게 웃는 그녀를 보고 싶은 마음뿐이었다.

"요즘은 해바라기가 잘 나가는데. 이건 어떠세요?"

주인이 환하게 핀 해바라기를 손으로 가리키며 이도를 바라봤다.

"꽃말도 좋아요. '당신을 바라봅니다. 사모합니다. 기다립니다.' 고백하시는 분들한테는 최고의 선물이죠."

당신을 바라봅니다. 사모합니다. 기다립니다.

이렇게 절묘한 꽃말이 있을까. 이도는 홀린 듯 해바라기 꽃다발을 받아 들었다.

집으로 향하는 길, 차 안 가득 퍼진 꽃향기가 그의 심장을 두근거리게 만들었다. 파이팅을 외치는 재영을 무서운 눈빛으로 돌아본 이도는 대문 앞에 섰다. 그리고 일부러 초인종을 눌렀다.

— 네. 누구세요?

효은의 목소리였다.

"나야."

— 네. 잠깐만요.

감정 없는 짧은 대답이 날아왔다. 이도는 마음이 급해졌다.

"아, 내가 짐이 있어서. 잠깐 좀 나와 봐."

― ……짐이요?

"그래. 얼른."

이도는 열린 대문 안으로 들어서며 꽃다발을 등 뒤로 감추었다. 정원 끝에 서서 효은을 기다렸다. 어떤 표정을 지을까. 이런 짓도 하는 사람이었냐고 핀잔을 줄까. 아니면 그가 원하는 대로 모든 걸 용서해 주겠다며 환하게 웃어 줄까. 뭐든 그녀의 마음이 따뜻하게 풀렸으면 했다.

"짐은 어디 있어요?"

갑자기 들려온 목소리에 이도가 고개를 돌렸다.

"박 비서는 급한 일 있었나 봐요, 오빠?"

그를 마중 나온 건 효은이 아니라 민아였다. 그녀의 시선이 곧 어색하게 뒷짐을 진 이도의 손으로 옮겨 갔다. 눈부신 해바라기가 그의 손안에서 빛나고 있었다.

"어쩐 일이야?"

이도는 일부러 꽃다발을 감추지 않았다. 민아가 이 꽃의 주인이 누구인지 안다고 해도 부끄러울 건 없었다. 예전의 권이도가 아니라며 그더러 변했다고 해도 그는 딱히 변명할 생각이 없었다. 이젠 그게 진실이니까.

"내가 무슨 일 있어야 와요? 그냥, 여사님 밥 먹고 싶어서요."

민아의 예고 없는 방문이 처음은 아니었지만 효은이 민아를 신경 쓰기 시작하면서부터 그도 그녀의 행동이 신경 쓰였다. 효은이 상대해야 할 사람이 는다는 건 그만큼 스트레스받을 일도 늘어난다는 뜻이기 때문이었다.

"……그 사람은?"

이도는 민아에게 자신의 목적만 찾았다.

"거실 청소하는 중이라서 내가 대신 나왔어요."

"……청소?"

효은이 그런 것까지 한단 말인가. 이도는 이제야 그녀의 하루 일과가 예민하게 다가왔다. 새벽에 일어나 강 여사와 함께 아침 준비를 하는 건 알고 있었다. 그가 출근하고 나면 할아버지의 간호를 위해 병원으로 향했고, 오후에는 몇 학점 남지 않은 학교 수업을 들으러 간다고 했었다. 그러곤 본가로 돌아와 저녁 준비를 돕고 청소까지 도맡아 하고 있었던 걸까.

첫 가족 식사 자리에서 모르는 것이 많지만 그만큼 열심히 배우겠다고 말하던 그녀가 떠올랐다. 이도는 자신이 미리 그녀를 배려해 강 여사에게 몇 마디 넣어 주지 않은 게 후회스러웠다.

"시집살이시키는 걸까 봐 걱정돼요?"

민아는 이도의 앞으로 좀 더 다가서며 농담을 건넸다. 하지만 그녀의 눈은 웃지 않고 차갑게 식어 있었다. 그가 집 안으로 들어서는 걸 막겠다는 것처럼 현관을 등지고 서서 한 발짝도 움직이지 않았다.

"당연한 거 아니야? 고생시키려고 내 옆에 데려온 거 아니니까."

더 이상 어떤 말로도 받아칠 수가 없었다. 이도의 눈빛엔 진심이 담겨 있었다. 그의 손안에 들린 꽃이 그의 마음을 대변했다. 어머니 선영이 그녀에게 준 미션을 수행하지 않았는데도 이미 두 사람은 서로에게 품은 감정이 깊어지고 있었다. 그 모습을 확인하러 온 꼴이었다. 민아의 심장이 바닥으로 끝없이 가라앉았다.

"……오빠."

이도가 그녀를 지나쳐 현관문을 여는 순간이었다.

'행복해요? 그래요? 이 행복이 진짜일 거라 생각해요?'

민아는 가슴에 담긴 말을 숨긴 채 이도를 바라만 봤다.

"왜? 얼른 들어와."

그는 민아의 표정 따위엔 관심 두지 않으며 집 안으로 들어섰다.

"다녀왔습니다."

이도는 거실로 들어서자마자 눈으로 효은을 찾았다. 그녀는 다용도실에 청소기를 옮겨 놓고선 주방 쪽으로 걸어 나오는 중이었다.

"장효은."

이도의 부름에 효은이 뒤돌아섰다. 그런데 그녀는 귀신이라도 만난 것처럼 소스라치며 뒷걸음질 쳤다.

"자, 잠깐만요. 오, 오지 마요!"

"왜 그래?"

이도가 놀라 효은에게 달려갔다. 그의 한 손에는 여전히 주인을 기다리는 해바라기 꽃다발이 들려 있었다.

"아저씨! 에, 에취!"

효은은 두 손으로 입을 막고 고개를 저었다. 어서 꽃다발을 저 멀리 치우라고 온몸으로 표현했다. 그제야 상황 파악을 한 이도가 다급하게 꽃다발을 다용도실 안으로 집어넣고 문을 닫았다.

"알레르기 있어?"

"그…… 에취! 이거…… 에취! 복수…… 에취! 날 죽이려고 그런 거죠? 에취!"

노력한다고 하더니 죽이려는 노력이었나 보다. 효은은 순식간에 온몸이 간지러워 미칠 지경이었다. 손쓸 시간도 없이 눈물까지 줄줄 흐르기 시작했다.

"안 되겠어."

이도가 또다시 그녀를 안아 들으려 했다. 보는 눈이 몇 개인데. 효은은 소스라치게 놀라며 2층 독채로 뛰듯이 도망쳤다. 그녀를 괴롭히는 방법도 정말 가지가지였다.

침대 끝에 앉은 효은은 끝도 없이 재채기를 했다. 이도가 그녀의 옆에서 반성하는 자세로 티슈를 내밀었다. 병원부터 가자는 그의 말에 그녀는 고개를 흔들었다. 집에서 챙겨 온 상비약 중에 다행히 알레르기약이 있었다. 먼저 약부터 입 안에 털어 넣었다. 이 순간만 지나면 곧 가라앉는다는 것을 잘 알고 있었다.

"꽃이면 다 그래? 그럼 부케도 안 되는 거였잖아."

"해바라기만…… 에취! 그것만…… 그래요. 에취!"

꼭 골라도. 이도는 자신의 운을 탓해야 했다. 안 하던 짓을 하면 탈이 난다고 했던가. 점수 좀 따 보려고 했는데 오히려 마이너스가 되었다.

"근데…… 그거…… 나 주는…… 거예요? 에취."

기침이 어느 정도 잦아든 효은이 뒤늦게 물었다.

"그럼 누굴 줘, 내가?"

이도는 당연한 거 아니냐며 눈을 꿈틀거렸다.

"지금 화내는 거예요?"

"아, 아니. 그런 게 아니라……."

그가 쩔쩔매자 효은의 입가엔 웃음기가 떠올랐다. 그래도 참아야 했다. 이렇게 쉽게 무너질 순 없지 않은가. 어디 노력해 보라는 말을 하고 만 하루도 지나지 않았다.

"노력한다는 게…… 꽃다발 사 오는 거예요?"

효은은 티 나지 않게 표정 관리를 하며 물었다.

"꽃 싫어할 여자는 없다잖아."

"누가요?"

"박 비서가."

"그런 것도 묻는 사이였어요?"

"내가 말 안 했던가. 박 비서, 대학교 선배야."

뒤늦게 진실을 알게 된 효은이 눈을 키웠다.

"선배를 그렇게 부려 먹어요?"

"부려 먹긴 누가 부려 먹어? 월급을 주고 그에 합당한 일을 시키는

239

거야."

이도는 그녀의 단어 선택이 마음에 안 든다는 듯 눈썹을 일자로 만들었다. 이건 그녀의 생각이 지나쳤다. 상무와 비서의 사이가 선후배처럼 막역한 것도 문제일 테니까.

"혹시나 오늘 일 때문에 박 비서님한테 뭐라고는 하지 마세요. 나도…… 꽃, 싫지 않아요."

"그중에 딱 하나 안 되는 게 해바라기인 거고?"

효은은 민망함에 조용히 고개를 끄덕였다.

"그래. 누굴 탓해. 그걸로 골라 온 나를 탓해야지. 알겠어. 앞으로 조심할게."

이도가 순순히 약속하며 그녀의 얼굴을 살폈다. 서슴없는 그의 행동에 효은은 숨을 삼켰다. 그녀의 얼굴 위로 열꽃이 올라오는 건 아닐까 싶어 이리저리 살피는 그의 손길이 더할 수 없이 다정했다. 효은은 저절로 심장이 쿵쾅댔다. 이 정도 거리라면 분명 그의 귀에도 들릴 것이 뻔했다.

"괜, 괜찮으니까……."

"알레르기가 심장에도 영향을 줘?"

그가 그녀를 내려다보며 진지하게 물었다. 그의 입꼬리가 살짝 올라간 걸 확인하자 효은은 얼굴이 확 달아오르는 것처럼 뜨거워졌다. 진짜, 이 아저씨가! 효은은 이도를 있는 힘껏 저 멀리 밀어 버리려 했다. 하지만 이도가 더 빨랐다. 그가 그녀의 손을 잡아채 자신의 왼쪽 가슴으로 가져갔다.

"난 알레르기도 없는데, 왜 이런 거야?"

이도가 효은에게 물었다. 그의 가슴에 닿아 있는 그녀의 손안으로 쿵쿵쿵, 이도의 심장 박동이 전해졌다. 효은은 대꾸할 말을 찾지 못하고 이리저리 그의 진한 눈빛만 피했다.

"……가져와요. 그거."

피할 수 있는 방법은 이것뿐이라 생각했다. 이도는 그녀의 말을 뒤늦게 이해하고 안 된다며 고개를 흔들었다.

"또 무슨 일을 내려고. 당장 갖다 버릴 테니까……."

"멀리서 보는 건 괜찮아요! 비닐종이에 꽁꽁 싸서 보기만 할게요."

이도는 효은의 의도를 곧장 알아챌 수 없었다.

"……처음 받는 거란 말이에요. 남자한테. 그리고…… 아저씨가 나 생각해서 사 온 거고. 꽃은 또…… 함부로 버리는 거…… 아니랬고……."

이 어여쁘고 사랑스러운 여자를 어찌할까. 이도는 가슴이 뜨거워지고 말았다.

"지금 키스하면 더 마이너스야?"

이도의 말에 효은이 두 손으로 자신의 입을 가렸다.

"하그만 해 브여. 이버에는 따그마 마스를 버게 할 그에여."

"따끔한 맛이 어떤지 맛보고 싶긴 하지만 누가 치우기 전에 해바라기부터 찾아올게. 공기 하나 안 들어가게 비닐에 꽁꽁 싸매서 갖다 놓을 테니까 멀리서 보기만 해."

"……고마으여."

효은은 여전히 입술을 사수한 채 대답했다. 그가 침실을 나서고 나서야 그녀는 숨을 돌릴 수 있었다. 노력한다는 말은 아무 생각 없이 내놓은 흘러가는 말인 줄 알았다. 그런데 이도가 하루 만에 다른 사람처럼 달라지자 효은은 또다시 과거를 잊은 바보처럼 기대감이 차올랐다.

모든 게 거짓이라고 해도, 놓치고 싶지 않은 행복이었다. 첫사랑. 속수무책으로 빠져드는 거부할 수 없는 마음 앓이인 것인가. 효은은 그녀에게 줄 해바라기를 열심히 싸고 있을 이도를 상상하며 조용히 침대에 누웠다. 약 기운이 올라오자 잠이 쏟아졌다.

"알레르기라고?"

민아와 저녁상을 준비하던 강 여사가 놀라 물었다. 분명 퇴근하고 들어온 이도의 목소리를 들은 것 같은데, 아무리 시간이 지나도 그가 나타나지 않아 의아해하던 참이었다. 그러다 덩달아 효은까지 보이지 않는다는 걸 깨닫고는 기대감을 갖기도 했다. 그런데 느닷없이 알레르기라니.

"네. 제가 모르고 꽃 선물을 사 왔는데……. 아무튼 저녁은 못 먹을 것 같습니다. 약 먹었으니 좀 쉬게 두는 게 나을 것 같아요."

"그래, 그래. 우리는 신경 쓰지 마."

강 여사는 괜찮다며 고개를 끄덕였다. 꽃 선물이라니. 그 얘기를 들은 것만으로도 저녁을 먹지 않아도 될 만큼 마음이 든든했다. 이도가 변하기 시작한 것일까. 생전 하지 않던 행동을 하는 데는 분명 효은에 대한 자신의 마음을 깨달은 배경이 있을 터. 권 영감도 아주 좋아할 소식이었다. 강 여사는 어서 이도를 독채로 올려 보내려 했다.

"오빠 식사는요?"

그 모습을 지켜보던 민아가 불쑥 물었다.

"아, 내가 생각을 못 했네. 권 상무 저녁은 어떻게……."

강 여사는 민아의 지적을 받고서야 자신의 임무를 떠올렸다.

"점심을 늦게 먹어서 괜찮습니다. 효은이 좀 좋아지면 같이 나가서 먹고 오겠습니다. 신경 쓰지 않으셔도 된다고 할아버지께도 말씀드려 주세요."

"어어, 그래. 알겠어. 내가 잘 말씀드릴게."

강 여사를 뒤로하고 이도가 급히 독채로 향했다. 그의 손에는 비닐로 꽁꽁 감싼 해바라기 꽃다발이 들려 있었다. 민아는 그곳으로 눈길을 보내지 않으려 했지만 쉽지 않았다. 이리도 다정한 사람이었나. 왜 그런 남자를 나는 갖지 못하는 것인가. 가슴속에서 울분의 피가 쏟아져 내리는 것만 같았다. 민아는 점점 모든 걸 참기가 힘들어졌다.

"해바라기 여기 두……."

침실로 들어선 이도는 침대 위에 잠들어 있는 효은을 보고 발걸음을 멈췄다. 금방 잠들 만큼 약효가 강했던 걸까. 이도는 꽃다발을 방 입구 쪽에 조용히 내려놓았다. 아직 자신의 몸에 남아 있을지도 모를 꽃가루를 털어 내기 위해 욕실부터 향했다.

말끔하게 샤워를 마치고 편한 옷으로 갈아입은 이도는 서재로 향하던 발길을 돌려세웠다. 괜찮은지 잠깐 얼굴만 보겠다는 다짐까지 덧붙여 효은에게로 다가갔다.

잠든 효은은 미간을 찌푸린 채 끙끙 앓으며 신음하고 있었다. 그 많은 꽃들 중에 왜 해바라기를 선택해서는. 이도는 자책하며 한숨을 내쉬고는, 반성하듯 효은의 미간을 애틋한 손길로 쓰다듬었다. 그 순간 효은이 천천히 눈을 떴다. 잠에 취한 눈이었다.

"……해바라기요."

효은이 잠꼬대처럼 말했다.

"그냥…… 자."

"……엄마가 좋아하던 꽃이에요."

그녀가 그와 시선을 맞췄다.

"그래서 하루 종일 그것만 만졌대요……. 할아버지가 말려도…… 그것만 보고. 그래서 알레르기가 생긴 건가 했어요. 엄마를 그만 그리워하라고……. 의사들한테 말하니까…… 그냥 신체 반응일 뿐이라고 웃어넘겼어요. 할아버지도 그만 좋아하래요. ……그만하면 됐다고."

"……."

"근데 난…… 아직도 해바라기가 좋아요."

효은이 슬픈 눈으로 웃었다. 이도는 참을 수 없었다. 따끔한 맛을 보게 된다고 해도 그녀의 입술을 찾아 키스했다. 아프지 마. 슬퍼하지 마. 외로워하지 마. 이제 내가 있으니까. 그는 입맞춤으로 그녀를 뜨겁게 위로해 주었다.

결국 입술을 더 깊게 삼켰다. 욕망을 숨기지 못하고 단단한 혀를 입 안으로 거칠게 밀어 넣었다. 효은의 어깨가 들리고 그를 감당하지 못해 호흡이 가빠지는 순간, 이도는 모든 동작을 멈출 수밖에 없었다. 자신이 한심했다. 아픈 여자인데. 아프게 만든 사람이 자신인데. 이렇게 덮어놓고 안고 싶어 어쩌지 못하는 원색적인 욕망 앞에서 이전의 모든 방어들이 우스워지고 말았다.

"……미안."

그가 가까스로 입술을 떼어 냈다. 약과 키스에 취한 듯 효은의 뺨은 붉어져 있었다. 이도는 다정한 손길로 뜨거워진 그녀의 얼굴을 쓰다듬었다. 그리고 천천히 손을 거뒀다. 거절하지 않았다는 것만으로도 그는 감사했다. 더 잠들게 두려고 자리에서 일어서는 순간, 뜨거운 손이 이도의 팔을 붙잡았다.

"또 헷갈리게 할…… 거예요?"

효은이 흐려진 눈으로 물었다.

"……뭐?"

"알아요. 나도 헷갈리게 한다는 거……. 그래도 아저씨가 이럴 때마다 난 더……."

급하게 입술을 다시 머금었다. 그녀의 불안과 혼란이 오히려 고마웠다. 턱을 붙잡고 입술을 삼키듯 내리눌렀다. 그의 완력에 버둥거리는 몸짓에도 이제는 돌아설 수가 없었다. 깊숙이 혀를 밀어 넣어 숨까지 모조리 빨아들였다. 이 이상 잡아먹으면 큰일이 날 것 같을 때쯤 이도는 입술을 떼어 냈다.

"하아……."

효은이 가까스로 숨을 골랐다. 이렇게 무서울 정도로 달려들 줄은 몰랐다. 놀란 눈으로 올려다본 그의 얼굴에는 표정이 없었다. 그저 그녀를 자신의 눈 속에 모조리 담아내 가지고 말겠다는 짙은 욕망을 담은 눈빛만 내비쳤다.

"아저씨……."

"천천히 할게."

낮은 목소리가 거짓처럼 느껴지진 않았다. 곧 짧고 깊은 입맞춤을 이어졌다. 속도를 조절하던 이도는 당연한 수순처럼 곧 이성을 잃었다. 뜨겁게 젖은 혀가 하염없이 얽혀 들어갈 때마다 급하게 이도의 허리를 붙잡는 효은의 손에 힘이 잔뜩 들어갔다. 자연스럽게 몸이 밀착되며 아래가 닿자 효은은 한 번도 내놓은 적 없는 달뜬 신음을 뱉어 냈다. 이미 단단히 선 아래가 묵직하게 허리를 조여 와 그의 정신을 혼미하게 만들어 버리기 충분했다. 견딜 수 없게 된 이도가 몸을 들어 진지하게 그녀를 내려다봤다. 마지막 남은 이성이 가까스로 만들어 낸 행동이었다.

"진짜 괜찮겠어?"

효은을 배려한 물음이었다.

"너, 정상 아니야."

이도가 손을 뻗어 효은의 뺨을 매만졌다. 뜨거웠다. 그녀의 이마를 짚으며 심각하게 말하는 그의 눈빛에도 혼란이 가득 차 있었다. 하지만 선택권이 없었다. 온몸에 오른 열 때문에 충동적으로 벌인 일이라며 그녀가 나중에 후회하게 된다 해도 이도는 이제 기회를 놓치지 않을 것이다. 효은은 감은 눈을 뜨지도 못한 채 고개를 끄덕였다.

"······괜찮아요."

다시 다급하게 입술이 닿고, 그의 큰 손이 효은의 셔츠 안으로 서슴없이 들어섰다. 부드럽게 감기는 맨살이 이도의 손안에서 이리저리 휘둘렸다. 그가 훑고 지나갈 때마다 효은의 몸은 소름이 돋듯 튀어 올랐다. 이제껏 그 누구도 이런 식으로 그녀의 몸을 만진 적이 없었다. 그의 손이 아랫배에 머물렀을 땐 엉덩이가 저절로 들려 버렸다. 그것을 놓치지 않고 이도의 손이 효은의 속옷 안으로 들어와 살덩이를 붙잡았다.

"······흐읏. 아, 저씨······."

사정하는 효은의 눈빛이 야하게 빛났다. 이도는 대답 없이 고개를 내려 입술을 빨았다. 천천히 속도를 맞추던 그의 손이 이제 참지 못하고 가슴 쪽으로 올라갔다. 그는 브래지어를 풀 시간도 아깝다는 것처럼 속옷을 밀쳐 올리며 감춰져 있던 가슴을 움켜쥐었다. 몰캉하고 봉

굿하게 솟은 살집이 복숭아처럼 그의 손안에 가득 들어찼다.

황홀하다는 게 이런 기분일까. 그의 상상을 넘어선 효은의 몸은 더 부드럽고 더 달콤했다. 당장이라도 입 안에 넣고 삼키고 싶은 걸 간신히 참아 낸 그는 효은과 눈을 맞추며 속살을 살살 달래듯 문질렀다. 효은은 거의 울듯이 그에게 매달려 고개를 흔들었다. 그것을 놓치지 않고 지켜보던 이도는 입술을 내려 가슴을 입 속에 집어넣었다. 효은은 번개를 맞은 듯 소스라치게 놀라며 눈을 번쩍 떴다.

"하윽. 잠……깐. 아저……씨."

생경한 자극이었다. 그녀의 온몸에 오소소 소름이 돋았다. 그것은 이도에게도 느껴질 정도였다. 그는 거기서 멈추지 않았다. 효은이 어깨를 붙잡고 할퀴는 순간 입술을 옮겨 귓바퀴에 혀를 밀어 넣었다.

"그, 그만! 잠, 잠깐……."

온몸에 전율이 일었다. 전기가 온몸을 타고 내려가 효은은 여러 번 고개를 꺾어야 했다. 더 이상은 무리였다. 효은은 온 힘을 다해 그를 밀쳐 내고는 끊어 내듯 숨 쉬며 시선을 들어 올렸다. 그는 아직 시작도 안 했다는 눈빛으로 그녀를 내려다보고 있었다. 화난 것처럼 입을 다물고 있는 모습에서 타오르는 욕망이 고스란히 느껴졌다.

"나, 처음이에요."

갑작스런 고백이었다.

"……그래서?"

이도는 심각한 표정으로 경고했다.

"헷갈리게 하지 말라며?"

"아, 그건 그런데……."

"이젠 못 멈춰."

한 팔로 효은의 허리를 휘감은 그가 놓아주지 않겠다는 듯 그녀를 품 안에 가뒀다. 효은은 매달리다시피 그의 목을 끌어안았다. 누구의 것인지 모를 심장이 쿵쿵쿵쿵, 너무 빨리 뛰어 대 어지러울 지경이었다. 효은은 거의 포기하듯 그의 몸에 기댄 채 귓가에 속삭였다.

"멈추란 게 아니라…… 천천히……."

이도는 효은의 뜻을 뒤늦게 이해하고 다시 조용히 침대에 눕혔다. 미안. 젖은 목소리로 사과하며 달아오른 볼을 맞대었다. 그런데 조절이 안 돼. 참회하면서 눈가에 입술을 얹었다. 미친 거겠지. 자신에게 하는 말처럼 고백하고 입술을 머금었다. 그리고 더 깊게 그녀를 당겨 안았다.

말은 소용이 없었다. '천천히' 하는 게 가능할까. 이 벅찬 마음이, 먹먹해진 가슴속 진동이 단순히 욕망 때문은 아니라는 것을 이미 알아채 버렸기에. 멈출 수가 없었다. 가슴 안에 가둬 둔 채 지켜보기만 했던 목련이 꺾일까 걱정하면서도 더 이상 가슴 안에만 담아 둘 수가 없었다.

"너랑 자고 싶냐고 물었지."

이도가 무릎으로 일어서 자신의 티셔츠를 단번에 벗어 냈다. 효은이 반쯤 넋이 나간 얼굴로 그의 행동을 지켜보고 있었다. 그가 무슨 말을 하는지도 인지하지 못한 채 귓가에서 울리는 고장 난 심장 소리가 어서 잦아들기만을 빌었다.

"그래. 나는 제주도에서의 첫날밤부터 그랬을 거야. 남자 새끼니까. 아닌 척하면서 내 마음을 속였어. 결국 이렇게 돼 버릴 걸 알면서도, 가짜를 운운하면서 널 상처 줬어. 비겁하게."

효은은 탄탄한 상체를 드러낸 이도를 정면으로 바라볼 수가 없었다. 부끄러움에 한 팔로 눈을 가린 채 그의 말을 가슴에 새겨 넣었다. 처음부터 그녀를 여자로 보았다는 고백. 그것만으로도 심장 안이 뜨거운 피로 가득 차오르는 것만 같았다. 하마터면 고맙다는 말까지 꺼낼 뻔했다.

"고마워. 나한테 기회를 줘서."

이도는 자연스럽게 효은의 셔츠 단추를 풀었다. 그녀의 허리를 받쳐 들고 벗겨 내는 손길에선 '천천히' 하기 위한 다정한 배려가 묻어났다. 아무렇게나 올라간 브래지어의 끈을 풀어내 침대 아래로 던질 땐 호흡이 조금 거칠어지기도 했다. 이도는 벗은 상체를 포개며 그녀의 목덜미에 얼굴을 묻었다. 새하얀 목부터 키스 마크를 찍으며 점점 아래로 내려갔다. 긴장한 효은이 시트를 움켜잡자 이도가 그녀의 손 위에 자신의 손을 겹쳤다.

"……아웃."

그의 입술에 가슴 끝이 삼켜졌을 때, 효은은 몸을 크게 비틀며 신음했다. 아랫배가 뭉쳐 오는 야릇한 감각이 끊이지 않았다. 표현하기 어려운 기묘함이었다. 간지러우면서도 아팠다. 그러나 아프다고만 할 수 없는 다른 범주의 고통이었다. 이도의 혀는 점점 더 거침이 없어졌다. 점점 달아오르다 어느 순간, 효은의 눈앞이 아찔해졌다.

"잠깐……. 거긴……."

어느새 풀린 그의 손이 배꼽을 지나 아래로 내려가자 효은은 부끄러움이 엄습했다. 설마. 경험이 없다고 한들, 모르지 않았다. 호기심에 야한 영화를 다운받아 보기도 했고, 여자 친구들의 실감 나는 첫 경험 이야기를 주입하듯 얻어 듣기도 했었다.

"안 풀고 하면 너 내일 못 일어나."

이도의 경고는 진지했다. 효은은 벌써부터 후회가 밀려왔다. 이런 잠자리 하나에도 겁을 내면서 아이라니. 출산이라니. 효은은 자신의 철없음을 또다시 깨닫고 말았다.

"안 아프게 해 줘요, 제발."

마치 발치하는 치과 의사에게 부탁하는 것처럼 그녀가 이도에게 애원의 눈빛을 보냈다. 그는 곧 웃음이 터지고 말았다. 이 귀여운 아가씨를 어쩌면 좋을까. 그는 이미 한계에 다다라 참고 있는 것조차 고통이었는데, 그녀는 자꾸만 시간을 끌고 있었다.

"정말 못 하겠으면 그만둘 테니까, 너무 겁먹지 마."

이도가 진정시키며 그녀의 입술에 짤막하게 키스를 했다.

"지금…… 그만하면 안 되겠죠?"

효은이 미안한 웃음을 흘렸다. 이도는 작은 한숨을 내쉬었다.

"나는 모르겠고, 애는 안 될 것 같아."

그가 부푼 자신의 아래쪽을 손으로 가리켰다. 그 크기만큼 효은의 눈이 점점 커졌다.

"사랑은 고통이라는 말이…… 여기서 흘러나온 거군요."

"……뭐?"

정말 말이나 못하면. 효은의 해석에 이도가 황당한 웃음을 짓고 말았다.

"시간 끌면 죽기도…… 한다던데."

그녀가 다른 머리를 썼다.

"누가 그래?"

"내, 내 친구들이요. 있어요, 여러 명. 다 똑같은 소리를 했다고요. 금방 죽는다고."

"이거 죽는 거 기다리다간 내가 죽겠는데?"

이도는 더 이상의 자비를 베풀지 않았다. 거침없는 손길로 그녀의 아래 속옷을 단번에 벗겨 버렸다. 효은은 부끄럽고 막막해 얼굴을 붉혔다. 그런 그녀를 사랑스럽게 바라보던 이도가 자연스럽게 키스했다. 혀를 넣어 입 안 곳곳을 돌아다니며 훑어 대다 강하게 입술을 빨았다. 그러다 눈이 마주치고, 입술이 코로, 눈으로, 이마로 올라섰다.

그리고 다시 내려와 입술을 삼켰을 때는 이전과 다른 키스였다. 숨이 막힐 정도로 농도가 짙어 그의 손가락이 어디로 향하는지 알아차리지 못할 정도였다.

"으…… 흐윽…… 윽!"

뜨거운 손길이 효은의 안으로 파고들었다. 당연한 방어벽처럼 문은 쉽게 열리지 않았다. 이도는 그녀의 긴장을 풀어 주기 위해 노력했다. 그러자 효은의 신음은 좀 더 깊고 자극적으로 변했다. 무의식적으로 벗어나려 발버둥 치는 그녀의 허리를 단단하게 붙잡은 이도가 달래듯 쓰다듬었다.

"천천히 힘을 빼 봐."

그의 차분한 주문에도 그녀는 일그러진 표정을 풀 수가 없었다. 모든 것이 단 한 번도 느껴 보지 못한 감각이었다. 비밀이 가득한 일기장을 들킨 것처럼 수치심이 일기도 했다. 이렇게 야한 짓을 하는 게 남녀의 사랑인 걸까. 그녀의 표정과 몸짓을 절대 놓치지 않겠다는 것처럼 지켜보는 남자를 감당해야 하는 것이 섹스인 걸까. 효은이 고민하는 사이 이도가 더 갈급한 표정으로 한 곳을 점령했다.

"흐읏."

몸이 터지는 것처럼 참을 수 없는 통증이 일었다. 놀란 효은은 두 손을 뻗어 이도의 어깨를 움켜잡았다. 아이를 만드는 게 사람 하나를 잡는 일이었다니. 뒤늦은 깨달음을 어느 누구에게도 털어놓을 수 없어 답답했다.

"그, 그만……. 아, 프단 말이에요. 다, 다른…… 방법을 알려 줘요……. 으윽."

다른 방법은 그것뿐이었다. 그녀를 더 흥분시키는 것. 이도는 대답 대신 효은의 가슴을 입 안에 삼켰다. 혀를 이용해 살살이 훑어 대며 빨았다. 그리고 그녀를 올려다봤다. 빤하게 관찰하는 시선이 얽히면서 효은은 야릇한 감정을 느꼈다. 부끄러움에 고개를 돌리자 벌을 내리듯 그의 몸에 힘이 더 들어갔다. 온몸에 저릿한 기운이 퍼지며 머리가 팽 돌았다.

"흐윽."

"나 봐."

이도는 명령하듯 말하며 그녀의 눈길을 붙들었다. 효은은 그의 말대로 고개를 들어 이도의 얼굴을 바라봤다. 피할 수 없는 눈빛이었다. 평소 차갑게 굳어 있던 가면을 벗어던지고 그녀만을 갈구하는 집요하고 뜨거운 애틋함이 살아 있는 눈동자였다. 차분하고 냉정하게 선만 긋던 남자가 그녀의 몸 위에 올라타 있었다. 두 사람이 하고 있는 일이 무엇인지 효은은 그제야 깨달아지는 것만 같았다.

그녀는 천천히 아래로 시선을 내려 그의 몸을 눈에 담았다. 탄탄한 어깨가 그의 잘생긴 얼굴을 더욱 부각시켰고, 연예인들의 화보에서나 보던 단단하게 정리된 배 아래쪽 근육이 그녀의 몸에 맞닿아 있는 것을 보고는 얼굴을 붉힐 수밖에 없었다.

이런 모습을 상상하지 않았다면 거짓말일 것이다. 자극적이고 음흉한 생각들이 머릿속을 돌아다니자 어느새 아래의 통증이 잦아들었다. 뜨끈하고 기분 좋은 감각만 이어졌다.

"그래. 그렇게. 잘하고 있어."

효은이 숨을 고르는데, 마주친 그의 눈빛이 마치 어딘가를 찾기라도 하는 것처럼 반복적이며 집요했다. 효은은 뜨겁고 단단한 손끝이 찾아 헤매던 곳에 닿으면 분명 무슨 일이 일어날 것만 같은 두려움이 찾아오기도 했다. 하지만 지금 그녀가 믿을 사람은 이도뿐이었다. 효은은 그를 더욱 끌어안았다.

그리고 이해할 수 없는 일이 일어났다. 숨이 막힐 것 같던 답답함이 사라지고 요상한 기운이 온몸으로 퍼져 나갔다. 나른하게 기분이 좋았다. 거기다 오히려 그의 속도에 맞춰 그녀의 몸이 저절로 움직여지기도 했다.

"느낌이 와?"

그의 질문은 담백했지만 그녀의 얼굴을 순식간에 달아오르게 만들기 충분했다.

"이, 이상해요."

"그래. 나도 이상해. 이런 기분, 처음이야."

이도의 표정은 다정했지만 눈빛은 진하게 탁해졌다. 그가 휘젓듯 움직일수록, 효은은 그대로 반응할 수밖에 없었다. 저릿저릿한 허벅지가 더 이상은 못 버티겠다고 경고를 해 오는 것만 같았다.

효은은 차라리 날 죽이는 게 어떠냐고 그의 귓가에 속삭였다. 이걸로 죽는 사람은 없어. 이도는 얄밉게 대답하고 그녀의 입술을 찾았다. 굳어 있던 몸이 풀려서일까. 키스만으로도 황홀하다는 기분이 들었다. 흥분으로 들뜨는 몸은 숨길 수가 없었다. 술을 마셨을 때처럼 몸이 붕붕 뜨는 것도 같으면서 저 깊숙한 아래로 가라앉는 아찔함이 느껴지기도 했다. 놀이기구를 탔을 때와는 또 달랐다.

"……넣어도 되겠어?"

이도의 물음에 효은이 그를 올려다봤다.

"힘들면 말해."

그는 대답을 들을 생각이 없어 보였다. 순식간에 열기 가득한 무언가가 아래에 닿았다.

"아윽. 이, 이게……."

소리가 나오다 막힐 정도였다. 손가락과는 비교할 수 없을 정도의 압박감이 느껴졌다. 어딘가 깊숙한 공간에 갇힌 것만 같았다. 도망칠 수도 그렇다고 온전히 받아 낼 수도 없었다. 숨을 끊어 내쉴수록 더 깊이 들어차는 그의 몸이 마치 목을 조르는 것처럼 느껴졌다.

"주, 죽을 것 같아요……."

더 이상 전진도 후퇴도 없었다. 효은은 그의 어깨를 끌어안으며 발버둥 쳤다. 참은 숨이 얼굴을 돌아 눈물로 흐를 정도였다. 어마어마한 감각이었다. 그가 그녀의 떨리는 허리를 붙잡아 끌어안지 않았다면 효은은 곧장 기절해 버렸을 것이다.

"이 정도일 줄은……. 이런 건 줄……."

효은이 울음 섞인 목소리로 후회했다.

"미안해. 근데 어쩔 수가 없어."

이도가 그녀의 고통을 분산시키기 위해 효은의 얼굴을 붙잡고 다정히 속삭였다. 귓가를 타고 흘러내리는 그녀의 눈물을 혀로 핥아 내면서 조금씩 허리를 움직였다. 미안. 미안해. 끝도 없이 사과하는 것처럼 그가 키스하며 허리를 좀 더 들었다. 효은은 거의 포기하듯 그에게 몸을 맡겼다. 힘이 풀리자 아래의 움직임도 한결 수월해졌다. 그러자 또 다른 감각이 그녀의 정신을 어지럽혔다.

"……흐응. ……으…… 으응."

그가 움직일 때마다 느껴지던 고통이 아득한 쾌감으로 변해 갔다. 그가 더 깊이 안으로 파고들 때마다 발끝이 서는 저릿함에 등줄기가 오싹해졌다. 눈물도 땀도 모든 것이 짜지 않고 달 것만 같았다. 몸 전체가 사탕으로 만들어진 것처럼 녹아내리고 있었다.

해 보면 알아. 표현할 수 없는 느낌이야. 친구들이 말한 것이 이런 기분일까. 효은은 어느새 그의 허리 짓에 맞춰 그녀의 몸을 좀 더 유연하게 밀착했다. 덩달아 신음 소리가 조절하기 힘들 정도로 멋대로 터져 나왔다.

"하앙……. 읏."

어느새 침실 안은 두 사람의 신음으로 가득 찼다. 이도는 하체를 더 갖다 붙이며 풀리지 않는 욕망의 갈증을 채우기 시작했다. 효은을 품을 때마다 저릿한 감각이 그의 머리를 후려쳤다. 움직임이 거칠어질수록, 효은은 좀 더 그에게 달라붙었다.

찬 바람만 불어 서늘하고 건조하던 그의 가슴 안에 뜨거운 열을 불어 넣는 것만 같았다. 타오르고, 갈증을 느끼고, 끝없이 원하는 이런 감정을 느낀 적은 처음이었다.

그의 아래에서 모든 걸 맡긴 채 흐느끼며 몽롱한 눈동자로 온몸을 흔들어 대는 효은을 바라보자 그는 더욱더 강한 소유욕을 느낄 수밖에 없었다. 영원히 지키고 싶은 게 있어. 그 말을 권이도는 할 수 없을 것이라 생각했다. 하지만 이젠 분명해졌다. 이 여자를 놓치지 않을 것이다. 이도의 다짐은 더 강렬한 육체에 대한 갈구로 변했다.

"아저씨…… 흐읏!"

시선이 얽히고 이도는 효은을 뚫어질듯 내려다보며 짐승처럼 허리짓을 반복했다.

"하읏. 흐으응. 그, 그만……."

그녀가 감당할 수 없는 압박감이라는 걸 알았다. 하지만 멈출 수가 없었다. 그의 몸은 이제 이성으로 제어되지 않았다. 효은의 온몸을 차지하고 빨아 대는 권이도는 낯선 남자였다. 감정과 욕망에 솔직한 한 인간일 뿐이었다.

"장효은."

이도가 젖은 목소리로 그녀의 이름을 부르며 키스하자 효은은 참지 못하고 몸을 벌벌 떨었다. 그것이 절정이라는 것을 알아차린 순간, 이도는 자세를 바꿔 효은을 뒤에서 끌어안았다.

"이제, 제발……."

효은이 사정해도 소용이 없었다. 이도는 자세를 잡고 다시 한번 그녀를 끌어안았다. 불덩이를 삼킨 것처럼 피가 한곳에만 몰리며 아래는 더 강한 열이 피어올랐다.

통증은 언제부턴가 쾌감으로 변했다. 몸이 흔들리고 주변의 모든 것이 돌았다. 효은은 이도가 이토록 자신의 몸에 집착하리라 생각하지 못했다. 사랑한다는 말과 몸을 섞는 건 전혀 다른 것이었다. 그가 안으로 들어서고 그로 인해 그녀가 반응하고 그가 그녀의 모든 걸 채운 순간, 세상은 또 다른 느낌이었다. 혹시 지금 이 순간이 꿈은 아닐까. 효은은 뒤늦게 멍청한 생각을 하기도 했다.

그 순간이었다. 독채로 걸어오는 발자국 소리가 들렸다. 분명 이쪽이었다. 효은이 소스라치게 놀라며 몸을 굳혔다. 반사적으로 이도를 밀어 내려 했지만 그는 효은의 얼굴을 자신에게 고정시키며 낮게 읊조렸다.

"아무도 못 열어."

그러곤 더 집요하게 효은의 안으로 파고들었다.

8. 너니까

꿈에서 엄마를 보았다. 효은아. 우리 효은이. 예쁘게 컸구나. 그 말을 건네며 그녀의 머리를 쓰다듬고 품 안 가득 안아 주었다. 사랑해. 사랑한다, 장효은. 그리고 미안해. 효은은 엄마의 말에 고개를 흔들었다. 괜찮아, 엄마. 난 이제 괜찮아. 그리고 더 크게 팔을 벌려 엄마를 안았다. 엄마는 힘이 엄청 셌다. 숨이 막혔다. 그만. 놓아 달라고 팔다리를 흔들었지만 어림없었다.

"더 이상은 나도 못 참아."

무슨 소리? 효은은 눈을 번쩍 떴다. 푸근할 줄 알았던 엄마의 가슴이 원래 이렇게 단단했었나. 뒤늦은 깨달음은 허리 아래에서 느껴지는 단단한 물건 때문에 더 선명하게 다가왔다.

"으악!"

효은은 짐승이라도 만난 것처럼 소리를 지르며 그를 벗어나려고 했다. 하지만 뜻대로 될 리 없었다. 그의 단단한 몸에 팔다리가 얽혀 결박되듯 안긴 꼴이 되었다.

"아직 새벽이야."

속삭이는 이도의 말에 효은은 저절로 어젯밤이 떠올랐다. 약에 취했다. 그러지 않고서 그런 일을 저질렀을 리 없을 테니까. 아니다. 헷갈리게 하지 말라며 경고한 사람은 그녀였다. 그 생각이 떠오르자 효은은 얼굴이 뜨거워지며 어디로든 숨고 싶었다.

"계속 아파?"

이도는 다른 쪽을 생각하며 심각하게 그녀의 이마를 짚었다. 아직도 알레르기가 가라앉지 않은 걸까 봐 걱정하는 표정이었다. 그런 남자가 지치지도 않고 그녀의 몸을 괴롭혔던 게 떠오르자 억울한 마음이 들었다.

발자국 소리가 들리기는 했지만 다행히 문은 열리지 않았다. 안심한 것도 잠시, 이도는 끊임없이 효은의 안으로 파고들며 그녀를 생경한 감각 속에서 허우적대도록 만들었다.

좋으면서도 이상했다. 몸과 몸을 섞는다는 게 그런 것인 줄 미처 몰랐다. 그의 심장과 그녀의 심장이 맞닿아 거짓말을 할 수도 없었다. 떨림. 흥분. 처음 느껴 본 쾌감까지. 비로소 여자가 된 기분이었다. 그가 그녀의 이름을 애타게 부르며 몸을 움직일 때마다 끝없이 가라앉던 몸은 구원받듯 다시 떠올랐다. 그에게 구해 달라고 애원하는 것처럼 달라붙었다. 그만 끝내 달라고 울며 부탁한 것도 같았다. 그는 미안하다며 그녀의 얼굴에 키스하고 또 키스했다.

흥분한 눈으로 자신을 제어하지 못하는 그의 모습은 그녀에게 낯선 만족감을 주었다. 늘 선을 지키던 남자였다. 흔들리지 않았다. 그런 남자가 정신없이 그녀를 안을 때마다 효은은 묘한 승리감을 느꼈다. 이 남자를 혼자만 가지고 싶다는 소유욕이 당연한 것처럼 찾아왔다. 들키고 싶지 않은 마음의 밑바닥이었다.

"괜찮으니까, 좀 놔 줄래요?"

괜히 민망한 마음에 효은은 그의 어깨를 밀었다.

"왜 또 화가 난 거야?"

"부끄러운 게…… 당연하잖아요."

당신은 어째서 그리도 당당하냐며 효은은 그를 노려봤다. 첫날밤이었다. 그는 몰라도 그녀에겐 잊지 못할 순간이었으며, 어쩌면 평생을 따라다닐 기억으로 남을지도 몰랐다. 효은은 우선 그에게서 벗어나기 위해 침대 아래로 발을 내디뎠다.

"으윽."

절로 신음이 터졌다. 아래로 닥치는 둔통이 어마어마했다.

"괜찮아?"

이도는 재빨리 효은의 상태를 살피며 그녀를 다시 안아 침대에 눕혔다.

"아저씨."

"아직 정상 아니네. 안 되겠어. 병원부터 가자."

그가 호들갑을 떨며 침대에서 빠져나갔다.

"……그거 아니라고요."

"뭐?"

"알레르기 때문 아니라고요."

효은이 얼굴을 붉혔다.

"……."

"아무 말도 하지 마요. 하면 오늘부터 나랑 말 못 할 줄 알아요. 이런 건 줄 몰랐어요. 안 해 봤는데 어떻게 알겠어요? 그러니까 겁도 없이 아이를 갖자고 하는 그런 철없는 소리를 했겠죠. 반성해요. 반성 중이니까, 아저씨는 모른 척해요. 그냥 내 옆에서 멀리 떨어져 있어요."

"……."

이도는 숨도 쉬지 않고 말을 쏟아 내는 그녀를 그저 내려다보고만 있었다. 제발 그 눈빛 좀. 효은은 그의 진득한 시선이 거슬려 미칠 것만 같았다. 반사 작용처럼 어젯밤이 떠올랐고, 몸이 뜨거워졌다. 전혀 느껴 본 적 없는 현상이었다. 그래. 이것은 현상이었다. 어쩔 수 없이 반응하게 되는, 과학적인 논리에 부합되는. 효은은 머리가 점점 미쳐 가고 있었다.

"그 눈빛은…… 어떻게 안 되죠?"

"……."

효은의 황당한 물음에 이도는 웃어 버리고 말았다.

"웃지 마요. 아무것도 하지 마요."

"……."

그는 당장 웃음을 지웠다. 그녀가 시키는 건 뭐든 해 주었다.

"진짜 하지 말란다고 안 해요?"

정말 성격 이상한 사람이야. 뒷말을 하려다 효은은 그 말을 들어야 할 사람은 자신이라는 걸 뒤늦게 깨달았다. 미친 여자처럼 보일 것이다. 헷갈리는 짓 하지 말라며 꼬셔 놓고 아침이 되자 이거 어쩔 거냐며 책임지라고 하는 꼴이었다. 새로운 인간상을 구경하고 있는 것처럼 그의 표정이 심각했다.

"무슨 말이라도 해 줘요."

효은은 항복을 외쳤다. 이도가 입을 열었다.

"나도 처음이라고."

"……네?"

"그 처음이…… 암튼, 이런 거 익숙한 놈이 아니야. 나 때문에 네가 아프다고 하는데, 그럴 땐 어떻게 해야 하는지……. 그냥 아무렇지 않게 웃어 주는 게 맞는지, 심각하게 생각하고 병원에 데려가야 하는지, 아니면…… 아무튼…… 아무튼, 아프게 해서 미안해."

의도치 않게 고백을 하게 된 이도가 난처한 손길로 자신의 머리를 쓸어내렸다. 효은은 전혀 예상 못 한 화제에 기분이 이상했다. 좋아야해야 하는 것 같으면서도, 뭔가 속은 것 같기도 하고. 아무튼 오묘했다. 당연히 많은 여자를 만났을 것이라 추측했다. 그럴 만한 나이였고, 그가 가진 지위와 외모를 생각하면 그러지 않는 게 더 이상한 일이었다.

"진짜…… 그래요?"

"무슨 생각 하는지 알겠는데, 맞아. 이런 걸 속일 놈으로 보여?"

"아니, 왜요? 어제 보니…… 문제없는…… 아니, 그러니까……."

"경험 많은 남자가 좋은 거였어?"

이도의 질문이 다른 쪽으로 비껴갔다.

"아, 아뇨! 그럴 리가 없잖아요. 나는 그러니까……."

"관심 없었을 뿐이야. 이젠 관심이 많이 생겼을 뿐이고."

"……많이요?"

"그래도 아픈 여자 건들 만큼 짐승 단계는 아니니까 걱정 말고."

하여튼 말로 미운 짓을 하는 건 여전한 남자였다.

"짐승 되기 전에 얼른 출근하시죠?"

효은은 경고하며 그를 드레스 룸으로 보냈다. 그녀도 얼른 1층으로 내려갈 준비를 하기 위해 침대에서 내려섰다. 좀 전보다는 아래의 당김이 덜해 참을 수 있을 정도였다. 그런데 생각해 보니 그도 그녀도 모두 옷을 입은 상태였다. 몸도 뽀송뽀송한 거 같고. 내려다본 침대 시트도 새걸로 바뀌어져 있었다. 효은은 부끄러움과 민망함이 솟구쳤지만 어쩐지 가슴이 충만한 따뜻함으로 가득 차오르는 것만 같았다. 정말 미워할 수도 없는 남자였다.

＊ ＊ ＊

출근길부터 이도의 표정이 심각했다. 재영은 혹시나 권 회장에게 신사업 문제로 아침부터 싫은 소리를 들은 건 아닌가 걱정스러웠다. 회사로 향하는 길 내내 룸미러로 바라본 그는 핸드폰을 붙잡은 채 근심에 찬 얼굴이었다.

"도착했습니다, 상무님."

생각에 빠져 있던 이도는 재영의 보고에 고개를 들었다.

"선배."

이도의 입에서 흘러나온 말은 재영의 예상과는 전혀 다른 방향이었다. 요즘 들어 그가 선배 역할을 해야 하는 순간이 늘어나고 있었다. 재영은 안도했지만 비서의 본분을 잊지 않으며 대답했다.

"오전 아홉 시 근무 시간입니다, 상무님."

"오후 여섯 시까지 이 고민을 하라고?"

"10분 정도 일찍 도착했네요."

그는 깔끔하게 태도를 바꿨다.

"무슨 문제야? 말해 봐."

"……원래 이렇게 불안한 거야?"

이도의 질문이 난해했다. 사업에 있어선 구체적이고 명확한 그였지만 사랑은 달랐다. 재영은 며칠째 자신의 능력을 시험하듯 온갖 경험치를 동원해야 알아들을 수 있는 이도의 언어를 가까스로 해석하는 중이었다.

"불안?"

"좀 괜찮냐고 답장 보냈는데 답이 없어."

알아듣기 위해 한참 동안 머리를 굴린 그의 고민이 너무 1차원적이라 재영은 웃을 수도 없었다. 권이도가 여자의 답장 하나에 이렇게 일희일비하다니. 사랑이란 게 원래 그런 것인 줄 알았지만 이도는 다를 것이라 너무 쉽게 단정 지었던 것 같았다. 재영은 사랑을 시작하는 이도에게 좀처럼 적응하기 힘들었다.

"어제 무슨 일이 있었는데?"

재영의 질문은 단도직입적이었다.

"선배가 조언한 세 가지 중에 두 가지를 다 했어."

이도는 그의 조언을 충실히 이행했다고 자신감 있게 대답했다.

"아. 꽃다발, 귀금속?"

재영은 당연히 그 순서인 줄 알았다.

"귀금속 빼고."

"아. ……뭐?"

난놈은 난놈인 것인가. 그게 어떻게 바로 그쪽으로 갈 수 있는가 잠시 고민하던 재영은 이도에게 심각한 질문을 받았다.

"순서가 중요한 거였어?"

이도가 진지하게 되물었다. 그 질문을 받은 재영의 대답이 더 가관이었다.

"난 순서대로 해서."

재영 역시 진지하게 대답했다. 이도는 잠시 자신의 선배를 바라봤다. 뭔가 핀트가 맞지 않는다고 해야 할까. 어쩐지 좀 불안했다. 재영의 눈빛이 점점 신뢰를 잃도록 만들고 있었다.

"혹시나 해서 묻는데, 선배 연애 경험 많지?"

"내가 말 안 했어?"

재영이 당당하게 고백했다.

"지금 내 와이프가 첫사랑이라고."

이도는 조용히 차 문을 열었다.

"10분 지났군요. 갑시다, 박 비서."

누구를 탓할까. 이도는 연애 고자들이 뭉쳐 내놓은 답은 뻔할 것 같다는 생각이 들었다. 차라리 수치상 신뢰도가 높은 인디닛을 믿을 걸 그랬나. 자신의 행동을 후회하며 지하 주차장을 지나 엘리베이터로 향했다.

그 순간 바지 주머니에서 진동이 울렸다. 답장을 기다리던 효은일까. 이도는 어쩐지 마음이 들뜨고 심장이 두근거렸다. 하지만 핸드폰을 꺼내는 순간 기대감은 여실히 무너졌다. 낯선 번호였다. 권 상무를 찾는 것이겠지. 그는 단단한 갑옷을 입듯 표정을 바꾸며 통화 버튼을 눌렀다.

"네. 권이도입니다."

— 나 한성병원 김현철 교수예요.

전화를 건 이는 태호의 주치의였다.

아침 회의 스케줄까지 조정하고 이도는 병원으로 향했다. 기분이

좋지 않았다. 효은에게 하지 못할 말이라면, 그 무게가 가볍지는 않을

게 분명했다. 이제 그는 효은의 보호자이자 태호의 가족이었다. 이 상

황을 더 심각하게 받아들여 신경 쓰는 것이 맞았다.

이 생에서의 마지막 소원처럼 그들의 결혼을 원했던 태호가 떠나

는 걸 이도 역시 원치 않았다. 효은의 바람대로 두 사람을 닮은 아이

가 태어나고, 재롱을 부리는 모습까지 지켜봐 줄 수는 없을까. 효은이

무너지고, 아파하는 걸 그는 지켜볼 자신이 없었다. 그만큼 그녀를 마

음 깊이 품었다.

"권이도입니다. 진작 따로 찾아뵀어야 하는데, 늦어서 죄송합니

다."

김 교수의 진료실 들어선 이도는 깍듯하게 인사를 건넸다. 현철은

이도를 맞으며 자리를 안내했다. 이렇게 빨리 시간을 내 줄 줄은 몰랐

다. 현재 권 회장을 대신해 선흥의 전반적인 일을 맡고 있다고 들었

다. 그 직책이 가진 무게와 그의 시간이 얼마나 큰 가치를 지니는지

모르지 않았다. 그 모든 걸 뒤로하고 자신을 찾아왔다는 건, 효은을

생각하는 그의 마음이 그만큼 깊다는 걸까. 아니면 효은과의 결혼으

로 얻게 된 태호의 주식 때문인 걸까. 현철은 아직 그 속내를 정확히

파악하기 어려웠다.

"내가 불쑥 전화해서 놀란 건 아닌가 모르겠네요."

"괜찮습니다. 그런데 혹시…… 할아버님께 안 좋은 문제라도 생긴 겁니까?"

이도는 이곳으로 오는 내내 그 걱정을 떨칠 수가 없었다. 박 비서에게 전해 듣기로는 분명 상태가 이전보다 호전되고 있다 했었다. 그들의 결혼이 안정감을 주는 것인지 치료가 잘 진행되는 중이라고 해서 이도도 한시름 놓고 있었다.

"당장 급하게 결정할 일은 아니에요. 나도 며칠 고민을 하다가……. 아, 들었는지 모르겠지만 손 박사님이 내 스승이에요. 그래서 일반 환자들처럼 대하기가 힘들어요. 그만큼 더 마음이 가고, 신경 써서 치료하고 있지만 걱정도 더 커지는 건 어쩔 수가 없네요."

"네. 교수님이 많이 애써 주신다고 전해 들었습니다. 효은이가 의지하고 있다는 것도요. 감사한 마음을 더 일찍 전했어야 하는데 죄송합니다. 앞으로 제가 더 신경 쓰도록 하겠습니다."

현철이 손사래를 쳤다.

"아니, 나한테 신경 쓰라고 부른 게 아니에요. 말을 하다 보니 그렇게 들렸을 수도 있겠네요. 미안합니다."

"아뇨. 교수님이 미안해하실 건 없습니다."

깍듯한 이도의 모습에 현철은 자신의 우려가 착각일 수도 있다는 생각이 들었다. 결혼의 내막을 듣고 태호에게는 걱정스런 마음을 내비쳤지만 막상 그를 만나 보니 권이도란 남자가 어떤 사람인지 알 수 있었다.

더군다나 생명의 끝에 선 사람들과 그들의 가족들을 상대하는 게 자신의 업이었다. 돈도, 명예도, 죽음 앞에선 소용이 없다는 걸 그는 누구보다 더 가까이서 깨닫고 있었다.

"효은이가 내 딸 같을 때가 많아요. 이걸 책임감이라고 해야 할까. 그 녀석 아빠가…… 내 친구이기도 했고요."

이도는 처음 듣는 얘기였다. 효은의 아버지. 그에 대해선 금기시해야 한다고 권 회장에게 전해 들었다. 효은을 낳다 돌아가신 어머니를 두고 곧장 새장가를 들었다고 했었다. 그녀에 대한 부성애가 없는 사람이라고 결론지을 수밖에 없었다.

효은도 절대 아버지에 대한 말은 입에 올리지 않았다. 그리워할 필요조차 없다는 뜻이기도 했다. 이도는 누구보다 그 마음을 잘 알았다. 돌아가신 부모님을 그리워하지 않았다. 그 감정조차 그에겐 사치였고, 가질 수 없는 욕심이었다.

"제가 이런 마음인데, 박사님이야 오죽하시겠어요. 효은이를 위해서 평생 살아오신 분이에요. 그런 분이니…… 나도 더 이상은 설득할 수가 없어요."

"무슨……?"

현철은 이도 앞에 작은 서류 하나를 내밀었다.

[연명 의료 거부서]

글자를 읽어 낸 이도가 그 뜻을 제대로 이해하는 데는 많은 시간이 걸렸다. 치료를 거부하겠다는 뜻인가. 왜. 하루라도 더 그가 옆을 지켜 주길 원하는 효은이 있는데. 이도는 지금 태호의 마음을 이해하기 힘들었다.

"좋아지신다고 들었습니다. 왜……."

김 교수는 이도의 시선을 컴퓨터 화면으로 이끌었다.

"뇌로 전이된 걸 어제 발견했어요. 효은이한테는 아직 말하지 못했어요. 박사님은 이미 눈치채셨고요. 이성적으로 말하자면 예상했던 일입니다. 재발하고 이 병원에 오셨을 때 이미 난 의사로서 끝을 봤어요. 그래도 효은이를 보니까…… 내려놓기 쉽지 않았어요. 분명 좋아지시기도 했습니다. 희망이란 걸, 기적이란 걸, 나도 생각했습니다. 다시 항암을 시작하자고 설득했지만…… 박사님이 원하지 않아요."

"……"

이도는 이 상황을 쉽게 받아들일 수가 없었다. 가슴 안쪽이 한없이 무겁게 가라앉았다.

"의사셨으니까, 모든 게 의미가 없다는 걸 아시는 겁니다. 지금도 마약성 진통제가 없으면 잠들지 못해요. 그 끔찍한 고통은 어느 누구도 대신해 줄 수 있는 것이 아니고요. 가족이라는 이유로 계속 붙잡고 있는 게 진짜 환자를 위한 것인지 우리 의사들은 늘 고민합니다."

머리가 어지러웠다. 이도는 주먹을 쥔 채 여러 번 눈을 감았다 떴다. 태호가 효은의 짝으로 자신을 선택한 것이 이런 감당하기 힘든 상황 때문이었을까. 그녀 혼자 이 모든 걸 책임지고 결정하게 만들고 싶지 않은 마음. 충분히 이해할 수 있었다.

하지만 고통스러운 건 이도 역시 마찬가지였다. 태호가 힘을 내 이 생의 끈을 놓지 않길 바랐다. 그 누구보다 효은을 위해서. 이기적이게도 이제 그의 모든 생각은 효은의 행복으로 귀결되고 있었다.

❋ ❋ ❋

"내가 비겁하다는 것도 아네. ……이렇게 자네를 이용하고 있으니."

태호의 병실에 들어섰을 때 그는 이미 모든 마음을 먹고 준비한 태도였다.

점점 더 말라 가는 그의 모습을 지켜보며 어느 누가 충고할 수 있을까. 그의 결정이 잘못되었다고 반대할 수 있을까. 이도는 어려웠다. 그의 마음을 이해하고 따라 주는 것도 반대해 붙잡는 것도. 자신에겐 그럴 자격이 없는 것 같았다.

"효은이가 동의하지 않을 겁니다. 많이 아파할 거고요."

이 시간을 견디고 있는 두 사람이 대단하다는 생각을 종종 하곤 했다. 그는 하루아침에 부모를 잃었다. 골방에 갇혀 현실을 부정하고, 정신을 차렸을 땐 살기 위해 납작 엎드렸다. 이별한 마음을 달래는 법도 몰랐다. 그저 묻어 둔 채 가짜로 살아가는 삶에 만족했다. 들여다보지 않은 상처가 곪고 곪아 아픔이 느껴지지 않을 때까지 모른 척했다. 그게 그때의 그가 할 수 있는 최선이었다.

"그래도 이제 자네가 있지 않은가?"

태호가 이도를 돌아보며 웃었다.

"할아버님."

"그때는 지치는 것조차 내 안에서 허락하지 않았어. 엄마를 잃고 우는 효은이가 불쌍해서 내가 아픈 것이 대수롭지 않았지. 고통이야 지나면 그만이라 생각했어. 정말 마음먹은 대로 지나가 버리더라고. 효은이가 자라면서 그 고통을 이겨 낸 것에 대한 보답을 했어. 사랑스럽게 자라 준 것만으로도 고마워. 이미 충분하다네."

"……."

머리로는 이해했다. 이도는 지금 태호가 어떤 말을 꺼내고 싶은지 이미 다 알고 있었다. 하지만 그 답이 정답이라고 생각할 수는 없었다.

"내가 의사야. 지금 치료가 어떤 의민지. 나한테 남은 시간이 얼마인지. 내가 더 잘 알고 있어. 그래. 자네가 없었다면, 이 병원에서 좀 더 버텼을지도 몰라. 우리 효은이를 알아보지도 못하면서 호흡기에 의지해 의미 없는 시간을 보내면서……. 그러고 싶지 않아."

"……."

이도는 어떤 말도 할 수 없어 입을 열지 못했다.

"지금 내 소원은 하나야. ……자네가 우리 효은이 곁에 있을 때, 행복한 모습으로 떠나고 싶어. 이런 내 맘, 이해해 줄 수 없겠나?"

아파할 효은이 떠올라 알았다고 고개를 끄덕일 수가 없었다. 이도는 태호의 곁으로 다가가 그가 자신에게 그랬듯 따뜻한 손을 붙잡았다.

"……고통스러운 치료들, 얼마나 힘드실지…… 압니다. 아니요. 저는 겪어 보지 않았으니 모를 겁니다. 모릅니다. 그래도, 효은이를 위해서 한 번 더 힘내 주실 수 없습니까? 효은이가 행복하게 사는 모습 지켜봐 주셔야죠. 효은이를 닮은 아이가 태어나고, 그 증손녀가 할아버님 손을 붙잡고 걸을 때까지만……. 제가 더 노력하겠습니다."

태호는 간절하게 애원하는 이도의 손을 그저 다독일 뿐이었다. 그를 효은의 옆에 세운 건 모두 이런 순간을 위해서였을까. 이도는 태호를 더 바라보지 못하고 끝내 고개를 숙였다.

"……그럼, 제 부탁 하나만 들어주십시오."

모든 운명이 정해져 있다면 생각을 바꿔야 했다. 지금도 소중한 시간이 흘러가고 있었다.

❀ ❀ ❀

"……누가 왔다고요?"

널스 스테이션을 지나던 효은이 친해진 수간호사의 전언에 잠시 의아하게 고개를 흔들었다.

"키 크고 배우처럼 잘생긴 사람. 올 때마다 슈트 멋지게 차려입고."

이도가 병원에 왔단 소린가. 그럴 리가 없었다. 출근하는 그를 배웅한 게 몇 시간 전이었다. 몸은 좀 괜찮으냐는 문자에 민망함을 이기지 못하고 모른 척하긴 했지만 병원까지 찾아올 정도로 급할 일은 아니었다.

효은은 간호사가 사람을 착각한 것이라 생각하고 병실 쪽으로 향했다. 혹시 몰라 그에게 온 문자가 있나 확인하는 사이, 불쑥 익숙한 목소리가 머리 위에서 들렸다.

"설마, 이제 답장하는 건 아니지?"

헉. 고개를 들자 정말 이도가 그녀의 앞에 서 있었다.

"아, 아저씨."

어떻게 된 일이냐고 효은이 놀란 표정으로 물었다.

"걱정시킨 벌이야."

"네?"

이도가 효은의 손을 붙잡고 엘리베이터 쪽으로 이끌었다.

"어, 어디 가는데요?"

"데이트."

그의 대답은 간단했다. 어이가 없이 효은이 헛웃음이 나왔다.

"회사는요? 일 안 해요? 아니, 나 할아버지 만나야 해요."

"나도 에피소드가 필요해."

"네?"

너를 행복하게 만들 에피소드.

우리 모두가 후회하지 않을 추억들.

이도가 효은을 내려다보며 그녀의 손을 더 꽉 붙잡았다.

❀ ❀ ❀

중요한 임원 회의에서 이도의 자리는 비어 있었다. 민아는 비서실 라인을 통해 그가 오늘 다른 스케줄을 치를 것이란 보고를 받지 못했다. 갑자기 무슨 일이라도 생긴 걸까. 그 이유가 혹시나 그 여자 때문이라면. 당연한 것처럼 찾아온 직감이 민아를 더 불안하게 만들었다. 결국 참지 못하고 이도의 집무실로 찾아간 그녀는 그의 비서진에게 보스의 행방을 물었다.

"권 상무님, 통화가 안 돼서요. 급한 일 생기셨나 봐요?"

"아……. 저희가 전달받은 건……."

어린 여비서가 난처한 표정으로 민아의 눈치를 살폈다. 그녀가 회장 외손녀라는 걸 이 회사에서 모르는 사람은 없었다. 또한 친손녀가 아니라 장녀 선영이 입양한 딸이라는 것도 당연히 알게 되었다.

선영의 오른팔이 되어 앞길을 닦는 충견. 민아에 대한 정의는 정확하고도 가차 없었다. 회사 안에서 이도의 주위를 맴도는 것도 모두 그

녀의 어머니가 시킨 짓이라는 게 공공연한 가설이었다. 그래서 여비
서는 더욱 함부로 입을 열 수가 없었다.

"무슨 일이십니까?"

때마침 이도의 집무실 문이 열렸다. 그곳에서 걸어 나온 사람은 다
름 아닌 박 비서였다. 민아는 재영이 회사에 있다는 사실에 심장이 더
욱 조여 왔다. 같이 움직이지 않은 걸 보니 분명 개인적인 일일 것이
다. 혹시나 그녀의 추측이 맞아떨어진 거라면 어떻게 해야 하나.

요즘은 정말 감정 조절이 쉽지 않았다. 죽고 싶을 만큼 화가 치솟
기도 했다. 어떻게 이래. 그럴 일 없다고 말했잖아! 민아는 멀어져 가
는 그를 보며 발만 동동 구르는 게 무슨 의미일까 싶어 회의감이 찾아
들었다.

"이모님이 오늘 저녁에 다 같이 모여 가족 식사를 하는 게 어떻겠
냐고 하셔서요. 오빠한테 연락하니 핸드폰이 꺼져 있네요. 혹시 무슨
일이 생긴 건가 걱정이 돼서 찾아왔어요."

"오늘 식사 자리는 참석하기 어려우실 것 같습니다. 그렇게 전달
부탁드리겠습니다."

재영은 단호한 표정으로 민아에게 고개를 숙였다.

"걱정이 돼서 그래요. 오빠 지금 어디 있나요?"

"……"

민아는 결국 감정을 숨기지 못했다. 그녀의 목소리가 높아지고 눈
빛이 바뀌자 재영은 잠시 할 말을 찾지 못했다. 어느 누구라도 지금

그녀의 행동을 본다면 다른 쪽으로 의심했을 것이다. 하지만 민아는 이제 상관없었다. 모든 게 무의미해져 갔다.

결국 긴 눈싸움 끝에 재영이 먼저 시선을 돌리며 입을 열었다.

"사모님과 같이 계십니다. 그러니 걱정하실 일은 없을 겁니다."

그래요. 그렇군요. 민아는 아무 일 아닌 것처럼 웃어넘겼다고 생각했다. 하지만 그녀의 곁으로 다가와 여비서들의 시야를 막는 재영을 바라보고는 모든 게 뜻대로 되지 않았다는 걸 깨달았다. 급하게 눈가를 훔치자 눈물이 묻어났다. 어이가 없었다. 민아는 자신에게 화풀이를 하듯 신경질적으로 그 자리를 빠져나갔다.

❀ ❀ ❀

"아저씨는 안 그럴 줄 알았어요."

도대체 어디를 가는 것이냐고 실랑이를 벌이다 이도가 고속 도로로 차를 올리자 효은은 입을 닫았다. 포기하고 나니 어쩐지 편안한 마음이 들었다. 걱정 따윈 해서 무엇 할까. 지금 두 사람이 같이 있는데. 효은은 그를 말릴 수 없다면 이 상황을 즐기기로 마음먹었다.

"일하기 싫어서 이러는 거잖아요. 내가 모를 줄 알았어요?"

"뭐?"

이도에게서 헛웃음이 터져 나왔다. 장효은다운 추측이었다. 아니다. 어쩌면 그녀의 추측이 맞는 것일지도 모른다. 어떤 핑계를 대서라도 오늘은 그녀와 함께 있고 싶었다. 온종일 그의 옆에 두고 바라보고 싶었다. 지겹고, 재미없고, 무겁기만 한 일들은 생각하고 싶지 않았다.

"나를 공모자로 만들어서 할아버님한테 빠져나갈 구멍 만들려는 것도 안다고요. 근데, 뭐…… 나도 요즘 잘한 거 없으니까 이번엔 맘껏 갖다 써요. 혼날 때 같이 옆에 서 있어 줄게요. 또 내 웃음 한 번이면 할아버님이 금방 용서해 주실 거예요. 내가 미리 점수 많이 따 놓았거든요."

아주 든든한 방패막이었다. 이도는 그저 웃을 수밖에 없었다.

"내가 결혼을 아주 잘했어."

그가 명쾌한 답을 내놓았다. 효은은 그걸 이제 알았냐고 으스댔다. 두 사람은 같이 웃었다. 이도의 손이 자연스럽게 효은의 손을 끌어와 붙잡았다. 맞잡은 손이 따뜻했다. 어느새 여름이 끝나 버린 것인지 바람이 선선했다. 모든 게 좋았다. 여기서 멈추고 싶을 만큼.

이도가 차를 주차한 곳은 강원도의 별장이었다. 풀숲 사이를 지나면 바다가 보이는 명당자리. 권 회장도 모르게 이도가 2년 전에 매입한 것이다. 언젠가는 내쳐질 운명이란 걸 알았다. 권 회장의 결정에 의해 그때까지의 시간이 짧아지고 길어질 뿐이었다. 모든 걸 내려놓게 되면 이곳에 들어와 살 생각이었다. 그 무엇에도 연연하지 않고, 진짜 권이도가 되어서. 남은 생을 조용히 보내고 아무도 모르게 죽고 싶었다.

그렇게 마련한 공간이 생각난 건 어쩌면 당연했다. 이도는 지금 자신이 느끼는 모든 감정이 진짜임을 남기고 싶었다. 결국 효은이 그의 모든 걸 받아들이지 못하고 떠나 버린다고 해도, 그는 진심이었다는 것을. 지금 하는 것들은 전부 진짜 권이도의 인생에서 처음이라는 것을.

"우와……. 풍경이 예술이네요."

효은도 입을 벌릴 수밖에 없는 장소였다. 별장 거실의 통유리 창으로 보이는 바다는 지금 일어나고 있는 일이 현실이 아닌 환상이라고 알려 주는 것 같았다.

이런 곳에서 살면 그 어떤 것도 두렵고 무섭지 않겠지. 자연은 언제나 인간을 겸손하게 만드니까. 길고 긴 자연의 시간에 비하면 지금의 고통은 작은 시간의 흐름일 뿐이라고 위로해 주는 것일지도 몰랐다.

"여기서 살까?"

효은의 등 뒤로 다가선 이도가 물었다. 그녀가 놀라 그를 올려다봤다. 오늘따라 이도가 낯설었다. 분명 그녀를 이곳에 데려온 이유가 있을 텐데, 좀처럼 추측하기가 힘들었다.

"나야 좋지만, 아저씨 일은요?"

효은은 농담일 것이라 생각하며 다시 고개를 돌렸다.

"백수 권이도는 싫은가?"

"당연한 거 아니에요?"

"진짜 그렇단 말이지?"

이도가 서운한 목소리를 내자 효은이 웃었다.

"나중에. 나중에요. 언젠간 꼭 살아 보고 싶은 곳이긴 해요."

"나중은 없어. 당장 내일 죽을지도 모르는 게 사람 인생이야."

효은은 그제야 가슴이 스르르 잠기며 모든 걸 깨달았다. 그가 이러는 이유. 모든 퍼즐이 맞춰졌다. 병원. 할아버지. 아저씨. 별장. 죽음. 머릿속을 떠돌던 단어들이 하나의 결론을 만들어 냈다.

"할아버지한테…… 무슨 일 있죠?"

"……"

이도는 대답하지 못했다.

"뭐라고 했어요? 그만……하고 싶으시대요?"

그녀의 눈가엔 이미 눈물이 가득 차올라 있었다. 가장 가까이서 태호를 간호하는 효은이 그의 생각을 모를 리 없었다. 하지만 효은은 모른 척했다. 부디 할아버지가 그녀의 이 마음을 알아줬으면 했다.

"그런 거…… 아니야."

이도는 그녀를 돌려세워 품에 안았다. 울지 마, 제발. 눈물이 많은 여자를 사랑한 게 잘못인 건가. 효은이 울 때마다 이도는 가슴이 고통스럽게 갈라지는 것만 같았다.

"그냥, 내 생각이야. 여기서 잘 보내 드리는 게……."

효은이 이도를 밀쳐 냈다.

"난 싫어요. 포기 못 해요. 그건 할아버지 욕심이에요. 난 다 했어요. 할아버지가 원하시는 거. 아저씨랑 결혼하라고 해서 결혼도 했고, 행복하게 잘 사는 모습 보여 주려고 얼마나……. 그런데 나한테 어떻게 이래요? 그냥…… 내 옆에 조금 더 있어 달라는 거…… 그 부탁 들어주는 게…… 그렇게 어려운 거예요?"

눈물은 결국 울음으로 폭발하듯 터져 나왔다. 이도는 효은을 달래는 것밖에 할 수 있는 게 없었다. 미안하다고, 그가 다 잘못한 것이라 말해 주며 스스로를 반성했다.

효은이 이럴 줄 알았으면서도 그의 욕심 때문에 이곳으로 데려왔다. 정말 그의 욕심이었다. 이곳에서 세 사람이 함께 살며 짧게나마 채워질 그의 진짜 인생을 위해서, 이기적인 제안을 하고 만 것이었다.

"내 생각이 짧았어. 그러니까, 그만 울어."

이도는 효은을 다시 끌어안았다. 그러자 그녀는 다른 마음을 먹은 듯 급하게 그의 옷을 벗겨 내려 했다. 두 눈에선 여전히 눈물이 흘러 내렸다.

"아이 가져요. 그럼 될 거예요. 빨리 가지면…… 생각이 달라지실 거예요. 아저씨, 도와줘요. 제발……."

단추를 풀어내던 효은이 쓰러지듯 그의 가슴에 얼굴을 묻고는 한참을 울었다. 이도는 더 깊게 그녀를 품에 끌어안았다. 심장이 저리듯 아파 와 숨을 참아야만 했다.

이도는 효은을 품에서 떼어 내고 얼굴을 붙잡았다. 그녀의 젖은 두 뺨을 다정하게 쓸어 내 닦아 주었다.

"그래. 열 번이고, 스무 번이고 해 보지, 뭐."

그의 목소리가 진지했다.

"길어질 거 같으니까 일단 장어부터 먹고 올까?"

엉뚱한 이도의 말에 결국 효은은 웃음을 터뜨리고 말았다. 울음과 웃음이 섞여 엉망이었지만 그가 있어 다행이었다. 그녀를 웃을 수 있게 만들어 주는 그가 고마웠다.

효은은 울다 지친 몸을 그에게 기댔다. 이도의 심장 소리가 귓가에 가까이 들려왔다. 마음이 놓였다. 편안했다. 엄마 배 속의 아이처럼 웅크린 채 그의 품속으로 더 파고들었다.

"……고마워요."

"……뭐가?"

내 옆에 있어 줘서. 당신이라서 다행이에요.

그 말은 입 밖으로 내뱉지 못한 채 그녀는 잠들고 말았다.

밖은 어느새 어둠으로 가득 차 있었다. 효은을 침실로 데려와 눕힌 이도는 한동안 그녀를 바라보다 함께 잠들어 버렸다. 먼저 눈을 뜬 건 효은이었다. 그의 팔을 베고 누웠던 건지 이도의 미간이 작게 찌푸려져 있었다. 효은이 그곳을 손끝으로 쓰다듬었다. 곧 이도가 천천히 눈을 떴다.

"배고파……."

"장어 먹으러 갈까요?"

효은이 진지하게 물었다.

"아니. 다른 거."

이도가 당연한 것처럼 효은을 끌어와 깊게 입을 맞췄다. 기다렸어. 정성스런 키스는 심장을 떨리게 만들기 충분했다. 너 깰 때까지. 다정하고 따뜻한 손길이 뛰는 가슴을 쓰다듬었다. 너무 참아서. 하나하나 새겨 넣듯 그녀의 몸을 훑어 내린 그의 손이 아래로 내려갔다. 장어 안 먹어도 될 것 같아. 옷을 모조리 벗겨 낸 이도는 효은의 위에 몸을 겹쳤다.

"으읏. 아저씨……."

그가 꿰뚫듯 시선을 맞춰 왔다. 그녀를 몰아세우듯 아래를 움직이며 이도는 뒤늦게 셔츠를 벗어 내 침대 아래로 던졌다. 압박감을 이기지 못한 효은이 숨을 끊어 냈다. 서로를 가지기 위해 정신없이 살을 비볐다. 몸을 부딪치는 소리와 신음이 뒤섞여 조용한 별장 안을 뜨겁게 채웠다.

효은이 절정을 참지 못하고 흐느끼자 이도가 눈빛을 바꿔 허리 짓의 속도를 올렸다. 그만. 더 이상. 목구멍까지 파고드는 것만 같은 자극 끝에 뜨거운 기운이 몸 안으로 퍼져 나갔다.

탈진한 효은이 그를 밀어 내려 했지만 이도는 그녀의 안에서 빠져 나가지 않았다. 오히려 그는 자세를 바꿔 효은을 뒤쪽에서 끌어안았다. 통유리에 비친 그들은 같은 곳을 바라보며 숨을 고르고 있었다.

"난…… 아이 가지고 싶지 않았어."

욕망이 고스란히 담긴 눈빛으로 이도가 고백했다. 효은은 그의 입에서 어떤 말이 흘러나와도 실망하지 않겠다고 다짐했지만 쉽지가 않았다. 그녀를 위해 어쩔 수 없이 이 잠자리를 가진다고 말하는 것만 같아 그가 밉기도 했다.

"⋯⋯알아요."

효은이 그의 눈빛을 피했다. 이도가 다시 허리를 움직였다.

"지금 나한테 선택권은 없어."

효은은 신음하며 고개를 들었다. 창가에 비친 모습이 아닌, 실제 그녀의 얼굴을 빤히 내려다보며 그가 심장으로 파고들었다.

"내가 가지고 싶은 건⋯⋯ 너니까."

❀ ❀ ❀

'내가 원하는 대로 해.'

결혼하고 난 후, 이도는 효은의 요구에 항상 같은 답을 했다. 하지만 단 하나 예외가 있었다. 그만하겠다는 말만은 들어줄 수 없다고 못 박았다.

서울로 올라가는 길 내내 그는 그녀의 손을 붙잡고서 떨어지기 싫다는 얼굴을 보였다. 거짓이든, 진심이든, 중요치 않았다. 그 모습에 효은은 가슴이 따뜻해졌다. 그것이 진실이었다. 지금 이 순간, 함께하는 마음. 눈앞에 펼쳐진 현실을 생각하는 게 맞았다.

"너무 멋져서 할아버지도 놀랄걸."

병실에 남은 태호의 짐을 싸면서 효은은 연신 강원도 별장을 어필했다. 퇴원을 결정하고, 권 회장에게 분가를 허락받고, 새로운 공간에서의 삶을 준비하는 건 순식간이었다. 세 사람 모두가 행복할 수 있는 길로, 그 끝을 잘 마무리하는 게 지금의 최선이었다.

"그렇게 좋아?"

"응. 너무너무. 병실에서 분수 보는 거랑은 비교도 안 돼. 이젠 예쁘고 멋진 것들 제대로 보면서 살아 보자, 우리도. 할아버지가 좋으면 나도 좋아. 아니다. 내가 좋아서 가는 건가."

효은의 눈가엔 어느새 눈물이 맺혔다. 울지 말아야지. 울컥하지도 말아야지. 다짐하고 다짐했지만 쉽지 않았다. 연명 의료 거부서에 사인을 하고, 김 교수의 당부를 듣고, 행복하게 잘 보내 드리라는 권 회장과 강 여사의 말을 듣는 순간에도 울음을 참아 냈다.

하지만 태호의 담담한 눈빛 앞에선 쉽지 않았다. 이별이 이리도 어려운데, 엄마는 어떻게 눈을 감았을까. 이 모든 게 그녀에게만 힘든 것일까. 나이를 더 먹으면 쉬워지는 걸까. 효은은 깊은숨을 몰아쉬고 눈물을 삼켰다.

"……은아. 우리 ……강아지."

태호가 가까이 다가와 그녀를 꼭 안아 주었다.

"응. 괜찮아. 난, 괜찮아."

"그래. 다 괜찮을 거야."

두 사람은 서로를 위해 주문을 외웠다.

✹ ✹ ✹

"할아버님이 허락하실 줄은 몰랐어요."

이도의 갑작스러운 분가는 권씨 집안사람들에게도 쇼킹한 소식이었다. 하지만 그 내막을 알고 나선 각자의 위치에서 앞으로의 일을 계산하기 바빴다.

민아는 선영의 지시로 권 회장의 생각을 알아내기 위해 본가에 들렀다. 마침 강 여사가 두 사람의 짐을 정리하고 있어 자연스럽게 그 일을 도왔다.

"권 상무가 어려운 결정을 한 거지."

강 여사는 속 깊은 생각을 한 이도를 기특해하면서도 이제 두 사람을 가까이서 볼 수 없다는 것에 서운한 마음을 드러냈다. 짧은 시간이었지만 효은이 이 집에 들어온 이후로 얼마나 많은 것들이 바뀌었는지 그녀가 누구보다 잘 알았다.

"강원도라고 했죠? 오빠는…… 아무래도 떨어져 지내야 하겠네요."

민아는 그들의 분가 소식을 반겼다. 결론적으로 효은과 그녀 할아버지의 마지막 시간을 위한 이도의 배려였다. 상무 직책을 가지고 있는 이도가 그들과 함께 지내는 것은 현실적으로 어려웠다. 어쩌면 지금이 민아에게는 기회일 수도 있었다. 이도의 마음이 더 깊어지기 전에 모든 승부수를 던져야만 했다.

"효은 양은 몰라도 권 상무가 참을 수 있을지 몰라. 한시도 떨어지기 싫은지 요즘 퇴근 시간이 정확해. 내가 이 집에 들어오고 나서 권 상무가 누군가를 그렇게 다정하게 쳐다보는 눈빛도 처음 봤어. 권 상무 사랑을 받아서 그런가. 효은 양도 더 예뻐진 것 같고. 얼마 안 있어 이 집에 아기 울음소리가 들릴 것 같다고 도우미 아주머니들이 더 신이 났어."

모두의 사랑과 축복을 받는 부부. 악역은 너무나도 명확했다. 민아는 평소보다 들뜬 강 여사의 이야기를 들으며 흔들리는 마음을 다잡았다. 이제 와서 왜. 너는 그런 사람인데. 그렇게 태어난 운명인데. 어느 누구도 그녀 자신을 제대로 사랑하는 방법을 가르쳐 주지 않았다. 욕하고 원망해도 상관없었다. 그녀는 더 이상 껍데기뿐인 삶을 연기하며 이도의 행복을 빌어 줄 수가 없었다.

"커피를 너무 많이 마셨나. 잠깐 화장실 좀 다녀올게요."

민아는 배를 만지며 자연스럽게 몸을 일으켰다. 옷장 정리를 시작한 강 여사는 민아의 행동에 아무 의심 없이 고개를 끄덕이고 바쁘게 손을 움직였다. 저녁까지 이삿짐을 보내려면 서둘러야 했다.

민아는 식사도 마다하고 가방을 챙겨 일어났다. 약속이 생겨 출타 중이던 권 회장의 귀가가 생각보다 늦어지고 있었다. 결국 오늘 그녀의 방문은 의미가 없게 되어 버렸다.

"권 상무 보고 가지 그래?"

짐 정리를 하느라, 도움만 받고 보내는 것 같아 강 여사는 마음이 쓰였다.

"회사에서도 볼 건데요, 뭘. 이사 잘 마무리하라고 전해 주세요."

민아는 신경 쓰지 말라며 손을 흔들었다.

"이렇게 싹싹하고 마음이 고운데……. 서 대리도, 아니, 민아 양도 얼른 좋은 사람 만나도록 해. 권 상무 보니까, 다 자기 인연이 있는 것 같아."

뭐라고 답해야 할까. 답할 수 있을까. 민아는 점점 감정을 조절하기가 힘들었다.

"그렇죠……. 인연이란 게……. 사람 일은, 정말 모르는 것 같아요."

"그래. 나를 봐. 나도 내가 여기 눌러앉게 될 줄은 몰랐어. 그땐…… 이 집 사람들이 다 불쌍해서 그냥, 조금만 더 있자 싶었거든. 그런 마음들이 모여서 정이 되고, 인연이 되고 하는 거였어."

강 여사는 민아에게 다가서 손을 꼭 붙잡아 주었다. 피로 이어져 있지 않다고 해서 가족이 아닌 게 아니더라. 그런 말은 건네지 않았다. 하지만 자신의 삶을 지켜본 똑똑한 그녀라면 깨달을 수 있을 것이다. 진심은 통하고, 언젠간 마음을 알아주는 날이 온다는 것을.

"가 볼게요."

민아는 으레 하던 것처럼 밝게 웃으며 강 여사의 손을 놓았다. 하지만 그녀의 행동은 어쩐지 평소와 달랐다. 냉정하게 돌아서는 민아의 모습에 강 여사는 자신이 괜히 충고를 해 마음을 다치게 한 것은 아닌가 걱정이 되기도 했다. 젊은 날의 위태로운 방황이 부디 길지 않기를. 되돌릴 수 없는 선택으로 후회하지 않기를. 강 여사는 민아의 뒷모습을 보며 조용히 빌어 주었다.

※ ※ ※

이도는 다시 손목시계를 확인했다. 효은과 훌쩍 떠난 일탈과도 같았던 하루의 휴가. 그리고 분가를 위해 이리저리 뛰어다니느라 미뤄둔 일 폭탄이 그에게 지금 제정신이냐며 날카롭게 경고했다.

화장실 가는 시간까지 아껴 가며 회의를 하고 사인을 했다. 권 상무를 필요로 하는 곳으로 달려가 일을 해결했다. 몸은 힘들지언정 마음은 충만했다. 이 시간을 견뎌 낸 뒤 얻어 낼 행복이 달콤하다는 걸 알기에 그는 현재의 고행을 기꺼이 받아들였다.

'네가 원하는 걸 들어줬으니, 너도 네 몫을 해야 할 거다.'

권 회장에게 분가 이야기를 꺼냈을 때 그는 기다린 것처럼 이도에게 못을 박았다. 이도에게 선택권은 없었다. 효은을 위해서라면. 이도는 토 하나 달지 않고 고개를 숙였다.

'권 상무가 권 회장이 되도록 해라.'

무상은 기회를 놓칠 사람이 아니었다. 왕의 자리에서 군림하기 위해 그를 끝까지 이용할 족쇄를 쥔 것이었다. 이도는 당연하게 받아들였다. 무상을 위해 기꺼이 달릴 준비가 되어 있었다. 이전과는 달랐다. 이제 권이도 옆에는 장효은이 있었고, 그녀가 있다면 무엇이든 할 수 있었다.

"밤 운전 위험할 텐데, 정말 괜찮으시겠어요?"

본가로 퇴근해 우선 필요한 물건들만 차에 간단히 실었다. 재영이 같이 움직이겠다고 했지만 이도는 그렇게까지 부려 먹을 정도로 염치 없진 않았다. 그에게도 돌아갈 가정이 있었다. 눈에 넣어도 아프지 않을 딸을 위해 어떤 것이든 이겨 낼 자신이 있다는 선배를 이도는 이제야 조금은 이해할 수 있게 되었다.

"박 비서님 고생시키지 말라고 신신당부라."

효은은 할아버지와 둘만의 시간을 원했다. 원하는 건 다 들어준다고 했으니 주말부부로 지내자 했다. 그를 배려하기 위함이라는 건 알지만 서운함이 생겼다. 그는 한시도 그녀와 떨어져 있고 싶지 않은데. 하루 종일 안고 싶은 마음뿐인데. 뻔뻔한 욕심엔 브레이크가 걸리지 않았다.

"할아버님은?"

고속도로로 진입하며 이도가 효은에게 전화를 걸었다.

— 괜찮으세요. 오늘은 저녁 드시고 산책도 하셨어요. 여기 공기가 좋아서 금방 다 나을 것 같으시대요.

"……다행이네."

그의 선택이 헛되지 않은 것 같아 이도는 안도했다.

— 아저씨는요? 아직도 회사예요?

"그래. 밀린 일이 많네."

이도는 거짓말을 둘러대며 지금의 방문을 비밀로 만들었다. 이왕이면 보고 싶다는 말을 듣고 싶었다. 주말부부 같은 건 우리한테는 맞지 않는 것 같다는 빠른 후회가 찾아오길 바랐다.

— 땡땡이를 많이 치긴 했죠. 이제부터라도 열심히 일해요. 나, 백수 남편은 싫어요. 일 잘하고 능력 좋은 남자 좋아해요.

이런 채찍질이라니. 이도는 서운함이 더 생겨 버렸다.

"일만 하냐고, 독박 시집살이 시킨다고 문자 보내던 사람은 어디 갔어?"

— 아……

효은이 잠깐 그때의 자신을 반성하는 게 전화기 너머로 느껴졌다. 이도의 입가엔 저절로 미소가 걸렸다.

— 그, 그때야 본가에 있을 때고요. 지금은 얼마나 편한데요. 미운 소리 하는 아저씨도 없고. 아주 좋아요. 진작 여기 오자고 할아버지 조를 걸 그랬나 봐요.

효은이 소심한 복수를 시작했다.

"내가 없어서 편하다?"

— 네. 왜 다들 주말부부 하는지 알겠어요.

"그럼 아이는 언제 만들어?"

이도가 진지하게 물었다. 당황한 효은은 말을 잇지 못했다.

293

— 어, 할아버지? 뭐라고? 아! 김치전! 알았어. 아저씨, 할아버지가 찾아요. 저녁 잘 챙겨 먹고, 굿나잇. 끊어요.

전화는 아주 냉정하게 끊어져 버렸다. 이도는 헛웃음이 나왔다. 이 리도 일방통행인 마음이었나. 오늘 밤엔 기필코 진실을 알아내고자 속도를 더 올려 도로를 달려 나갔다.

[상무님 저녁도 거르시고 출발하셨습니다. 점심은 간단하게 샌드위 치만 드셨어요. 제가 챙긴다고 했는데 쉽지 않습니다. 죄송합니다. 맛 있는 음식 좀 부탁드릴게요. – 박 비서 –]

효은은 이미 한참 전에 도착한 재영의 문자를 다시 확인했다. 어쩌 다 보니 그에게 스파이 노릇을 시키고 있었다. 이도가 식사를 잘 챙겨 먹는지 걱정되다 보니 수시로 체크하게 되었고, 그 결과 이도 모르게 재영과 문자를 주고받는 사이가 되었다.

나름대로 정성껏 만든 요리를 식탁 위에 준비해 놓고 효은은 별장 밖을 살폈다. 그 모습을 멀찍이서 지켜보던 태호의 얼굴에 따뜻한 미 소가 걸렸다.

"기다리는 사람이라도 있어?"

"……어? 아, 아니. 그냥, 낮에 본 고양이가 어디 갔나 해서."

효은이 어색하게 행동하며, 다시 밖을 내려다봤다. 그때 별장의 유 리창에 차의 라이트 불빛이 반사되어 비쳤다. 효은은 산타라도 만난 아이처럼 곧장 현관으로 달려가 허둥지둥 신발을 꿰어 신었다. 우당

탕탕 넘어지는 소리와 함께 그녀가 요란스럽게 별장 밖으로 나서는 게 태호의 눈에 들어왔다. 뛰어간 효은이 차 앞에 멈춰 섰고, 이도가 문을 열고 내렸다.

뛰어내려 오던 효은이 그의 차 앞에 멈춰 섰다. 그 행동만으로도 이도는 모든 걸 읽을 수 있었다. 그녀를 보는 순간, 하루 동안 쌓인 피로가 거짓말처럼 사라져 버렸다. 이런 것인가. 사랑이란 게. 이리도 사람을 덧없이 웃게 하고, 살아 있음을 감사하게 만드는 것인가. 첫사랑이자 마지막 사랑이 이 여자가 될 것을 확신한 순간, 이도는 그 어떤 것도 억울하지 않았다. 모든 게, 감사하고 소중했다.

"장효은."

이도가 성큼성큼 그녀의 앞으로 다가섰다.

"어, 어쩐 일이에요? 나는 고, 고양이 보러 나왔는데."

발갛게 상기된 볼을 한 채, 잘도 거짓말을 했다. 아니, 지금 자신이 하는 말이 거짓말이라는 걸 온몸으로 드러내면서 아닌 척을 했다. 어쩐지 느낌이 이상해 재영에게 전화를 걸었다. 모든 사실을 전해 듣고 그는 한바탕 웃었다. 맹랑하고 어린 여자는 그의 심장을 한시도 가만히 놔두지 않을 생각인 것 같았다.

"내가 여기 왜 왔겠어?"

흔들림 없는 눈빛으로 이도가 물었다. 효은은 부끄러워 그의 눈빛을 피하다가 창가에 서 있는 할아버지 태호를 발견했다. 얼른 뒷걸음질 쳐 그에게서 벗어나려는 순간, 이도의 큰 손이 그녀의 얼굴을 붙잡아 더 가까이 다가가게 만들었다.

"자, 잠깐만요. 할, 할아버지가 보신단 말이에요."

"잘됐네."

이도는 오히려 더 뻔뻔하게 굴었다.

"뭘, 원하는 거예요?"

"대답."

'그러니까 무슨 대답이요?' 하는 눈빛으로 올려다보자 이도가 진지하게 물었다.

"나 보고 싶었어?"

아……. 이 남자, 점점 더 상대하기가 힘들었다. 직진하는 속도가 비행기 못지않았다. 사람 헷갈리게 할 땐 언제고. 효은은 어쩐지 호락호락하게 넘어가고 싶지 않은 마음이 들었다.

"말하기 싫어요."

"할아버님 보시는 데서 키스할까?"

"잠, 뭐라고요?"

"입으로 확인하지, 뭐."

이도가 고개를 내려 입술을 가까이 가져다 대려 했다. 이미 그의 단단한 손에 얼굴이 붙잡혀 있는 효은은 시야 확보가 어려웠다. 정말 할아버지가 보고 있다면 큰일이었다. 이게 무슨 남사스러운 일인가. 아무리 남편이라고 해도 어른들 앞에서 해서는 안 되는 게 있었다. 언제부터 이렇게 보수적이었느냐마는, 효은은 당장 그의 손아귀에서 벗어나고 싶었다. 얼굴이 터질 것만 같았고, 심장도 고장 난 게 분명했기 때문이었다.

"대답할게요. 대답!"

빠져나갈 방법은 이것뿐이었다.

"그래. 말해 봐."

이도는 여유로운 표정으로 기다렸다.

"……보그 싶었……음어요."

효은은 개미 같은 목소리로 흘려 말했다.

"……뭐?"

이도는 봐주는 법이 없었다.

"보고, 싶었다, 고요. 보고 싶었어요! 됐어요?"

그 순간, 이도는 입술을 내려 효은의 입술을 막았다. 약속과 다르지 않느냐며 발버둥을 쳐도 그는 흔들리지 않고 키스에 열중했다. 태호는 이미 창가에서 벗어난 지 한참이었다. 그걸 효은만 모르고 있었으니, 권이도는 그가 원하는 모든 걸 얻어 낼 수 있었다.

"하아……. 이러기죠?"

겨우 벗어난 효은이 씩씩거리며 그를 노려봤다.

"밥도 못 먹고 달려왔어. 이 정도는 봐줘야 하는 거 아니야?"

정말! 그를 이길 방법은 없었다. 효은은 또 마음이 약해져 눈빛을 바꿨다.

"그러니까, 얼른 들어와요. 밥……해 놨어요."

효은이 귀엽게 말하고는 별장 안으로 달아나듯 도망갔다. 이도는 행복감에 미소 지으며 그녀를 뒤따르다 창가에 비친 자신의 표정을 확인하고 잠시 멈춰 섰다. 냉철하고 차가운 권이도는 이제 다른 사람처럼 느껴질 정도였다. 이렇게 밝은 모습으로 산 적이 있었던가. 놀라운 변화는 그에게 더 욕심을 부리게 만들었다. 진짜 권이도로 살고 싶었다. 적어도 이 별장 안에서는 그를 감추고 싶지 않았다.

"같이 드시죠?"

식탁 위엔 효은이 정성스럽게 차린 음식들이 놓여 있었다. 태호는 이미 식사를 마쳤다며 괜찮다는 웃음을 보였다. 이곳으로 옮겨 온 뒤 그의 낯빛이 더 좋아졌다는 것은 모두가 인정할 정도였다. 현대 의학으로도 고칠 수 없었던 병을 자연이 낫게 해 주었다는 책과 글을 본 적이 있었다. 그 기적이 태호에게도 찾아오길. 모두가 한마음으로 바라며 마지막 희망을 붙잡았다.

"배고플 텐데, 얼른 들어."

태호가 거실로 향하며 자리를 비켜 주자 이도는 수저를 들었다. 점심도 간단히 때운지라 음식 냄새를 맡자 배고픔이 몰려왔다. 눈으로 봤을 때 그럴듯해 보여 맛을 의심하진 않았다. 하지만 국을 한술 떠 입에 넣는 순간, 이도는 뒤통수를 맞은 기분이었다. 곧장 기침이 터져 나왔다.

"흠."

"왜 그래요?"

앞자리에 앉은 효은이 놀라 눈을 동그랗게 떴다.

"아니……. 아니야."

짜도 너무 짰다. 원체 입맛이 까다롭기도 했고, 강 여사가 내놓은 건강한 음식에 길들여진 탓일까. 예상치 못한 공격에 이도의 입 안에서 격렬한 거부 반응을 보였다.

"맛이…… 이상해요? 할아버지는 괜찮다고 하셨는데. 레시피도 강 여사님한테 전화해서 다 물어봤어요. 똑같이 계량해서 한 거라 아저씨 입맛에도 맞을 줄 알았는데."

"맞아. 맛있어."

이도는 얼른 거짓말을 했다. 요즘의 그는 효은이 처음으로 차려 준 밥상을 거절할 정도로 간이 크지는 못했다. 혹시나 그녀가 실망해 토라지기라도 한다면 그 뒷감당이 더 힘들었다. 식어 빠진 샌드위치도 먹었는데. 간이 맞지 않는 음식 정도는 참고 먹을 수 있었다. 그래야 모든 게 편안했다.

"밥 더 줄까요? 혹시 몰라서 많이 했어요."

"……어?"

이도가 음식들을 급하게 입 안으로 넣는 걸 보고 오해한 효은이 밥그릇을 들고 자리에서 일어서려 했다. 어떻게든 막아야 했다. 어떻게 막지. 막는 방법이 있기나 할까.

"이 할아비한테는 안 권하더니, 그게 다 권 상무 주려고 남겨 놓은 거였어?"

어느새 나타난 태호가 평소와 다르게 효은에게 섭섭한 마음을 드러냈다. 이도에게는 구세주였다.

"아, 아니야. 할아버지, 오해야. 잘 못 드시는 것 같아서 입맛이 없으신 줄 알았지. 지금이라도 다시 차려 드릴까요? 밥은 아주 많아."

"저녁 많이 먹으면 소화 안 된다며?"

"아, 그렇지……."

"권 상무도 너무 늦게 먹어서 좋을 거 없어. 다 먹었으면 나랑 산책이나 가세."

"아, 네. 저도 요즘 살이 좀 붙어서. 얼른 준비하겠습니다."

이도는 빛보다 빠르게 식탁을 벗어나 그들의 침실 쪽으로 향했다. 두 사람이 눈빛 교환을 했다는 걸 효은이 알아서는 안 되었다.

주방에 홀로 남게 된 효은은 처치 곤란이 된 남은 밥을 내려다봤다. 그러면서 머릿속으론 내일 아침 메뉴를 골똘히 생각했다.

"감사합니다."

산책로로 들어서며 이도가 뜬금없이 인사를 건네자 태호는 웃음으로 받았다.

"내일부터 집안일 봐주던 정희 씨가 올 테니 걱정 말고."

"네. 사람이 완벽할 순 없죠."

요리까지 잘했다면 효은을 세상에 내놓는 게 더 불안했을지도 몰랐다. 그 단점마저도 예쁘고 사랑스러우니 그에게 문제 될 건 없었다. 사실 그는 효은이 집안일만 하길 원하지도 않았다. 그녀가 세상에 나가 자신의 꿈을 펼치는 데 아낌없이 지원할 생각이었다.

기쁠 땐 같이 웃고, 슬플 땐 같이 울어 줄 수 있는 보호자로서 그녀의 옆을 지켜 주고 싶은 마음에는 변함이 없었다. 네 옆에는 항상 내가 있길. 네가 가장 먼저 찾을 수 있는 사람이 내가 되길. 그의 소원은 이제 그 하나로 이어졌다.

"내가…… 효은이한테는 주식 얘기를 못 했어."

태호가 묻어 놓은 비밀을 꺼내듯 입을 열었다. 이 이야기를 건네려고 일부러 둘만의 시간을 원한 것인가 싶었다.

"제가…… 천천히 말하겠습니다. 신경 쓰시게 해서 죄송합니다."

"자네가 죄송할 게 있나. 시작은 나였는걸. 그저…… 난…… 저 녀석이 상처받을까 그게 걱정이지. 괜히 자네 마음을 오해할 수도 있고. 이젠…… 그런 게 다 소용없을 정도로 가까워진 것 같은데. 내가 너무 앞서가는 건가?"

"아닙니다. 이제는 제가 더 감사드리는 마음입니다. 효은이를…… 저한테 보내 주셨으니까요."

"우리…… 효은일…… 사랑하는 거지?"

태호의 당연한 물음이 뭉클하게 가슴을 울렸다. 이도는 망설임 없이 곧장 대답했다.

"네. ……아주 많이요."

그것이면 됐다며 태호가 이도의 어깨를 두드려 주었다.

이 녀석을 효은의 짝으로 점찍어 둔 것은 아주 오래전 일이었다. 물에 빠진 효은을 안아 들고 나타난 녀석이 그에게 보내오던 믿음직한 눈빛 때문이었다. 담담하고, 감정 따윈 없었지만 꼭 그리 말하는 것만 같았다. 걱정할 필요가 없다고.

그때까지 태호는 효은을 책임져 줄 수 있는 사람이 자신뿐인 것만 같아 늘 불안했다. 그런데 다른 사람의 품 안에서 안심하고 잠든 효은을 내려다본 순간, 조금은 내려놓을 수 있었다. 이 녀석이라면, 믿고 맡길 수 있겠다는 이유 없는 확신이 생기기도 했다.

그리고 어느 날, 무상을 통해 전해 들은 이도의 비밀이 그의 결정을 앞당겼다. 녀석은 감당할 수 없는 운명 앞에서도 묵묵했고, 자신이 선택한 자리를 온 힘을 다해 지켰다. 효은에게도 그래 주길 바랐다. 물에 빠진 효은이 혹시나 감기에 걸리진 않았을까 문 앞에 조용히 약 봉투를 놓고 간 그 마음이라면 서로를 위로하며 사랑할 수 있을 것이라 믿었다.

도박 같은 선택이었지만 결국 원하는 결과를 얻어 냈다. 태호는 홀가분한 마음으로 이 생을 정리할 수 있어 감사했다.

"춥습니다. 이제 가시죠."

"그래. 그 녀석, 기다리다 목 빠지겠네."

밤이 깊어져 갔고, 두 남자의 마음은 한 여자의 행복으로 귀결되었다.

✳ ✳ ✳

"……나만, 여기서 자라고?"

그의 잠자리를 봐 준 효은이 베개를 들고 일어섰다.

"뭘 새삼스럽게 그래요. 할아버지 혼자 주무시는 거 신경 쓰여요. 내 맘 이해하죠?"

이런 이유를 가져다 대면 그도 어쩔 수 없다는 걸 아는지 효은이 고단수 수법을 썼다. 이도는 입만 벌린 채 가만히 서 있었다. 주린 배를 붙잡고 고속도로를 달려온 몇 시간 전의 자신을 불쌍하게 여기게 될 상황이 벌어질 줄은 몰랐다.

"……알았어. 잘 자."

이도의 포기는 빨랐다. 그래서 오히려 효은이 아쉬울 정도였다. 그 먼 길을 달려온 이유가 그저 안심하고 싶은 마음뿐이었던 걸까. 보고 싶었냐고 묻기만 했지 보고 싶었다고 말하지는 않았다. 어쩔 수 없는 서운함이 그녀를 점점 이상한 오해에 빠져들게 만들었다.

"네. 내일 몇…… 몇 시에 출발한다고 했죠?"

"다섯 시."

이도는 간단히 말하곤 침대에 누웠다. 이대로 자려고 하나. 피곤할 것이란 추측은 당연했다. 제대로 된 아내라면 그를 빨리 쉬게 해 내일 아침 운전이 위험하지 않도록 만드는 것이 맞았다.

"알람 맞춰 놓았죠?"

"응. 알아서 일어날 테니까 신경 쓰지 말고."

이도는 벌써 눈을 감았다. 더 말을 시켰다가는 날 선 눈빛이 날아올 것만 같아 효은은 조용히 돌아섰다. 문을 닫고 나오자 자꾸만 기분이 가라앉았다. 이럴 거면 옆에 붙어 자겠다고 했어야지. 효은은 자신의 감정과 행동을 조절하기가 어려웠다.

태호의 방으로 들어가 침대 아래에 자리를 잡고 누운 효은은 여러 번 몸을 뒤척였다. 좀처럼 잠이 오지 않았다. 태호는 통증을 잠재우는 약을 먹고 곤히 잠든 것 같았다.

효은은 어쩔 수 없이 이불을 걷고 일어났다. 조용히 방을 빠져나와 이도가 있는 곳으로 향했다. 망설이다 문을 열고 들어서자 침대 위가 비어 있었다. 벌써 떠난 걸까. 그녀의 심장이 덜컥 내려앉았다. 어떻게 찾아왔는데. 미안함과 후회가 동시에 찾아들었다. 왜 감정을 숨기려 했을까. 그런다고 달라지는 건 없는데. 그를 향한 마음이 이리도 뜨거운데. 멈출 수가 없어서 하루에도 수십 번 심장이 고장 난 것만 같은데.

"내가 찾던 고양인가."

불쑥 들리는 목소리에 효은이 놀라 돌아섰다.

"맞네. 숨바꼭질 좋아하는 나쁜 고양이."

어둠 속에 서 있던 이도가 그녀의 앞으로 다가왔다.

"고, 고양이가 어디 있다는 거예요?"

효은이 눈길을 피하며 뒷걸음질 쳤다.

"여기. 내 앞에."

이도가 그녀의 턱 끝을 잡아 들어 올렸다.

"이제 도망가면 혼난다."

손을 옮겨 느릿하게 귓불을 매만지던 그가 속삭이듯 경고했다.

"밤이 짧아. 우리한테는."

그는 평소보다 다급하게 행동했다. 시간이 얼마 남지 않다는 생각 때문이었을까. 효은을 끌어와 침대에 눕히고 입술을 부딪치며 뜨거운 혀를 밀어 넣었다. 다른 손은 위를 거치지 않고 아래로 직행했다. 귀여운 홈웨어가 속옷과 함께 거침없이 벗겨졌다.

"으읏. 천…… 천히."

"그게 안 돼."

이도의 눈빛에 거짓은 없었다. 이미 이성을 잃은 듯 눈 안이 타는 갈증으로 가득 차올라 있었다. 효은의 아래를 벗기고, 자신의 옷을 벗어 던지고, 다시 입술을 맞추고, 가슴을 움켜잡았다가 깊은 한숨을 내쉬는 걸 보며 그가 얼마나 참고 있었는지 말하지 않아도 느낄 수 있었다.

"괘, 괜찮으니까…… 빨리, 해도…… 흐, 윽."

효은의 허락이 떨어지자마자 그가 다급하게 몸을 겹쳤다. 동시에 섬뜩한 고통이 머리를 스쳤다. 해도 해도 익숙해지지 않는 감각들이었다. 잊으려 해도 잊을 수 없게 만들려는 것처럼, 세포 하나하나가 그것을 기억하는 것처럼, 몸 안에서 천둥이 쳤다. 흔들리고, 꺾이고, 끝내는 비명을 질러 대는 이 무지막지하고 절박한 행동이 얼마나 사람을 미치게 만드는지 효은은 알지 못했다.

"······미치겠다."

이도는 어깨가 침대 헤드에 닿을 만큼 그녀를 몰아붙이는 자신이 무섭기까지 했다. 조절할 수가 없었다. 그게 가능하지 않다는 것을 효은과 몸을 섞으며 알게 되었다.

아픔을 견디지 못해 저절로 흘러내리는 그녀의 눈물을 혀로 핥으면서도 더 깊이 파고들려는 자신의 욕정에 항복했다. 끝없이 닿고 싶었다. 다 가지고 싶었다. 잃고 싶지 않았다. 절대로.

"······다섯 시예요."

"······알아."

결국 밤을 꼬박 새우고 말았다. 그래도 채워지지 않았다. 이도는 여전히 효은의 몸을 끌어안은 채 동이 트는 창밖을 멍한 눈으로 건너다봤다.

어느 날, 일주일 내내 야근을 하고 있는 그에게 재영이 말했었다. 오늘이 인생의 마지막 날이라고 생각해 보라고. 그래도 이 방 안에 갇혀 있겠느냐고. 그때는 싱거운 물음이라 생각하고 넘겼었다.

하지만 지금은 그날이 오늘이었으면, 지금이 끝이었으면, 영원히 효은을 안고 창밖만 바라보고 있었으면 하고 바라게 됐다.

이도는 이제야 한 가지씩 욕심이 생겨났다. 그 어떤 것도 가지고 싶은 게 없었다. 허수아비처럼 시키는 대로 삶을 살았고, 가짜라는 것에 불만조차 가지지 않겠다고 마음먹으며 모든 걸 내려놓았다.

권이도는 권이도인가. 한 번씩 머리를 압박하는 물음이 지나갈 때면 생각을 끊었다. 끝없이 일하며 잊었다. 닫아 두는 것이었겠지. 이제야 그걸 깨닫고 말았다.

진짜 권이도가 되어 살고 싶었다. 그를 안고 있는 여자에게 솔직하게 모든 걸 털어놓고 울어도 보고 싶었다. 그래도 내 곁에 있어 줄 거야? 아이같이 대답을 강요하며 기대고 싶었다.

"……가지 마요."

효은이 고개를 돌려 그를 올려다봤다. 손가락으로 그의 얼굴을 그려 내듯 찬찬히 훑어 댔다. 눈, 코, 입. 너무 잘생겨 한 번씩 놀라던 얼굴을. 내 사랑을. 현재를. 심장을. 전부를.

"그래. 안 갈게."

그녀의 손끝에 입을 맞춘 이도의 대답은 간단했다.

"거짓말."

그럴 수 없는 남자라는 걸 알았다. 어깨에 올려진 짐이 얼마나 무거운지 아냐고 묻던 눈빛이 아직도 잊히지 않았다. 그중 어느 하나 그녀가 덜어 줄 수 있는 게 없어 슬퍼지기도 했었다.

"박 비서 시키면 돼."

그의 대처는 명료했다.

"할아버님이 아시면요?"

"너랑 있고 싶었다 하지, 뭐."

"그러다 회장 자리 다른 사람한테 준다고 그러시면요?"

"……."

이도는 대답하지 않고 효은의 뺨을 다정히 쓰다듬기만 했다. 그의 잔잔한 눈에 담긴 뜻이 너무 많아 효은은 함부로 해석하기가 겁이 났다.

"그러니까 뺏기기 전에 얼른 일어나요."

꿈에서 빠져나오듯 효은이 몸을 일으키려 했다.

"장효은."

지금 고백해야 했다. 이 결혼의 내막을 모두 말하고, 그녀가 상처받지 않도록 해야 했다. 주식 따위와 너는 아무 상관이 없다고. 나는 이제 너를 얻기 위해 뭐든지 할 수 있다고.

"봐요. 전화 온다."

효은이 옷을 집어 입는 사이, 침대 옆 테이블 위에 놓인 이도의 핸드폰이 울렸다. 핸드폰 화면에는 박 비서의 이름이 찍혀 있었다. 효은은 그것을 집어 이도에게 내밀었다. 혹시 모를 일탈을 막기 위해서일까. 이도는 바지를 꿰어 입었지만 통화 버튼은 누르지 않았다. 아직은 권 상무로 돌아가고 싶지 않았기 때문이었다.

"들어오세요. 괜찮다니까요!"

"아뇨. 제가 안 괜찮습니다."

이도는 팔짱을 낀 채 두 사람의 실랑이를 옆에서 지켜보고 있었다. 정말 대단한 비서 정신이었다. 이런 걸 보고 비서 정신이라고 하는 게 맞는지는 모르겠지만, 재영은 혹시나 그가 잠을 자지 못하고 새벽 운전을 하게 될까 봐 걱정이 되어 잠을 이루지 못했다고 했다.

재영은 이도가 가진 여분 차를 몰고 그가 출발할 시간에 맞춰 강원도로 내려왔다. 거부할 수 없는 족쇄가 채워지면 이런 기분일까. 이도는 재영을 노려보는 것밖에 할 수 있는 게 없었다.

"제가 빨리 샌드위치라도 만들게요. 그럼 올라가는 길에 같이 드시면 되잖아요."

"아니, 괜찮……."

재영이 거절의 말을 채 내뱉기도 전에 효은이 현관 안으로 들어가 버렸다. 재영은 멋쩍은 표정으로 자신의 보스를 바라봤다. 이도가 젖은 머리를 쓸어 올리며 그에게 다가왔다.

"안 올라갈까 봐 잡으러 왔어?"

"역시 눈치가 빠르…… 있어야 했는데, 죄송합니다."

"알면 됐습니다."

이도는 포기하듯 별장 안으로 걸음을 옮겼다.

속 재료가 분해되어 흘러나오는 샌드위치를 들고 이도는 출근 준비를 마쳤다. 태호에게 아침 인사를 전하고, 효은과 함께 별장 마당으로 나갔다.

"박 비서님한테는 죄송하지만 다행이에요. 가는 길에 좀 자요."

효은이 이도의 넥타이를 바로잡아 주며 당부했다.

"저녁에 봐."

이도는 효은의 입술에 쪽, 하고 입을 맞췄다. 놀란 효은이 차 안을 바라봤다. 다행히 재영은 고개를 숙인 채 핸드폰에 코를 박고 있었다. 본 사람도 없는데 심장이 별나게 두근거렸다.

"주말부부 하기로 했잖아요."

"그래. 넌 주말부부 해. 난 평일부부 할 테니까."

이도가 어이없는 말을 잘도 만들어 냈다.

"내가 원하는 건 다 들어준다면서요?"

"들어주잖아. 주말부부."

"진지하게 안 들을 거예요? 다 아저씨를 위해서라구요."

"내가 뭘 원하는지 물어봤어?"

그의 물음에 효은은 대답하지 못했다. 그의 마음이 어떤지 제대로 물어본 적이 없었다. 보고 싶으냐는 물음에 그렇다고 대답만 했지, 내가 보고 싶었냐고 되묻지는 못했다.

겁이 났다. 늘 겁이 없다고 경고를 받았던 그녀가 그에게서 듣게 될 말이 무서워 아무것도 묻지 않게 되어 버렸다.

이런 게 사랑이란 걸까. 두려움이 많아지고, 나를 나 같지 않게 만들며, 항상 바닥 위에서 한 뼘 떠 있는 듯한 불안함에 동동거리다 그의 다정한 한마디에, 웃는 얼굴 하나에, 모든 걸 가진 것처럼 행복해져 버리는. 시시하고 허무하지만 가진 모든 걸 걸어 버리게 만드는 위험하고도 달콤한 감정. 효은은 처음이라 더 기뻤고, 자주 슬펐으며, 아주 아프기도 했다.

"매일…… 날 보러 오고 싶을 만큼……."

마치 자신이 고백하는 것처럼 효은이 천천히 입을 열었다.

"날 좋아……해요?"

그녀의 물음에 이도가 웃었다. 그러곤 싱겁다는 듯 곧장 입을 열었다.

"몰라. 이게, 어떤 건지 나도 모르겠어."

대답은 빨랐지만, 그는 확신하지 못했다. 효은은 실망한 눈빛을 숨길 수가 없었다. 그렇구나. 당신도 모르는 걸 내가 물었던 거군요. 허무한 개그 프로를 본 것처럼 웃으며 돌아서려 했다. 그 순간, 이도의 입에서 복잡한 말들이 쏟아져 나왔다.

"이렇게 설명하면 되겠어? 지금 네가 나한테 등을 보이면, 세상이 끝난 것처럼 느껴질 것 같은 거. 하루에도 수십 번 네 생각을 하며 웃고, 널 안고 싶어서 미칠 것 같은 거. 내가 하는 모든 걸 너도 똑같이 느꼈으면 하는 거. 세상에 너만 있으면 될 것 같은 거. 이런 게 다 널 좋아해서 그런 거라면…… 맞을 거야. 내가 장효은을 아주 많이 좋아하고 있어."

이게 무슨……. 새벽 출근길 배웅을 하다 나눌 이야기인지는 모르겠지만 효은은 이도를 힘껏 끌어안았다. 재영이 더 이상 기다리지 못하고 차 문을 열고 나왔지만 그녀는 이도에게서 떨어지지 않고 그의 가슴에 얼굴을 묻었다. 그의 심장 소리가 모든 게 진심이라는 걸 증명해 주었다.

"아침 일정 하나가 변경되어서 하산 공장을 돌고 올라가는 스케줄을 잡았습니다. 오후에 예정된 회의 자료는 시간 나실 때 검토하시라고 옆자리에 두었습니다. 지난번과 동일하게 중국 측에 대한 신뢰도 문제에 관한 안건이라 따로 살펴보지 않으셔도 될 것 같습니다. 지시하신 저녁 모임들은 팀장급들로 내려보냈으니 걱정하지 않으셔도 됩니다. 그러니까 지금은 잠깐이라도 눈을 붙이시는 게 좋겠습니다."

사랑에 빠진 보스의 밤낮 구분 없이 열정적인 상태가 지속되면 고생할 사람은 자신이라는 걸 미리 예측한 박 비서의 경고 같은 부탁이었다. 이도는 멀어져 가는 별장을 창밖으로 지켜보며 핸드폰을 꺼내 손에 쥐었다. 진짜 잠을 자지 못해 미쳐 버린 걸까. 방금 전까지 함께 있었던 효은의 목소리가 듣고 싶어졌다.

이럴 거면서 멋진 척을 하려고 태호와의 시간을 만들어 주었다. 후회는 늦었고, 현실로 돌아가야 할 시간이었다. 핸드폰을 손에서 놓지 못한 채 이도는 헤드레스트에 머리를 기댔다. 눈을 감는 순간, 진동이 느껴졌다. 이도가 벌떡 몸을 일으키며 화면을 확인했다.

[서민아]

권 상무의 가면을 써야 할 순간이었다. 하지만 이도는 자꾸만 그 가짜로부터 멀어지고 싶었다. 껍데기로 살아가는 걸 당연하게 여기며 감정 없이 움직이던 자신이 달라져 가고 있었다.

망설이는 사이, 전화가 끊겼다. 다시 눈을 감자 손에서 짧은 진동이 느껴졌다. 민아가 보내온 메시지였다. 확인해 보니 내용도 없이 서류 봉투를 찍은 사진 한 장만 첨부되어 있었다. 영문을 몰라 천천히 화면을 확대했다.

[혈족 확인 검사]

여섯 글자가 그의 눈을 붙잡았다.

9. 온전한 진심

짧은 노크 소리가 들리고 문이 열렸다. 종업원의 안내를 받으며 민아가 방 안으로 들어섰다. 평소와 다름없는 표정이었다.

이도는 시간과 장소만 문자로 알렸다. 민아 역시에 그의 문자에 알겠다는 답변만 보내왔다.

"내가 늦었어요?"

민아는 그의 앞자리에 앉으며 눈을 맞췄다. 이렇게 둘만의 시간을 가지는 게 얼마 만인지. 그 이유가 서류 봉투 한 장 때문이더라도 민아는 상관없었다. 그동안 마음을 졸이며 잠 못 든 시간들을 모조리 보상받는 기분이었다. 이렇게 그와 마주 보고 앉아 있는 것만으로.

욕심 따윈 없었다. 그저 이런 시간이면 되었다. 그가 어느 누구도 사랑하지 않고, 그 자리를 지켜 주는 남자이기를. 사랑해 달라고 바라지 않을 것이다. 자신에겐 그럴 자격이 없다는 것도 잘 알고 있었다. 하지만 다른 여자를 사랑해서는 안 된다. 민아는 효은으로 인해 행복해하는 이도의 모습을 견딜 수가 없었다.

"원하는 게 뭐야?"

이도가 물었다. 그는 흔들리거나 두려워하지 않았다. 꼭 이런 순간이 올 줄 알았다는 것처럼 평소보다 더 차분했다.

"나 배고파요. 밥부터 시키면 안 돼요?"

민아는 그의 말을 듣지 못한 것처럼 행동했다. 그녀답지 않게 어리광도 부려 보았다. 이 억지 같은 시간이라도 조금만 더. 그녀에게 허락해 줄 수 없냐는 절박한 눈빛으로 그를 바라봤지만 이도에게선 냉정한 물음이 날아왔다.

"네가 원하는 게 나야?"

그가 모를 리 없었다. 서류 봉투가 의미하는 바를. 그것이 가지고 있는 목적을. 민아가 그의 비밀을 어떻게 알게 된 것인지는 궁금하지 않았다. 그녀가 이 서류를 준비해 그의 앞에 내밀었다는 건, 다른 누구도 아닌 그에게 원하는 바가 있다는 의미였다.

이 비밀이 새어 나온 근원지가 선영이라면 이도가 아니라 권 회장과 협상을 해야 하는 게 맞았다. 하지만 그를 찾았다. 제발 그의 추측이 틀리길. 가능성조차 차단한 감정이 수면 위로 오르지 않길 빌었지만 그녀는 끝내 참아 내질 못한 것 같았다.

"맞아요. 내가 원하는 건 오빠예요. 내가, 오빠를 좋아해요."

민아는 웃으며 순순히 모든 걸 인정했다. 이제 와 변명하거나 거짓을 말하며 그녀의 감정을 속일 생각은 없었다. 이렇게 해서라도 고백할 수 있다는 게 다행스럽기까지 했다.

"내가 너한테 여지를 준 적 있어?"

빈틈없는 이도에게서 잔인한 물음이 이어졌다.

"아니, 네 감정을 내가 책임져야 할 의무가 있나?"

그의 말들은 민아의 가슴을 고통스럽게 헤집었다. 그래도 괜찮았다. 이 정도는 예상했다. 이런 말들로 무너질 감정이었다면, 스토커라도 된 것처럼 그의 공간을 뒤져 이 검사를 의뢰할 마음을 먹지 않았을 것이다.

"날 좋아해 달라는 게 아니에요. 그냥…… 예전처럼…… 그렇게 나란히 서 있기만 해 줘요. 그 정도 부탁은 들어줄 수 있잖아요."

민아는 오히려 당당하게 요구했다. 이도는 우습다는 듯 눈빛에 가시를 세웠다.

"그깟 부탁 때문에 날 쥐고 흔들 생각을 했어?"

"오빠."

"안타깝지만 그 서류, 나한테는 아무 의미가 없어. 뭐가 달라질 거라고 생각해? 선흥 회장? 넌 내가 회장 자리를 탐낸다고 생각했어? 여태까지 날 다른 감정으로 지켜봤으니 잘 알 거 아니야? 내가 허수아비 인생을 살아왔다는 걸."

그래서 그를 위해 마음을 숨겼다. 우리는 같은 운명이었으니까. 비밀의 문을 연 것은 다름 아닌 이도였다. 그는 사랑이란 걸 해서는 안 됐다. 그녀를 두고 혼자 행복해져서는 안 되는 것이었다.

"그래서 오빠를 믿었어요. 내가 믿게 만들었잖아요. 우리는 그 어떤 것에도 미련 두지 않고 살아야 하는 사람들이라고 오빠가 보여 줬잖아요. 왜 내가 이런 마음을 먹게 만들었어요? 왜? 그 여자랑 행복하게 웃는 오빠를 볼 때마다 내 마음이 어땠을 것 같아요?"

이도는 그제야 이 어긋난 복수심의 이유를 제대로 읽을 수 있었다.

"네가 나한테 가지는 감정이 뭔 줄 알아? 사랑? 아니. 너는 내 불행을 핑계 삼아 네 삶을 위로한 거야. 동정도 연민도 아니야. 그렇게 해서라도 네 마지막 자존심을 챙긴 거야."

민아는 반박할 수 없었다. 하지만 그녀의 감정이 사랑이 아니더라도, 그녀는 이도의 행복을 지켜볼 자신이 없었다. 그가 멀어지는 걸 견딜 수가 없었다.

"내 감정이 뭐든, 지금 내가 원하는 건 하나예요."

"마음대로 해."

이도는 단칼에 거절했다.

"난 들어줄 생각 없어."

그는 어떤 마음이기에 고민조차 하지 않는 걸까. 이제껏 허수아비로 살았으면서. 아무것도 욕심내지 않던 그의 삶이 이렇게나 달라진 이유가 도대체 뭘까. 민아는 그 중심에 한 여자가 있다는 걸 이미 깨닫고 있었지만 인정하긴 싫었다. 뭘 얼마나 만났다고. 서로 조건을 내걸고 진짜도 아닌 가짜 결혼을 해 놓고선 이제 와서 모든 게 진심인 것처럼 구는 모습이 우습기도 했다.

"······그 여자 때문이에요? 그 여자를······ 정말, 사랑해요?"

"그래. ······사랑해. 네가 내민 봉투 따윈 눈에 들어오지도 않을 만큼. 그 사람이랑 있으면 다음을 계산하는 게 의미 없다는 생각이 들어. 내가 살아 있다는 걸 감사하도록 만들어. 난 그것만으로도······ 충분히 행복해."

이도는 다른 사람 같았다.

'사랑해.'

민아는 그를 따라 하듯 입 속에 단어들을 머금었다.

'행복해.'

그가 내놓은 말은 생경했다. 그 이유가 그녀는 단 한 번도 누군가에게 그런 말을 내뱉은 적이 없기 때문이라는 걸 깨달았다.

정말 그의 불행을 빌었을까. 민아는 미련 없이 돌아 나가는 그의 뒷모습을 지켜보며 생각했다. 아니었다. 그런 마음이 아니었다. 그저 단두대 위에 함께 서는 것만으로도 행복할 줄 알았다. 같은 운명이라는 걸 알게 되면서 그녀가 받았던 위로가 사랑이 아니라 마지막 자존심이라고 해도 그의 불행을 바란 적은 없었다. 민아는 서류가 든 가방을 한참 동안 내려다봤다.

❀ ❀ ❀

"여기예요!"

민아는 호들갑스럽게 손을 들고 크게 흔들어 보였다. 남자가 그녀를 알아보고 다가오자 절망으로 뒤덮였던 마음이 거짓말처럼 괜찮아지는 것 같아 입가에 저절로 미소가 걸렸다. 마치, 이 남자를 좋아하기라도 하는 것처럼.

외로웠던 걸까. 누구든 상관이 없었던 걸까.

권이도를 품은 마음이 거짓이라면 그녀는 어떤 게 사랑인지 알 수가 없었다.

"벌써…… 이만큼 드신 거예요?"

승재는 민아의 앞에 놓인 초록색 술병을 보고 그녀를 다시 바라봤다. 취한 여자는 고개를 끄덕이며 말없이 웃었다. 그녀의 맞은편에 자리를 잡고 앉으며 승재는 좀 전의 전화 통화를 떠올렸다.

'내가 좀 이상한 여자라는 거 알아요. 그냥, 누가 내 앞에 좀 앉아 있었으면 좋겠어요. 아주아주 착한 사람이 아무 말 없이 나를 보고 있으면 다 잊을 수 있을 것 같아서 그래요.'

술에 취한 목소리가 절박하게 들렸다. 무슨 사연이 있기에. 이 여자는 아무도 곁에 두지 못하는 걸까. 몇 번 만난 어린 남자를 불러내 외로움을 달래려 하는 걸까. 승재는 자신이 그녀를 동정한다는 걸 알았다. 그 마음이 지금 이 여자에게는 진짜 위로가 되지 못한다는 것도

319

알았지만 거절할 수가 없었다. 닮아 있었으니까. 지금 그와 그녀는 같은 모양으로 사랑을 앓고 있었다.

"저번에…… 좋아하는 사람 있다고 했죠."

민아가 불쑥 확인하듯 물었다.

"아직도 좋아해요?"

승재는 그녀가 확인받고 싶어 하는 것이 무엇인지 알아차렸다.

"……좋아하면 안 되는 사람이에요."

"알아요. 그래도 좋아하죠?"

자신의 마음을 합리화하려는 듯, 민아는 대답이 정해진 질문을 던졌다. 그녀를 가만히 바라보던 승재는 거짓 없이 현재의 진심을 내놓았다.

"……네. 좋아해요. 그래서 행복했으면 좋겠어요. 그게 저 때문이 아니라도."

언제나 그랬다. 효은의 행복이 그의 행복이었다. 그녀가 슬퍼하면 같이 슬퍼해 주었다. 이제껏 그걸 우정으로 착각했지만, 그 당연한 마음이 사랑임을 인정해도 달라질 건 없었다. 그녀가 그 남자로 인해 행복하다면, 그는 더 이상 바라지 않아야 했다. 이 모든 감정을 정리하는 게 맞았다.

"승재 씨는…… 조연 역할에 만족하는구나."

민아는 시시하다며 웃었다.

"조연이 어때서요?"

승재의 되물음에 민아는 반박하지 못하고 테이블 위에 쓰러졌다.

"여기, 여기네요. 감사합니다."

승재는 택시 기사에게 요금을 지불하고 급하게 조수석 문을 열었다. 뒷좌석에 잠들어 있는 민아를 깨우기 위해 발 빠르게 움직였다. 그녀의 몸을 흔들어 봤지만 요지부동이었다. 택시 기사는 눈치를 주며 그가 민아를 업는 걸 도와주었다.

승재는 하는 수 없이 민아를 업은 채 커다란 대문 앞에 섰다. 급한 나머지 지갑에서 운전 면허증을 꺼내 주소를 확인하고, 이곳까지 찾아왔다. 집에 도착할 즈음이면 민아가 깨어날 거라 생각했지만 그의 뜻대로 되지 않았다.

결국 벨을 누르자 경계심 강한 목소리가 날아왔다.

— 누구시죠?

"혹시 여기가 서민아 씨 댁 맞습니까?"

— 어머, 잠시만요!

여자의 놀란 목소리가 사라지고 곧장 대문이 열렸다. 승재는 안으로 들어서며 큰숨을 한 번 내쉬었다. 등 뒤에서 뒤척이던 민아가 그의 목을 조금 더 세게 끌어안았다.

"이게 무슨 일이야? 아가씨! 아이고, 술 냄새야."

집안 도우미로 보이는 여인이 카디건을 반쯤 걸친 채 헐레벌떡 뛰어나왔다. 승재는 그녀의 안내를 받으며 집 안으로 들어섰다. 그의 좁은 투 룸과는 비교도 안 될 만큼 어마어마한 크기의 거실이 나타나고 로브를 걸친 한 여인이 소파 가운데 서 있는 게 보였다.

"2층 방으로 안내해 줘요."

그녀는 놀란 기색조차 보이지 않았다. 어디서 봤더라. 승재는 짧게 인사를 건네며 낯익은 여자에 대해 떠올리려 애썼다. 효은의 결혼식. 그 남자의 친척들 무리에 함께 서 있던 여자였다. 이 여자와 민아는 어떤 관계인 걸까. 그것은 곧 쉽게 밝혀졌다.

"민아 엄마예요."

승재가 민아를 침대 위에 눕히고 거실로 내려오자 선영이 기다리고 있었다.

"아, 네. 한승재라고 합니다."

승재는 자신과 민아의 관계를 뭐라고 설명해야 하나 망설였다. 그러는 사이, 선영에게서 빠르고 단도직입적인 질문이 날아왔다.

"만나는 사인가요?"

"아. 아닙니다. 친구 결혼식 때 신세 진 게 있어서 얼굴 몇 번 본 게 전부입니다."

거짓말에 능하지 않은 승재는 오해하지 않을 선에서 사실을 덧붙였다.

"그래요? 이런 적이 처음이라. 내가 실례를 했다면 이해해 줘요."

"괜찮습니다. 그럼."

승재는 얼른 예의를 갖춰 인사를 건네고 집을 빠져나갔다. 선영은 그의 뒷모습을 지켜보다 2층으로 올라갔다. 민아의 방문을 열자 술 냄새가 지독했다. 몇 번 만난 어린 남자의 등에 업혀 올 만큼 무너진 이유가 무엇일까. 선영은 궁금증이 좀처럼 가라앉지 않았다. 그녀는 화장대 위로 눈을 돌렸다. 민아의 가방이 보였다. 천천히 그곳으로 걸음을 옮겼다.

✾ ✾ ✾

[왜 답장이 없어?]

[아침 회의 들어가.]

[다시 회의.]

[전화 엇갈렸네.]

[서울에서 먹고 싶었던 거 말하라고, 사 갈게.]

[박 비서가 핸드폰 가져갔음. 미안.]

[보고 싶어.]

마지막 문자를 내려다보던 효은이 작은 한숨을 내쉬며 얼굴을 붉혔다. 올라간 입꼬리가 좀처럼 내려오지 않았다. 기분이 하루 종일 소풍 전날처럼 설레어 여러 번 심장 소리를 체크해야 했다.

예전부터 집안일을 봐주던 정희 아주머니가 별장에 내려와 짐 정리를 도와주었지만 핸드폰에 정신이 팔려 몇 번이고 그녀의 부름을 놓치기 일쑤였다. 누구랑 그렇게 연락을 하냐고 아주머니가 물어도 그녀는 그저 실없이 웃기만 했다.

"박사님. 우리 효은이, 시집가더니 더 예뻐진 것 같죠?"

"여기서 더 예뻐지면 어쩌나, 나도 걱정하던 참이야."

정희의 말에 태호가 한술 더 뜨며 효은을 더 부끄럽게 만들었다.

"왜 그래요, 두 분 다. 뭐 드시고 싶으세요? 오늘은 제가 쏠게요."

"아주 비싼 거 시켜야겠는걸."

"할아버지 좋아하시는 이림 초밥 드실래요?"

"그 집 초밥이 여기까지 배달된다고? 분점이 있어?"

농담인 줄 알았던 정희가 가능한 일인가 물었다.

"아……. 먹고 싶은 거, 사 오겠다고 해서요……."

"누가? ……어머나! 새신랑이 사 오는 거야?"

"……새신랑. ……네. 신랑이요."

그녀는 작게 말하며 웃었다.

"그럴 필요 없다고 해."

잠시 핸드폰에 시선을 주던 태호가 효은을 바라보며 말했다. 그녀
는 아차 싶었다. 그를 자꾸 내려오게 만드는 철없는 행동을 꾸짖는 건
가 싶어 반성이 되기도 했다. 이도의 방문이 태호에게는 신경 쓰일 수
도 있을 것이다. 혹시라도 할아버지가 부담감을 가지지 않도록 효은
은 얼른 말을 바꿨다.

"응. 그냥 오늘은 오지 말라고 할게."

"그래. 네가 올라간다고 해."

"응. ……응?"

할아버지의 말을 이해하기 전에 별장으로 손님이 찾아왔다.

휴가를 받은 현철은 안부를 전하고, 태호의 상태도 확인할 겸 겸사 겸사 방문했다고 전했다. 하지만 효은은 그의 말을 곧이곧대로 받아 들일 수 없었다. 곧 할아버지가 벌인 일이라는 걸, 깨닫게 되었다.

"다녀와. 권 상무 고생시키지 말고."

어린 손녀의 철없는 행동을 지켜보며 그는 무슨 생각을 했을까. 효 은은 불쑥 감춰 왔던 죄책감이 솟아올랐다. 할아버지와의 마지막 시 간을 위해 내려왔으면서 마음속으로는 이도만 생각하며 지낸 것 같았 다. 아픈 태호의 옆에서 그를 떠올리며 웃고 행복해하던 자신이 부끄 러웠다.

"이제 정희 씨도 있고. 걱정할 일 없다. 주말에만 와."

그녀에게 남은 가족은 태호 한 명뿐이라고 여겼다. 그를 잃으면 모 든 걸 잃는 것 같아 지푸라기도 잡는 심정으로 이도와 결혼했다. 그랬 던 그녀가 어느새 이도를 전부처럼 여기고 있었다. 할아버지 태호는 알았을까. 그녀의 이런 쉽고도 가벼운 마음을. 또 얼마나 서운했을까.

"당연한 거야. 그렇게 해야 하는 게 맞고. 권 상무가 여길 내주며 같이 지내겠다고 했을 때, 말려야 했는데 그러질 못했어. 나도 너희들 과 같이 살아 보고 싶었던 건가…… 생각했다. 네가 행복한 모습 봤 으니 됐어. 지금까지 받은 것만으로도 충분해."

효은은 눈물을 삼키며 밝게 고개를 끄덕였다.

"그래. 그러지 뭐. 다녀올게."

할아버지를 제대로 바라보지도 못한 채 그녀는 서울 갈 채비를 했다. 더 나쁜 손녀가 되려는 것처럼 그의 마음을 이해하지도 못하고, 그에게 시위하듯 가방을 싸서 현철의 차에 올랐다.

이렇게 골을 부리면 안 된다는 걸 알면서도, 그녀는 마지막까지 별장을 돌아보지 않았다. 곧장 미안하다며 태호의 손을 잡아 주지 못했다.

"효은아."

서울로 올라가는 내내 효은은 말없이 눈물을 흘렸다. 울보는 답이 없었다. 안타까움을 참지 못한 현철이 그녀의 이름을 불렀다. 효은은 정신을 차리듯 얼른 눈가를 훔쳤다.

"괜찮아요. 다 제 잘못인데요."

"누구 잘못이 어디 있어."

현철은 의사로 지내며 수많은 이별을 봐 왔다. 부모의 긴병을 간호하며 지친 자식이 술에 잔뜩 취해 이제 그만 가 주셨으면 좋겠다고 하소연하는 모습을 보았을 땐, 인간에게 생이 너무 잔인하다는 생각도 들었다.

서로를 탓할 순 없었다. 남은 사람들에겐 살아야 할 날들이 있으니, 떠날 이들은 그들에게 미련을 남기지 말아야 했다. 어느 쪽이든 죄책감 앞에서 자유로울 수 없었다.

"……모르겠어요. 처음엔, 할아버지를 위해서 결혼해야 한다고 생각했어요. 행복한 모습을 보여 드리면 더 좋아하시겠지. 기뻐하시겠지. 내 행복이 할아버지의 행복이니까. 그렇게만 생각하고 여기까지 왔는데, 이젠 할아버지 마음 하나 제대로 읽지 못해요. 나는 할아버지를 위해서 그 사람이랑 결혼했는데, 이젠 그 사람이 옆에 없는 게 더 견딜 수가 없어요."

사랑이 그랬다. 현철은 효은의 엄마 희진을 떠올렸다. 그녀가 마음에 품은 남자는 사랑해선 안 될 사람이었다. 그런데도 그녀는 약혼할 여자가 있는 남자의 아이를 가졌다. 태호는 뒤늦게 모든 걸 받아들였지만 곧 딸을 떠나보내야 했다. 상복을 입은 채 자지러지게 우는 효은을 텅 빈 눈으로 내려다보던 스승의 눈빛이 아직도 잊히지 않았다.

"다르게 생각해 봐. 네가 그 사람이 아니었다면 지금을 어떻게 견뎠을까? 박사님이 바라는 모습으로 곁에 있어 드렸을까? 힘들어하는 네 모습 보면서 끝을 준비하셨다면 더 괴로우셨을 거다."

사람을 잃은 슬픔은 사람으로 위로받는 것이 아닐까, 현철은 태호가 효은을 홀로 키워 내는 모습을 보며 깨달을 수 있었다. 그때의 태호가 효은에게 위로받았듯 효은은 그 남자에게 위로받고 있는 것이겠지.

"네가 지금 할 일은 그 사람을 더 원 없이 사랑하는 거다. 그게 할아버지를 잘 보내 드리는 방법이야."

효은은 현철의 말을 받아들이며 창가로 고개를 돌렸다. 할아버지는 처음부터 모든 걸 알고 그녀와 그를 이어 주려 했던 것일까. 그녀가 그를 사랑할 것을, 그래서 자신과의 이별에 덜 아파할 것이라는 걸. 서울이 가까워져 올수록 그녀는 어쩔 수 없이 한 남자가 보고 싶어졌다.

❋ ❋ ❋

"내 핸드폰 어디 있습니까?"

이도가 재영에게 손을 내밀었다.

"다시 회의 들어가셔야 합니다."

선을 넘는 비서의 행동에 이도의 눈빛이 날카로워졌다.

"내가 잠깐 개인적인 통화 하는 것도 제한받는 자리에 앉아 있는 줄 몰랐습니다."

"상무님."

재영은 강원도에서 서울로 올라오는 동안 이도에게 무슨 일이 생겼다는 것을 직감했다. 급히 민아를 만난 것도 그 추측에 힘을 실어 주기 충분했다. 평소와 같이 스케줄을 소화하며 권 상무로서의 역할을 잘 수행하고 있었지만 분명히 뭔가가 달랐다.

그것이 효은에 대한 집착으로 이어진 걸까. 그는 수시로 문자를 보내고 잠깐 시간이 날 때마다 그녀와 통화하려고 했다. 한창 사랑에 빠진 남자가 보이는 흔한 모습이었지만 재영은 이도의 표정이 신경 쓰였다.

그는 이전과 다르게 웃지 못하고 있었다. 무언가 놓칠까 봐 잔뜩 날이 서 있는 것만 같았다.

비밀. 재영은 언젠가 이도가 했던 말이 떠올랐다. 알아도 모른 척해 줄 수 있느냐고. 그것만 가능하다면 비서 자리를 주겠다고 했었다. 늘 흔들리지 않으려 자신을 더 채찍질해 온 보스였다. 이도가 조금씩 따뜻하게 변해 갈수록 재영은 알 수 없는 불안감에 휩싸였다.

민아의 눈물은 그의 형체 없는 걱정을 수면 위로 떠오르게 만들었다. 이 여자가 그 비밀의 열쇠를 쥔 것은 아닐까. 이도의 운명을 바꾸는 것은 아닌지. 그렇다면 막고 싶었다. 그에겐 지금의 권이도를 지켜 내야 할 의무가 있었다.

"오후 스케줄 몇 개 남았습니까?"

"모두 조정할 수 없는 것들입니다."

이도는 빠져나갈 문까지 닫아 버리는 재영의 대답에 웃음이 나왔다. 무슨 일이 벌어질지 그로서도 알 수 없었다. 그가 보인 태도에 민아가 어떤 결정을 할지. 차라리 모든 걸 밝히고 그 족쇄를 벗어 버리고 싶다는 생각도 들었다.

그러자 효은이 떠올랐다. 아무것도 모르는 여자. 겁쟁이가 된 것처럼 그녀에게 진실을 말하지 못한 채 시간을 끌고 있었다. 지금의 행복 때문일 것이다. 너무 달콤해 놓치고 싶지 않았으니까. 불안했으니까.

그녀를 사랑할수록 그는 자신의 비밀 앞에서 혼란스러워졌다.

때마침 그의 전화가 울렸다. 화면을 확인한 재영이 그에게 핸드폰을 내밀었다. 효은이었다. 이도는 곧바로 안도감이 들었다.

"응. 나야."

— 바쁘죠?

"너랑 전화할 시간은 돼."

이도가 다정하게 말하며 차가운 눈으로 앞의 재영을 바라봤다. 뜻을 이해한 재영은 고개를 숙이고 상무실을 빠져나갔다.

— 저녁 안 사 와도 된다고 말하려고 전화했어요. 그리고 오늘은 내려오지 마요.

효은이 재빨리 전화를 건 목적에 대해 말해 왔다.

"……왜?"

이도는 어쩔 수 없는 섭섭함을 느꼈다. 나는 이리도 보고픈데. 너를 놓칠까 봐 겁쟁이가 되어 가고 있는데. 그 혼자만의 마음인 것 같아 아이처럼 원망이 찾아들었다.

— 누구 좀 만날 거예요.

"누가 놀러 오기로 했어?"

그는 감정을 숨긴 채 덤덤하게 물었다.

— 아뇨. 내가 만나러 가고 있어요.

"……"

— 너무 보고 싶어서.

덜컥. 그녀의 말이 심장에 걸렸다. 이도는 뒤늦게 효은의 말을 이해했다. 벅찬 마음에 행동이 바빠졌다.

"어디야, 너?"

— 이제 눈치챘어요?

장난기를 머금은 효은의 목소리가 모든 걸 위로했다. 그의 불안을 한순간에 씻겨 내려가도록 만들었다.

— 회사 근처에서 기다릴게요. 천천히 와요.

"아니야. 지금 갈게."

이도는 책임감 따윈 모르는 사람처럼 단숨에 몸을 일으켰다. 가짜 권이도. 허수아비 권 상무. 그를 옭아매던 모든 게 한 여자 앞에서는 소용없어졌다.

— 사실은…… 로비에 있어요.

그는 전화를 끊고 차 키를 챙겼다. 상무실 문을 열고 나서자 예상치 못한 인물이 박 비서의 부축을 받은 채 서 있었다.

"마침 자리에 있었구나."

노인이 천천히 그의 앞으로 다가왔다. 이곳에 있을 사람이 아니었다. 단 한 번도 그의 위치를 눈으로 직접 확인한 적이 없었다. 그가 끄는 지팡이 소리가 이도의 심장을 긋는 것만 같았다.

"여긴…… 어쩐 일이세요?"

이도의 표정을 읽은 권 회장이 쯧쯧, 혀를 찼다.

"내가 못 올 곳에 왔어? 들어오너라."

그가 직접 손자의 발에 채운 족쇄를 확인하러 온 걸까.

이도는 핸드폰을 손에 쥔 채 그 자리에서 움직이지 못했다.

엘리베이터의 문이 열릴 때마다 효은이 고개를 들었다. 금방 내려
오겠다던 이도에게선 다른 연락이 없었다. 다시 통화 버튼을 누르려
던 효은은 결국 손가락 끝을 화면에 내려놓지 못했다.

바쁜 사람이었다. 그녀가 나타났다고 해서 모든 걸 제쳐 두고 달려
올 만큼 가벼운 자리에 있는 남자가 아니었다. 어설픈 서프라이즈로
그를 곤란하게 만들어선 안 된다는 반성이 들었다.

효은은 친구와의 약속이 생겼다며 퇴근 후에 만나자는 문자를 보
냈다. 정말 오랜만에 서울에 왔으니 승재를 만나고 내려가는 게 맞을
것 같았다. 밀린 이야기가 많았고, 서운함을 표현하지는 않았지만 그
녀를 걱정하고 있을 게 분명했다.

대기 의자에서 몸을 일으켜 로비를 빠져나가려던 효은은 뜻하지
않은 인물과 맞닥뜨렸다. 효은이 고개를 숙이자 비서를 대동한 여인
이 그녀의 앞으로 다가왔다.

"여기서 보네요."

선영은 효은을 마주하며 처음으로 활짝 미소를 보였다.

카페 안은 조용했다. 밀실 같은 공간으로 들어서며 효은은 그의 큰
고모에게 취해야 할 태도에 대해서 계산했다. 고모님들과 사이가 좋

지 않다는 것은 첫 가족 식사 자리에서 알아챘다. 그는 자신의 가족까지 신경 쓸 필요가 없다며 그녀를 배려했지만 그래도 예의를 갖추는 게 맞는다는 생각이 들었다. 효은은 이제 이도를 진짜 남편으로 받아들였고, 거기에 맞는 행동을 취하고 싶었다.

"지금 강원도에 있다고 들었는데. 할아버님은…… 좀 어떠세요?"

간단히 음료를 주문하고 두 사람은 마주 앉았다. 선영이 효은에게 눈을 맞추며 조심스럽게 물었다.

"공기 좋은 곳에 계셔서…… 많이 괜찮아지셨어요."

"다행이네요."

선영은 정말 자신의 일처럼 안심했다.

"서울엔 볼일이 있었나 봐요?"

"아, 네……. 그냥, 이것저것."

허둥대며 대답하는 효은을 보며 선영의 입가가 동그랗게 올라섰다.

"그래서 이도는 만났어요?"

표정에서 모든 게 뻔하게 읽히는 걸까. 그 볼일이 이도를 만나는 게 아니라는 거짓말은 할 수가 없었다. 효은은 평소 자신처럼 솔직하게 대답했다.

"바쁜 거 같아서 기다리려고요."

"좋을 때네요."

선영은 조카 부부를 흐뭇하게 생각하는 것처럼 보였다. 영란을 대면했을 때와는 달랐다. 그녀에게선 여유가 느껴졌고, 윗사람으로서의 위엄이 묻어났다. 그래서 효은은 용기 내 말을 건넸다.

"철없이 구는 건 아닌가 싶어요. 분가도 빠르게 결정하고. 아저씨, 아니, 이, 이도 씨가 여러 가지로 신경 쓰게 만들고. 고모님들 보시기엔 못마땅하실 수도 있을 것 같아요."

모든 결정이 그녀의 상황에만 맞춰졌다. 그걸 너무 당연하게 생각하고 있었던 건 아닌지, 효은은 이도의 고모를 만나면서 돌아보게 됐다.

"전혀요. 그런 부담 느낄 필요 없어요. 두 사람 일이니 결정은 두 사람이 하는 게 맞죠. 우리 아버지야…… 섭섭하실 수도 있겠지만, 이도 마음이 우선이죠. 두 사람 잘 지내면 그것으로 만족하실 거예요."

선영의 생각을 듣고 나자 효은은 마음이 한결 가벼워졌다. 결국 그녀의 마음을 편하게 하려고 꺼낸 말이 아닌가 싶기도 했다. 만약 이도가 이런 상황이었다면 그녀도 똑같은 결정을 했을까. 그 물음 앞에선 선뜻 '그렇다'고 대답할 수가 없었다.

"나도 어린 나이에 결혼을 했어요. 뭐가 뭔지, 내가 하는 행동이 맞는지. 의문이 들 때가 많았어요. 솔직히 말하면 사랑해서 결혼한 것도 아니었으니까 더 따지고 고민할 게 많았던 것 같아요. 그러다 보니…… 결혼 생활에서 믿음만큼 중요한 게 없다는 걸 알겠더라고요."

믿음이란 단어 앞에서 효은은 가슴이 무거워졌다. 그의 진심을 의심하지 말자. 뛰는 그의 심장만 믿자고 했지만 점점 욕심이 나기도 했다. 이도가 언제쯤 자신에게 모든 걸 털어놓을까. 아닌 척했지만 그녀는 솔직해질 그를 기다리고 있었다.

"말하고 나니 나도 어쩔 수 없이 옛날 사람이란 생각이 드네요. 두 사람이 어련히 알아서 할 텐데, 무슨 어설픈 충고를 한다고. 그냥 한 귀로 듣고 흘려 줘요."

선영은 자신을 돌아보듯 미안한 웃음을 건넸다.

"아뇨. 저한테 많이 도움이 되는 말씀을 해 주셨어요."

효은은 선영이 난처하지 않도록 얼른 말을 붙였다.

"그렇다면 다행이고요. 난 회의 시간이 다 돼서 먼저 일어나 봐야겠어요."

핸드폰 문자를 확인한 선영이 가방을 챙겨 몸을 일으켰다. 효은이 자리에서 일어나 배웅하려 하자 그녀가 손사래를 쳤다.

"나올 필요 없어요. 여기서 기다렸다가 이도랑 좋은 시간 보내요."

"아…… 네. 그럼, 다음에 뵐게요."

"그래요. 조카며느님."

선영이 다정하게 효은의 어깨를 두드려 주었다.

카페 주차장으로 들어선 선영은 차에 급히 올라타며 비서에게 물었다.

"언제 도착하셨다고?"

"30분 전입니다."

방금 전 카페에서 문자 내용을 확인했을 때 그녀의 머릿속에선 여러 가지 계산이 스쳐 지나갔다.

이도가 상무 자리에 오른 뒤 권 회장은 일선에서 물러나며 작정이라도 한 것처럼 발걸음을 뚝 끊었다. 선영은 그게 손자에 대한 그의 믿음을 보여 주기 위한 쇼맨십이라고 생각할 수밖에 없었다. 그렇게 차곡차곡, 하나하나, 상대는 의미가 부여되고 있다는 걸 눈치채지 못하는 사이 상대를 자신의 생각대로 움직이게 만드는 양반이었다.

그런데 그런 권 회장이 회사까지 찾아왔다.

"지금 위치는?"

"권 상무님 집무실에 계시다고 합니다."

이리도 고약한 아비일 줄은 몰랐다. 선영은 속에서 뜨거운 것이 치밀어 올랐다. 오직 하나만을 위해서 달려온 것은 똑같았다. 불행한 결혼. 껍데기 남편. 주워 온 딸. 그 안에서 진짜는 없었다. 남들처럼 살라는 가훈에 따라 모든 걸 감내했다. 그 대가가 아비의 배신이란 말인가.

왜. 왜, 그녀가 아니란 말인가. 왜, 그녀는 될 수 없다는 건가.

그 물음의 답을 찾아낼 것이다. 끝까지 싸울 것이다.

선영은 입술을 질끈 깨물었다.

✳ ✳ ✳

테이블 상석에 앉은 무상은 어제까지 이 자리를 지킨 사람처럼 익숙한 모습이었다. 타고난 장사꾼. 그를 정의하는 말이었다. 자식을 앞세울 때도 흔들림 없던 어깨였다. 무엇이든 원하는 걸 얻어 내는 능력이 탁월했다. 나이가 들어도 달라지는 건 없었다.

"새아기 생부가 보내온 거다."

권 회장이 이도의 앞에 서류 봉투를 내밀었다. 외국에서 왔다는 것을 보여 주듯 봉투 위에 마크가 겹겹이 찍혀 있었다. 뻔뻔한 속내를 드러내는 봉투들이 하루가 멀다 하고 그의 인내를 시험하고 있었다.

이 안에 무엇이 들었을지 이도는 확인하기가 겁이 났다. 언제나 시키는 대로만 이행하며 살았고, 그에겐 무서운 게 없었다. 내쳐질 준비까지 했던 자신이었다. 그런데 효은의 문제 앞에선 달라져 버렸다.

"예상 못 한 일은 아니다. 돈 앞에서는 다들 별수 없는 법이지. 손 박사 상태도 알게 됐을 테고. 혹시나 했지만 어쩔 수 없구나. 너를 만나고 싶다는 게 조건이란다. 원하는 만큼 쥐여 주고 확실하게 정리하고 와."

효은의 생부가 권 회장 앞으로 보내온 것은 자필 유언장이었다. 효은의 어머니가 생전에 남긴 흐릿한 글씨들. 한참 전에 효력을 잃어버린 내용 안에는 그녀 앞으로 된 재산을 당시 남편에게 넘긴다는 뜻이 담겨 있었다. 단, 자신의 아버지 태호가 생을 마감했을 시, 라는 조건

이 따라붙었다.

"알아보니 그 주식 반이 이미 효은이 생모 앞으로 넘어가 있었어. 유언장 같은 건 몰랐을 테니 손 박사도 효은이 몫인 줄로만 알고 정리했을 게다. 소송을 해도 우리가 뺏길 건 없다. 시간 싸움에 불리해질 뿐이지. 그 기회를 잡을 사람이 누군지 계산해라."

권 회장의 말이 귀에 들어오지 않았다. 이 싸움에서 가장 상처받을 사람이 누군지 분명했다. 효은을 아프게 하는 일에 가장 앞서라는 무상의 지시에 이도는 예전처럼 생각 없이 고개를 숙일 수가 없었다.

"그 주식은 받지 않겠습니다."

이도는 서류를 다시 권 회장 앞으로 내밀었다. 무상의 눈빛이 서늘하게 바뀌며 지팡이를 움켜쥐고 있는 손에 힘이 들어갔다.

"……무슨 소리를 하는 게야?"

"싸움에서 지지 않으면 되는 것 아닙니까?"

그가 원하는 대로 회장 자리에 앉는 건 지금 이루어 둔 것들로도 충분히 가능하다 생각했다. 처음부터 선영을 이길 자신이 있었다. 그녀가 한 발 움직이면 이도는 두 발 더 앞서가려 노력했다. 그렇게 숨도 쉬지 않고 달려왔다. 그러니 이 모래성이 한순간에 무너질 일은 없었다.

"어리석은 놈."

무상이 가방에서 서류 하나를 더 꺼내 이도의 앞으로 던졌다.

[혈족 확인 검사]

이도의 시선에 익숙한 글자가 잡혔다. 저절로 웃음이 흘렀다. 이리도 빠르게. 상황이 그가 예상한 시나리오보다 한발 더 앞서 흘러가고 있었다.

선영이 기회라는 것처럼 찾아와 이 비밀을 내밀었을 때 권 회장은 자신의 딸을 한참 동안 바라보기만 했다. 결국 그릇이 그것밖에 되지 않는 딸에 대한 실망감보다 그녀를 믿었던 본인에 대한 후회가 더 컸다.

무상은 마지막 전쟁의 서막을 알리듯 딸 앞에 준비해 둔 서류를 올려놓았다. 이도에게 전 재산을 물려준다는 내용의 유언장이었다. 선영은 피가 솟구친 눈으로 아비를 바라봤다. 무상은 목적이 하나라는 것처럼 입을 열었다. 비밀을 누설하지 않는다면 유언장의 내용이 달라질 것란 제안이었다. 지독한 싸움의 시작이었다. 누구보다 지치지 않아야 할 사람은 그가 전부를 건 손자 권이도였다.

"네가 권씨 핏줄이 아니어도 이길 수 있는 패는 그것뿐이야. 그 조건으로 한 결혼이다. 네 몫이야. 악착같이 버틴 세월을 다 무용지물로 만들 셈이야? 이제 와 바보가 되겠단 소리냐?"

내가 믿어 준 만큼 너도 그 몫을 하라는 소리였다. 이도는 진절머리가 났다. 이 모든 게 무슨 의미가 있을까 싶었다. 제 발로 걸어 들어간 덫이 목을 옥죄었다. 전부 허무해졌다.

"저한테 원하시는 게 회장 자리입니까? 아니면 제 행복입니까?"

그가 서늘하게 가라앉은 목소리로 상황을 정리하듯 말했다.

"할아버지가 원하시는 걸 들어드리겠습니다."

이도는 정말 알고 싶었다. 어쩌면 기대했을지도 모른다. 권 회장이 자신을 권이도 그 자체로 받아들여 주지는 않을까. 피는 그저 피일 뿐이라고. 마지막 희망은 포기를 모르고 멋대로 그의 가슴을 맴돌았다.

"독일에 다녀와라. 그리고 회장이 돼."

흔들림 없는 무상의 눈빛이 이도의 마음을 깊게 베었다.

'너는 권씨다. 누구에게도 들켜선 안 된다.'

그날이 떠올랐다. 가짜가 되던 날. 달라질 것은 없었다. 그에겐 기대를 가질 권리조차 부여되지 않았다.

"대신, 여기가 마지막입니다."

이도가 무상의 눈을 정면으로 바라봤다. 그의 입에선 뱉어진 말이 노인에게 닿으며 그들의 세월을 한순간에 스쳐 지나가게 만들었다. 권 회장은 노여운 눈으로 손자를 건너다볼 뿐이었다.

"주식은 받아 내겠습니다. 저를 거둬 주신 은혜에 대한 보답은 하겠습니다."

"……."

그 뒤에 이어질 말은 듣지 않아도 알 수 있었다.

"그러니 이제 저를…… 놓아주십시오."

무상은 아무런 말도 듣지 않은 것처럼 지팡이를 짚고 일어섰다. 이도는 무상의 뒷모습을 바라보면서 포기하지 않고 말을 이었다. 이것이 그가 할아버지에게 처음으로 내뱉은 온전한 진심이었다.

"진짜 권이도로 살고 싶습니다."

❀ ❀ ❀

한산한 테이블을 치우고 있던 기수가 손님의 얼굴을 확인하고 반가움을 감추지 못했다.

"이게 누구야?"

효은은 어제도 왔던 사람처럼 기수 앞으로 다가가 자리를 잡고 앉았다.

"잘 지냈죠, 오빠?"

"나야 늘 똑같지. 근데 승재가 너 강원도로 내려갔다고 했는데, 아니었어?"

가게 안을 둘러보았으나, 승재는 보이지 않았다. 효은은 녀석과 전화 연결이 되지 않아 무작정 기수의 가게로 찾아온 길이었다. 카페에서 조금 더 기다렸지만 이도에게선 답장이 없었다. 대신 박 비서에게서 급한 회의가 잡혔다는 문자가 들어왔다. 혹시라도 그녀가 무작정기다릴까 봐 걱정돼 연락한 것 같았다.

효은은 서운함을 느끼지 않기 위해 일부러 몸을 일으켰다. 누구라도 만난다면 지금의 마음을 다스릴 수 있을 것이라 생각했다. 그녀가 돌아봐도 우스운 감정이었다. 제멋대로 찾아와 보고 싶다고 말하면 그가 바로 달려올 줄 알았나. 이리도 철없는 부인이 어디 있을까. 대학 친구들과 말했던 진상 애인의 표본이 바로 그녀라는 걸 뒤늦게 깨달았다.

"서울 공기 마시러 잠깐 왔어요."

"에? 이 답답한 미세 먼지를?"

기수가 진심이냐며 되물었다.

"오빠 해물파전도 그립고요."

"그렇지? 그것 때문이지? 우리 승재 보러 온 건 아니지?"

그의 한마디에 효은은 뜨끔하며 웃었다.

"그럴 리가요. 요즘 한승재 잔소리 안 들어서 행복해요."

말은 그렇게 해도 자꾸 뒷문을 훔쳐보는 효은의 행동은 기수를 흐뭇하게 만들었다. 그는 얼른 해물파전을 만들어 주겠다며 주방 안쪽으로 들어갔다.

공간이 잠잠해지자 효은은 다시 기분이 가라앉았다. 핸드폰을 꺼내 화면을 확인했지만 새로 들어온 메시지나 부재중 전화는 없었다. 그런데 이 녀석은 핸드폰까지 꺼 두고 어디를 간 걸까. 효은은 그동안 자신이 친구에게 너무 무관심했음을 반성했다. 그걸 이해해 주지 못할 녀석은 아니었지만 권이도란 남자를 향한 마음이 깊어질수록 놓치는 것들이 많아진다는 생각이 들기도 했다.

저절로 할아버지가 떠올랐다. 효은은 통화 목록에서 태호의 이름을 찾았다. 하지만 손은 망설이다 다른 글자를 눌렀다. 통화음이 몇 번 울리고 정희 아주머니의 목소리가 들렸다. 그녀는 할아버지는 괜찮으시다는 말부터 건넸다. 효은은 자신의 일정을 설명한 뒤 간단히 통화를 마쳤다.

어쩐지 마음이 더 무겁게 가라앉았다. 자꾸만 핸드폰을 의식하는 자신이 싫어졌다. 몸에서 떨어뜨려 놓고 충전도 할 겸 그녀는 카운터로 향했다. 충전기에 핸드폰을 연결해 놓고 몸을 일으키는데 가게 안으로 익숙한 인물이 들어섰다.

"너……?"

장바구니를 든 승재가 토끼 눈을 했다.

"못 보고 가나 했는데."

효은은 반가워 얼른 승재에게로 다가섰다. 그 순간 녀석의 뒤쪽에서 인기척이 들렸다.

"승재 씨, 핸드폰 여기……."

효은을 발견한 민아가 자리에 멈춰 섰다.

"승재랑…… 아는 사이일 줄은 몰랐어요."

민아와 효은은 기수가 내온 해물파전을 가운데 두고 마주 앉았다. 마치 친한 친구들의 술자리처럼 자연스러운 분위기였다. 효은의 방문을 예상하지 못한 승재는 자초지종을 설명할 새도 없이 갑자기 들이닥친 단체 손님을 받느라 분주하게 움직여야 했다.

언제나 파리만 날리던 가게가 이런 때를 기다린 것처럼 두 여자에게 위험한 시간을 만들어 주었다. 민아가 먼저 얘기 좀 나누자며 가볍게 제안했고, 효은은 거부하지 않았다. 왜 그녀가 자신의 친구인 승재와 가깝게 지내는지 궁금하기도 했다.

"정확히 말하면 내가…… 일부러 접근했어요. 이도 오빠와 결혼한 여자가 궁금했거든요."

민아는 거침없이 진실을 말했다. 이제 와 승재가 모든 사실을 알게 된다고 해도 달라질 건 없었다. 이도에게 서류를 내밀었을 때 이미 모든 게 끝났다는 걸 직감했다. 그 이후로 그녀의 감정은 계산되지 못했고, 진실과 거짓이 가진 의미를 잃어 갔다.

"예상하지 않았어요? 내가 오빠한테 어떤 감정을 가지고 있는지."

효은은 오히려 민아가 대단하다는 생각이 들었다. 절대 가져선 안 되는 마음이 아닌가. 아무리 입양되었다고 해도 엄연히 가족이었다. 효은으로선 도저히 이해할 수 없는 당당함이었다.

"감정은 자유이긴 하지만요. 그게 정상이라고 생각하세요?"

효은이 날카로운 목소리로 묻자 민아가 웃었다.

"맞아요. 절대 가져선 안 되는 마음이죠. 내가, 감히 오빠를."

솔직함을 빙자한 무례함이라고밖에 생각할 수 없었다. 조금이라도 그녀를 흔들고 싶은 걸까. 효은은 민아의 발악에도 동정심조차 들지 않았다.

"그걸 아시면서 왜 제 뒷조사를 하셨어요? 승재랑 친해져서 얻는 게 뭔가요? 지금 상황도 그 사람이 오해하게끔 전할 생각인가요?"

효은이 당돌하게 몰아붙였지만 민아는 죄책감조차 들지 않았다.

"내 보고 하나에 흔들릴 만큼 서로에 대한 믿음이 없어요?"

"……."

답하지 못하는 효은의 눈동자가 흔들렸다. 민아는 너무도 쉽게 그녀의 약점을 잡았다. 이미 악역은 정해져 있었고, 그 역할에 충실하면 되는 것이었다. 이제 와 착한 척이라니. 스스로가 생각해도 우스웠다.

"오빠를…… 얼마나 알아요? 오빠가 하는 말이면 다 믿을 수 있어요? 선흥 사람들은 착한 한승재 씨랑은 달라요. 날 봐요. 구역질 나는 그런 감정을 갖고도 이렇게 뻔뻔하잖아요. 언제까지 버틸 수 있을 것 같아요? 모든 게 진짜라고 생각한 순간, 그게 전부 다 가짜라는 걸 알게 될 수도 있어요."

효은은 민아의 말을 곱씹지 않았다. 흔들리지 않을 것이다. 그녀가 바라는 대로, 원하는 대로, 흘러가지 않도록 만들고 말겠다는 생각만 되뇌었다.

"승재는…… 이용하지 마세요. 더 이상 만나는 일 없도록 해 주세요."

효은의 입에서 강한 경고가 흘러나왔다. 민아의 시선이 손님을 받고 있는 승재에게로 향했다.

다시 효은에게로 되돌아온 그녀의 눈빛은 더 차갑게 가라앉아 있었다.

"그걸 왜 새언니가 정하죠? 승재 씨가 선택할 문제 아닌가. 그리고 묻고 싶은 게 생겼어요. 새언니가 승재 씨 사생활까지 참견하는 건 정상이에요? 아, 나는 괜찮고 너는 안 된다는 마인드인가. 그래요?"

"……."

효은은 더 이상 상대할 필요성을 느끼지 못했다. 가방을 들고 자리에서 일어서자 민아가 마지막 쐐기를 박았다.

"왜요? 두 남자 다 가지고 싶어요?"

결국 참지 못했다. 효은은 반사적으로 물컵을 들어 민아의 얼굴에 물을 퍼부었다.

불쌍한 사람. 얼마나 외로웠으면. 그런 생각조차 무의미했다.

"……뭐야? 무슨 일이에요? 왜 그래, 너?"

승재는 갑작스러운 소란에 놀라 두 사람에게로 달려갔다. 효은이 부들부들 떨리는 손으로 물컵을 쥐고 있었다. 그가 알고 있던 평소의 장효은이 아니었다. 무엇이 그녀를 이토록 감정적으로 만든 것인가. 승재는 생각해야만 했다.

민아가 효은의 남편과 친척 관계라는 것까지는 유추할 수 있었다. 효은이 민아에게 적대감을 가질 이유는 없었고, 두 사람이 마주친 상황에 대해선 나중에 사연을 설명하면 된다고 생각했다.

"효은아."

승재가 이름을 불렀지만 효은은 모두 다 상대하고 싶지 않다는 것처럼 급하게 가게를 빠져나갔다.

"죄송해요."

승재는 민아를 그대로 둔 채 효은을 따라나섰다. 기수가 뒤늦게 동생을 불렀지만 이미 사라져 버린 후였다. 민아는 냅킨으로 젖은 얼굴을 천천히 닦아 냈다. 웃음인지 울음인지 구분할 수 없는 것이 입에서 흘러나왔다.

가게를 빠져나온 승재는 앞서가고 있는 효은의 팔을 낚아채듯 붙잡았다.

"장효은!"

돌아선 그녀의 시선이 그에게로 향했다.

"미안."

효은은 짧게 사과했다. 친구의 얼굴을 보자 이성이 되돌아오기 시작했다. 이 녀석은 잘못한 게 없었다. 모든 걸 엉망으로 만든 건 민아였다. 왜 이렇게 됐을까. 후회가 밀려왔다.

"일단 가자."

승재가 무턱대고 그녀를 이끌었다. 효은은 친구를 따를 수밖에 없었다.

두 사람은 편의점 의자에 앉아 멍하니 밖을 내다봤다. 시간이 흐를수록 효은은 가게에서의 일이 우습게 느껴졌다. 이리도 쉽게 감정에 휘둘린 장효은이라니. 이도를 만나고 나서 그녀가 다른 사람처럼 변한 것 같아 두려워지기도 했다.

"마셔. 이 오빠가 쏜다."

승재가 효은에게 맥주 캔을 내밀었다.

"됐어. 너 일하러 가야 하잖아."

"너 오랜만에 보는 건데 하루 땡땡이치지, 뭐."

망설임 없이 캔을 딴 승재가 시원하게 맥주를 마셨다. 효은은 이게 한승재식 위로라는 걸 알았기에 그가 말한 대로 따라 주었다. 따끔한 맥주가 목으로 넘어가자 답답함이 조금은 가시는 것 같았다.

"왜 그랬는지 안 물어?"

효은은 당연한 수순처럼 말을 꺼냈다.

"말 안 해 줄 거잖아."

"어떻게 알았어?"

장효은 도사가 여기 있었다.

"내가 너랑 알고 지낸 세월이 얼만데. ……알아. 그냥, 보면 안다고."

승재는 늘 그랬다. 그녀가 생각한 그대로 행동하는 친구였다. 한 번도 어긋남이 없었다. 그래서 믿음이 갔다. 곁에 둘 수 있었다.

생각은 저절로 이도에게 닿았다. 그를 믿을 수 있을까. 어찌 보면 그에 대해선 아는 것이 없었다. 왜 그리도 결혼을 두려워했는지. 가족과 사이가 좋지 않은 이유는 무엇인지. 그는 그녀의 관심 자체를 차단시킬 때가 많았다.

그의 뛰는 심장만 믿겠다고 했지만 사실은 늘 그의 마음을 의심하고 있었는지도 모른다. 지금 그녀가 느끼는 불안감이 현실이 될까 봐 마주하지 못하는 것 같기도 했다. 이리도 약하고, 가볍고, 주저하는 것들이 정말 사랑일까.

"그 여자…… 좋아해?"

효은은 불쑥 승재에게 물었다.

"누구? 민아 씨? 아, 아니야. 그런 거. 네 결혼식장 갔을 때 우연히 신세 져서 몇 번 만난 게 다야. 그냥…… 외로워 보인다고 해야 할까. 아슬아슬하다고 할까. 암튼 동정심 같은 거야."

한승재다웠다. 녀석의 이런 마음이 민아에겐 더 슬프게 닿을 것을 알았다. 사랑과 동정심. 그것을 구분 짓는 기준은 무엇일까. 효은은 자꾸만 자신의 상황을 떠올릴 수밖에 없었다. 할아버지의 사정을 알고 결혼 제안을 받아들였던 남자. 그 내막이 어떻든 그녀에 대한 동정심도 포함되었을 것이다. 항상 그랬다. 그녀를 안타까워하는 눈빛과 무언가 감추고 있는 듯한 답답함이 그녀를 서운하게 만들었다.

"어떤 여자를 좋아하든 네 자유지만, 너에게 상처 주지 않는 사람을 만났으면 좋겠어. 이건 절친으로서 진지하게 건네는 충고야, 알겠지?"

효은이 속마음을 전했다. 승재는 잠시 친구를 바라다보다 몸을 일으켰다.

"오늘은 술이 쓰네. ……그만, 가자."

남은 맥주를 쓰레기통에 버리고 두 사람은 편의점을 나갔다.

그리고 한 남자와 마주했다. 마치 짜고 만든 영화 속 한 장면 같았다. 효은은 발걸음을 멈추고 이도를 바라봤다. 그의 시선이 두 사람에게 닿았다. 아무렇지 않은 척 걸어가 인사를 건네는 게 맞았다. 오늘 일 따위는 아무것도 아닌 척. 복잡하게 얽혀 든 마음을 들키지 않도록 연극을 하면 그만이었다. 하지만 쉽지가 않았다. 효은은 이도에게로 달려가지 못했다.

"안녕하셨어요? 효은이랑 잠깐⋯⋯."

"이리 와."

화가 묻어난 이도의 목소리가 승재의 인사를 덮었다.

효은을 차에 태우고 난 후에야 이도는 승재에게 뒤늦은 인사를 건 넸다. 매번 신세를 지게 되는 것 같다는 그녀의 남편다운 말이었다. 승재는 신경 쓰지 말라며 웃어 버리곤 기수의 가게로 되돌아갔다.

"태워 줄 걸 그랬어요."

차에 오른 이도에게 효은이 말했다.

"우리 때문에 눈치 보게 할 필요는 없을 것 같은데."

"우리가 어때서요?"

효은은 모른 척 되물었다.

"너, 나한테 화나 있잖아."

이도는 조금 누그러진 표정으로 그녀를 바라봤다. 효은은 차마 아 니라고 말하지 못하고, '화난 것까진 아니에요.' 하고 작게 속삭였다. 그러자 그가 웃었다.

"미안해. 기다리게 해서."

그가 두 손을 모두 들고 항복하듯 사과해 왔다. 효은은 어쩔 도리가 없었다. 당연한 듯 그를 믿게 되었고, 의심하는 스스로를 자책하게 되었다. 이것도 사랑인 걸까. 그를 다르게 보는 안경이라도 쓴 것처럼 이성적으로 생각할 수가 없었다. 콩깍지. 그래. 그걸 사람들은 그리 불렀던 것 같았다.

"근데, 아무리 화나도 핸드폰은 버리지 마."

이도가 그녀에게 익숙한 물건을 건네주었다. 효은은 감쪽같이 잊고 있었다.

"돌아 버리는 줄 알았으니까."

연락이 되지 않는 그녀를 찾기 위해 그는 얼마나 헤맸던 걸까.

효은은 그보다 자신이 더 미안해해야 한다는 걸 깨달았다.

"충전하느라…… 미안해요."

"아무 일 없었으면 됐어."

이도가 차를 출발시켰다. 평소와 다르지 않은 그의 옆모습을 보며 효은은 뒤늦은 추리를 했다. 이걸 찾았다는 건 기수의 가게에 들렀다는 뜻이었다. 혹시 민아와 마주치진 않았을까. 그렇다면 그 여자는 이 남자에게도 모든 걸 뻔뻔하게 고백했을까. 하지만 마음속 물음은 입 밖으로 나오지 못했다. 무엇이 두려운 걸까. 그녀 자신도 알 수 없었다.

"여긴……."

당연히 강원도로 내려갈 줄 알았던 그의 차는 예상과 다른 곳에 세워졌다. 와 본 적 있는 장소 앞에서 효은은 기분이 오묘했다. 그때의 두 사람은 지금의 모습을 상상이나 했을까. 그 당시 효은은 그 가능성조차 지워 버리려 애써야 했다.

"기억나? 우리 처음 밥 먹은 곳. 뭐, 나 혼자 먹긴 했지만. 아무튼, 여기 다시 와 보고 싶었어."

일부러 여자들이 좋아할 만한 특별한 장소로 데려왔었다. 한강이 한눈에 내려다보는 곳에서 그가 원하는 목적을 이루려고 했다. 그들의 결혼이 성사되지 않도록 머리를 짜내 보자는 것이었다. 지금 생각해 보면 얼마나 위험하고도 어리석은 짓이었는지. 반성의 웃음만 흘렀다.

"기억나요. 결혼 거부 작전 짜자고 불러내서는, 내 얼굴만 쳐다봤잖아요."

"아까 …… 그새 반했던 것 같아."

이도가 뒷수습을 위해 오글거리는 변명을 덧붙였다.

"그래서 나한테 현모양처가 될 여자는 아니라고 뼈 때렸어요?"

"아, 그건……."

더 이상 주워 담을 수도 없었다. 이도가 난처한 표정을 지어 보였다.

"미안해할 거 없어요. 사실인데요, 뭐."

"더 미안해하라는 소리 같은데?"

"역시 배우신 분."

하하하. 두 사람은 동시에 웃음을 터뜨렸다. 마주 앉아 웃고 나면 모든 걱정들을 잊을 수 있었다. 효은이 그랬고, 이도가 그랬다. 쉽게 털어놓을 수 없는 진실을 품고 있다고 한들, 그것이 두 사람을 멀어지게 하거나 어긋나게 만들지 않을 것이란 믿음이 생겼다. 그것이라도 있어야 지금의 둘은 견딜 수 있을 것 같았다.

완벽한 커플의 모습이었다. 데이트에서 빼놓을 수 없는 달콤한 눈빛이 오갔고, 먹는 음식이 어떤 맛인지 중요하지 않았다. 너와 함께 있으면 그게 무엇이든 행복으로 변한단 말을 누가 해도 어색하지 않을 시간이 쌓였다. 그래서 용기를 내 보았다.

"이렇게 맛있는 거 사 주는 거 보니, 나한테 잘못한 거 있죠?"

"……응?"

효은이 이도를 정면으로 바라봤다. 그가 깊어진 눈빛으로 물잔을 집어 들었다. 그래, 여기서. 지금, 이 순간. 당신이 내게 모든 것들을 털어놓는다면 자연스럽게 용서할 수 있을 것 같았다. 용서라고 할 것도 없었다. 그때는 이런 감정이 될 줄 몰랐으니까. 그도 목적이 필요한 상황이었을 테니까. 효은은 마음의 준비를 했다.

"출장을 가야 해."

그의 입에서 전혀 예상치 못한 이야기가 흘러나왔다.

"……갑자기요?"

"급하게 잡혔어. 혼자 있을 수 있지?"

그 정도도 이해하지 못할 여자라고 생각하는 걸까. 그녀를 자꾸 어리게 취급하는 이도에게 삐뚤어진 마음이 생겨났다.

"남들이 보면 꼭 몇십 년은 살아온 사이인 줄 알겠어요. 아저씨랑 같이 지낸 지 얼마나 됐다고요. 내 걱정은 말고 편하게 다녀와요. 오히려 이것저것 신경 안 써도 되고 좋을 것 같은데요?"

"……서운하네."

이도가 쓸쓸한 웃음을 보였다.

"가지 말라고 하면 안 가려고 했는데."

"안 속아요."

효은이 곧바로 덧붙였다. 이도는 씩씩한 모습의 효은이 고마웠다.

모든 걸 털어놓고 이해받을까도 생각해 봤다. 하지만 자신이 없었다. 그녀의 아버지가 벌인 행동들. 거기에 더하듯 그가 가져와야 할 것들을 어떻게 이해받을 수 있을까.

전부를 포기하면 그의 진심을 믿어 주겠다는 말에 그는 증명할 수가 없었다. 차라리 거짓말쟁이가 되어 모른 척 덮어 두는 게 낫다는 비겁한 마음이 들었다. 그와 그녀의 아이까지 생기고 나면 자신을 버리진 않겠지. 그런 멍청한 희망을 가지고 그녀를 사랑한다는 변명 속에 숨어 그는 점점 겁쟁이가 되어 가고 있었다.

"언제…… 가는데요?"

어쩔 수 없이 마음이 가라앉은 효은이 물었다.

"내일 새벽 비행기야."

"그, 그렇게 빨리요?"

꼭 누군가가 둘의 사이를 질투하며 가로막으려는 것만 같았다. 효은은 이도가 없는 자신의 시간을 떠올렸다. 모든 게 무의미할 것 같아 우울해져 버렸다.

식사를 마치고 레스토랑을 빠져나온 두 사람은 차 앞에서 대기하고 있는 박 비서와 마주했다. 그녀를 강원도까지 데려다주려고 온 것 같았다. 서운해하지 말아야지. 서운할 이유가 없는데 효은은 자꾸만 그가 멀어지는 것 같아 불안해졌다.

"나는 다시 회사 들어가 봐야 할 것 같아."

갑자기 잡힌 출장이니 떠나기 전 미리 처리해야 하는 일들이 있을 것이었다. 이해했다. 그리고 그녀는 할아버지의 마음을 불편하게 하고 올라왔으니 돌아가는 게 맞았다. 별일 아닌 것처럼 여기서 간단히 인사를 하고 보내야 하는 게 맞는데 효은은 입이 떨어지지 않았다.

"잘 모셔다드리겠습니다."

재영이 차 문을 열고 기다렸다. 효은은 이도를 돌아보지 않고 걸어갔다. 차에 몸을 싣고 문을 닫았다. 재영이 시동을 걸고 차가 천천히 그곳을 벗어나자 이도의 모습이 조금씩 멀어져 갔다. 더 이상은 참을 수가 없었다.

"잠깐만요. 죄송해요."

효은이 급히 말하며 차를 멈추게 만들었다. 문을 열고 내린 그녀가 이도에게 뛰어가 그를 붙잡았다.

"같이 있고 싶어요."

❀❀❀

호텔로 향하는 내내 두 사람은 목숨처럼 잡은 손을 놓지 않았다. 방문을 열고 들어가 마스터키를 꼽기도 전에 서로를 향해 달려들었다. 꼭 오늘이 마지막인 것처럼 상대를 더듬는 손길이 절박했다. 이도가 효은의 블라우스를 찢듯이 벗겨 내고 가슴을 어루만졌다.

묵직한 혀가 뜨겁게 입 안을 오갔다. 노골적인 키스를 퍼부으며 거친 손으로 그녀의 몸 구석구석을 탐했다. 심장을 뜨거운 물에 담근 것처럼 숨이 헐떡거렸다. 정신을 차릴 수 없는 아득함이 끝도 없이 몰아쳤다.

"고개. 고개 들어 봐."

자꾸만 그의 어깨에 얼굴을 묻고 마는 막막함에 효은은 이도를 바라보는 것조차 힘들었다. 애틋한 주문에 고개를 들자 그가 타들어 갈 듯 뜨거운 눈빛으로 그녀를 바라보고 있었다.

"내가 미친놈이야."

무엇이 어떻게 되는 줄도 모른 채 효은의 다리 하나가 들렸다. 사위는 어둡기만 했고, 두 사람의 거친 호흡만이 공간을 채우고 있었다.

팬티와 치마가 함께 벗겨지며 효은의 몸이 벽에 밀착됐다.

"으…… 으윽."

어느새 한 몸이 된 순간, 전신이 허공으로 들리는 기분이었다. 효은은 다리에 힘이 들어가지 않았다. 버티려는 그녀를 안아 올리며 그가 더 깊숙이 안으로 들어왔다.

"으, 하……앗. 아저…… 씨."

그때부터의 기억은 조각이었다. 몸을 부술 듯이 파고드는 그의 중심이 가차 없이 그녀를 뒤흔들었다. 목이 꺾이고 등줄기를 빳빳해져 저절로 비명을 지르게 만들었다.

"천천히……. 천…… 흐읏."

이도는 평소보다 더 난폭했다. 마치 자기 자신을 제어할 수 없다는 것처럼 색정적인 눈으로 바라보며 그녀를 태워 버리려 했다. 달아오른 온몸을 잘게 다지는 듯한 고통과 쾌락이 이어졌다.

이렇게 부서지는 건 상관없다는 생각까지 들었다. 사랑을 증명하는 일이니까. 불안을 잠재우니까. 효은은 몸의 고통은 중요치 않았다. 그를 더 깊이 그녀 안에 품고 싶었다.

그 뜻을 알아챈 듯 이도가 그녀를 안아 들고 저벅저벅 안으로 걸어 들어갔다. 침대 위에 효은을 내려놓은 그가 자세를 바꿨다. 등 뒤에서 파고드는 그를 받아 내며 효은은 여러 번 자지러졌다.

압박감에 눈물이 흐르면 이도가 혀끝으로 하염없이 훔쳐 내 삼켜 버렸다. 말랑하게 젖은 혀가 온몸을 점령하며 그녀를 녹였다. 이대로 영원히 함께 있고 싶었다. 어디도 가지 못하게 만들고 싶었다. 그와 떨어지기 싫었다. 효은은 미친 것만 같았다.

❀ ❀ ❀

꿈은 꾸지 않았다. 오랜만의 단잠이었다. 효은은 눈을 감은 채 손을 뻗어 옆자리를 확인했다. 어떤 것도 잡히지 않았다. 벌떡 자리에서 일어나 앉자 아래에 고통이 느껴지며 신음이 터져 나왔다. 그는 벌써 가 버린 걸까. 효은은 침대에서 내려가 핸드폰을 찾으려 했다. 침대 아래로 발을 내디디는데 작은 협탁 위에 놓인 메모 한 장이 눈에 들어왔다.

[갔다 올게. 사랑해.]

효은은 그의 바른 글씨를 훑으며 소리 내 읽어 보았다. 사랑해. 그 말을 그녀는 못 해 준 것 같았다. 그래도 괜찮았다. 달라진 건 없었다. 효은은 그가 누워 있던 옆자리를 내려다봤다. 메모장에 적힌 감동적인 말도 소용이 없었다. 자꾸만 마음이 쓸쓸해져 버렸다. 따라간다고 우길 걸 그랬나. 아쉬운 웃음이 흘렀다.

10. 아픔을 새겼다

독일 베를린의 날씨는 연일 비가 내려 스산했다. 정렬하듯 세워진 네모난 건물과 깨끗하고 조용한 거리가 차분한 도시의 분위기를 전해 주었다.

완벽하게 선을 지켜 세워진 건물의 형식은 서울의 중심가와 다르지 않았다. 다만 그 거리를 걷는 사람들은 서울과 달랐다. 재빠른 걸음은 보기 힘들었고, 어디든 앉아서 휴식을 취하고 있는 사람들이 많았다.

그들 사이를 걸어가던 이도는 한 작은 카페 앞에 멈춰 섰다. 이런 일을 하며 살고 있을 줄은 예상하지 못했다. 그는 효은의 생부가 책임보다 권리를 운운하며 뻔뻔하게 돈을 요구하는 거래처의 대표들과 닮아 있을 거라 예측했다. 그들은 뻔뻔했으며, 책임감을 운운하며 그 뻔뻔함을 합리화했다. 나이가 들면 그리되는 것일까. 그런 인생을 살기 전에 모든 것을 내려놓아야지. 이도는 늘 다짐하며 살아왔다.

[Kaffee 'eun']

문 앞에 달린 이름표를 보고 그는 쉽사리 발을 뗄 수 없었다. 지금이라도 되돌아간다면 그는 효은에게 변명이라도 건넬 수 있을 것이다. 너를 위해서였어. 네가 상처받지 않게 하려면 나는 어쩔 수가 없었어. 결국 만나지 않았어. 전부 포기했어. 너만 가질 거야. 널 사랑하는 내가 진짜니까.

문을 붙잡고 수없이 망설이던 이도는 끝내 권 회장을 떠올렸다. 골방. 손길. 기회. 마지막. 기계처럼 발이 움직였다. 늘 해 왔던 것처럼, 그는 세차게 문을 열고 안으로 들어섰다. 어서 오세요. 간단히 알아들을 수 있는 독일어가 그를 맞았다. 중년의 남자는 테이블을 닦다 고개를 들어 손님을 바라봤다.

"아…… 한국분이세요?"

남자가 효은과 닮은 미소를 지었다. 그녀가 누구를 닮았는지 물어보지 않아도 저절로 알게 되었다.

"권이도라고 합니다."

이도가 고개를 숙여 인사를 건넸다. 손님을 대하던 남자의 미소가 걷히는 건 당연한 일이었다. 두 사람은 한참 동안 서로를 바라보고만 서 있었다. 정적을 깬 건 이도의 주머니에서 울린 핸드폰 벨 소리였다. 효은이었다. 그는 받지 않고 핸드폰을 다시 주머니에 넣었다.

열 시간을 넘게 날아와 마시는 커피에선 한국의 맛이 느껴졌다. 그가 직접 갈고 내린 원두에 고향을 향한 그리움을 담은 것일까. 이도는 커피를 마시는 것 외에 다른 말을 건넬 수가 없었다. 무슨 말을 건네야 하는지는 명확했지만, 그래서 쉽지가 않았다.

"효은이가…… 그렇게 일찍 결혼할 줄은 몰랐어요."

그녀의 아버지는 평생을 효은만 기다려 온 사람처럼 말했다. 무엇이 진실일까. 속고 속이는 전쟁터에서 터득한 것이라고는 거짓과 진실을 가려내는 능력뿐이었다. 앞에 앉은 남자가 그에게 원하는 건 명확했다. 유언장을 무기로 내밀며 그를 만나자고 한 남자가 보여야 할 태도는 이것이 아니었다. 이도는 감정에 흔들리지 않기 위해 남자의 목적을 기다렸다.

"내가 왜 그 서류를 보냈는지 궁금하죠? 그렇게 뻔뻔한 행동을 해놓고 시간을 끌고 있는 것도 이해가 되지 않을 테고."

남자는 이도의 생각을 모두 꿰뚫어 보고 있었다. 단 한 번도 그의 시선을 피하지 않는 깊은 눈에 욕망은 없었다. 무엇을 가지기 위해서 살고 있는 사람이 아니었다. 적어도 이도의 눈에는 그렇게 읽혔다. 도대체 이 남자는 왜 그를 이곳까지 날아오게 만든 것일까. 남자의 목적에 한 발씩 다가설수록 이도의 심장이 그 끝을 예측한 것처럼 조여 오기 시작했다.

"내가 효은이를 만나지 못하고, 이곳에 와 있는 이유는…… 말하지 않아도 짐작할 거라 생각합니다. 나한테는 그 애를 생각할 자격조차 없다는 거 알아요. 하지만 마음은 어쩔 수가 없네요. 그래서 비겁한 짓을 해 봤습니다. 그 유언장…… 이미 효력이 없다는 걸 내가 더 잘 알고 있어요. 소송할 생각도 없습니다. 다른 무얼 요구할 목적이라면 이곳으로 부르지도 않았을 겁니다. 난…… 권이도란 남자의 마음이 궁금했습니다."

다음으로 이어질 말을 눈치채 버렸다면 이것을 함정으로 치부할 수 있을까. 아니라고 뻔뻔하게 고개를 흔들 수 있을까. 그게 진심이라는 걸 이 남자는 믿어 줄까.

"김 교수한테 이 결혼의 속사정을 전해 듣고 가만히 있을 수가 없었어요. 난…… 권이도 씨가 이곳에 나타나지 않길 바랐어요. 날 무시해 주길 빌었습니다. 당신이 원하는 게 그 애 하나였으면 했어요. 만약 효은이를 이용하는 거라면…… 내가, 그 녀석 곁으로 돌아갈 생각입니다. ……모두 오해라고 말해 줄 수 있나요?"

"……."

이도는 대답하지 못했다. 이젠 그가 진짜 원하는 게 무엇인지 알 수 없었다. 효은이었을까. 아니면 그녀를 이용해 진짜 삶을 사는 것이었을까. 그것이 하나라고 착각한 것은 바로 그 자신이었다.

다시 핸드폰이 울렸다. 그를 찾는 절박한 메시지들. 무시하지 말았어야 할 그녀의 전화. 그것을 받지 않은 건 명백히 그의 잘못이었다. 불행을 탓하는 건 결국 변명이 되고 말았다.

❀ ❀ ❀

또각또각. 거슬리는 구두 굽 소리가 가까이 다가오자 선영은 고개를 들었다. 오랜만에 만난 동생은 이전보다 더 젊어진 느낌이었다. 성형외과를 옮겨 다니며 그녀가 젊음을 유예하기 위해 써 대는 돈이 지금 선영이 맡고 있는 부서의 전 직원 월급과 맞먹는다는 걸 알고 있을까. 그렇다고 한들 동생은 죄책감 따위 느끼지 않을 것이다. 그런 삶이 당연하다는 듯 살아왔으니까.

"오래 살고 볼 일이야. 언니가 날 먼저 만나자고 하고?"

영란은 테이블 위로 거칠게 가방을 내려놓고 자리에 앉았다. 만남의 장소는 그녀가 평소 자주 찾는 고급 일식집이었다. 날것을 싫어하는 선영이 이곳을 약속 장소로 제안하리라고는 상상조차 한 적이 없었다. 여동생의 식성을 배려한 만남 같은 걸 고려할 사람이 아니었다. 그녀의 존재 자체를 부끄러워하고 귀찮아하는 잘난 언니. 거기에 이골이 나 버린 삶이라 이런 호의가 오히려 역겹고 거북했다.

"네가 먹고 싶은 걸로 주문해."

결국엔 헛웃음이 터져 나왔다. 무슨 생각을 하는지 계산하는 게 맞았다. 선영이 원하는 것. 자신을 통해 얻어 내고자 하는 것. 만약 운 좋게 칼자루가 그녀에게 넘어온 것이라면 싱겁게 넘겨줄 생각은 없었다.

"무슨 일인지부터 말해. 나 성질 급한 거 알잖아?"

영란은 기다림을 허용하지 않았다. 그래서 항상 어긋나고 실패해 결국 포기해 버렸다. 사업이란 건 그런 성급함으로 절대 이뤄 낼 수 없다는 걸 아버지를 보고 자랐다면 당연히 알 텐데. 어쩌면 동생에겐 아버지의 피가 남아 있지 않을 수도 있었다.

영란을 배 속에 품고 있던 내내 일에만 매달려 있는 남편을 미워한 여자가 아이의 씨 자체를 부정하고 싶었던 건 당연했다. 영란을 낳은 뒤 한 해를 넘기지 못하고 원인도 모르는 병에 걸려 죽고 만 여자가 마지막까지 놓지 못한 건 우습게도 사랑이었다.

"네가 원하는 걸 말해 봐."

앞뒤를 잘라먹은 제안이 선영에게서 날아왔다. 급한 건 아무래도 영란이 아니라 선영일지도 몰랐다. 통쾌함을 감춘 채 영란이 되물었다.

"다짜고짜 무슨 말이야?"

"정말 정민이가 회장 자리에 오를 수 있을 거라 생각하는 건 아니겠지? 너도 이제 그 정도 상황 파악은 되리라고 보는데."

부탁도 당연한 권리처럼 상대의 우위에 서서 함부로 휘두르려는 뻔뻔함은 아버지를 닮았다. 영란은 언니 선영이 아버지를 닮아 그 자리에 오르지 못할 것이라 확신했다. 닮은 사람을 올려놓고 모든 걸 뺏길 양반이 아니니. 그래서 가능성이 있다고 여겼다. 적어도 권이도가 영감의 아픈 손가락이 되기 전까지는 말이다.

"나는 언니처럼 많이 배우질 못해서 그렇게 말하면 못 알아들어.

내 방식대로 말을 해 줘야 어느 쪽에 설지 결정을 할 것 같은데."

제아무리 바보라 해도 눈치가 없을 리 없었다. 영란이 지금껏 쫓겨나지 않고 둘째 딸의 자리를 유지할 수 있었던 건 천박함을 뛰어넘는 솔직함 때문이었다.

"정민이 상무 자리는 보장할게."

또다시 어이없는 헛웃음이 터져 나왔다. 영란의 눈빛이 노골적으로 달아올랐다.

"누가 보면 이미 회장 자리에 앉은 줄 알겠어? 혹시 권이도한테 약이라도 먹였어? 이제 와서 다 양보하겠대? 잘나신 고모님의 능력을 따라잡을 수가 없다고 징징거리면서 다 집어던지고 나가고 싶대?"

선영에겐 영란의 말장난을 비웃어 줄 아량이 남아 있지 않았다. 서늘하게 가라앉은 선영의 눈빛을 보며 영란이 표정을 바꿨다.

"언니는 말이야. 그 자존심 때문에 매번 일을 그르쳐. 이도가 왜 무서운 줄 알아? 걔는 가지고 싶은 게 아무것도 없거든. 언니와는 달리."

그래서 영란은 효은의 임신을 부추겼다. 그에게도 가지고 싶은 게 생기면 싸움의 방향이 달라질 것이라 여겼다. 주제 파악을 해야 한다면 선영보다는 이도 쪽에 서는 게 이득이었다. 집안의 그 누구도 믿을 수 없었지만 그중에서도 가장 믿을 수 없는 건 당연히 선영이었다.

"네가 지금 착각을 하나 본데……."

선영이 천천히 동생과 시선을 마주했다.

"나는…… 너한테 기회를 주는 거야."

섬뜩하게 찌르는 눈동자가 영란에게 닿았다. 무언가 쥐고 있지 않다면 나올 수 없는 행동과 눈빛이었다. 영란의 머리가 급하게 돌아갔다. 판이 다르게 돌아간다면 그녀도 그 내막을 알아볼 필요가 있었다. 영란은 잠시 입을 닫고 언니의 의도를 기다렸다.

"네가 가진 주식 넘겨. 내가 회장이 되면 되돌아가는 건 그 몇 배가 될 거야. 당연히 정민이 상무 자리는 보장해. 신사업도 너한테 넘길 생각인데, 어때? 나쁘지 않은 조건 아닌가?"

정말 영란으로선 나쁘지 않았다. 아니, 그 어떤 제안보다도 달콤했다. 형제들이 나눠 가진 주식은 뭉쳐지지 않는다면 효력이 없었다. 권 회장은 그것까지 모두 계산해 물려준 양반이었으니 자식들은 꼼짝없이 제 편을 찾아야 했다.

이미 이도의 아버지는 죽어 버렸고, 남은 건 두 자매뿐이었다. 선영이 회장 자리에 오르기 위해선 그녀가 물려받은 주식이 필요하다는 건 처음부터 계산된 일이었다. 그렇게 넘겨준 몫이 어떻게 되돌아올지가 관건이었다. 뼈를 깎듯 전부를 투자해 키워 놓은 아들은 매번 권이도에게 밀려나 2순위가 되었다. 이제 그녀가 선택할 동아줄은 승자의 것이어야 했다. 결정의 시간이 다가온다면 살아날 궁리를 해야 하는 건 당연한 이치였다.

"생각은 해 볼게. 급해서 좋을 건 없잖아?"

언제나 그 성급함이 일을 그르쳤다. 이번만큼은 후회를 남기고 싶

지 않았다. 신중하고 또 신중해야 살아남을 수 있다는데, 그녀라고 못
하리란 법은 없었다. 보기 좋게 썩어 들어가는 언니의 표정을 보자 고
민의 시간이 길어도 나쁠 건 없다는 생각이 들었다. 여유롭게 메뉴판
을 훑던 영란은 울리는 핸드폰을 꺼내 들었다. 간단히 통화를 마친 그
녀가 가방을 챙겨 들었다.

"밥은 나중에 먹어야겠는걸."

선영은 동생의 겁 없는 행동을 가만히 지켜보고 있었다.

"고민은 장례식장에서 좀 더 진지하게 해 보지, 뭐."

곧이어 선영도 같은 소식을 받고 자리에서 일어섰다.

❀ ❀ ❀

눈물이 나지 않았다. 흘리려 노력해도 가슴 끝에서 목구멍을 타고
오르다 잦아들고 말았다. 밖으로 토해져 나오지 못한 감정들이 쌓이
는 기분이었다.

효은은 할아버지의 영정 사진을 정면으로 올려다보지 못하고 벽에
새겨진 못 자국만 멍하니 바라봤다. 자국은 멀어졌다 가까워지다 끝
내 흐려져 그 자리에 없었던 것처럼 사라져 버렸다.

할아버지를 알았던 사람들이 그녀를 안고서 한참을 울었다. 아이
고, 아이고. 그들의 입에서 내뱉어진 곡소리가 머릿속에 박혀 떠나지
않았다. '아이고, 아이고.' 엄마를 보낼 때 할아버지는 지금 그녀의

367

자리에 앉아 이 '아이고, 아이고.'를 듣고 또 들었을 것이다. 울 수도 없는 자리구나. 목 놓아 아파할 수도 없는 자리가 이곳이라는 걸 뒤늦게 깨달았다.

"일어나. 뭐라도 좀 먹자."

그녀를 일으켜 세우는 남자가 눈에 잡혔다.

"효은아."

승재야. 분명 이름을 불렀다 생각했지만 목소리가 나오지 않았다. 두려웠다. 나 이제 말을 못 하는 걸까. 왜 이러지. 승재야. 녀석을 바라보며 눈으로 물었지만 승재는 대답 없이 그녀를 데리고 나갔다. 그녀가 지키던 자리를 현철과 기수가 대신해 주었다.

'다행이지. 유언 같은 건 못 들었으니까. 미안하다. 사랑한다. 그런 말들을 들었으면 더 아팠을 거 아니야.'

효은은 분수를 바라보고 앉아 입 밖으로 나오지 못하는 말들을 가슴으로 쏟아 내고 있었다.

정희 아주머니의 전화를 받았을 때 그녀는 서울이었다. 이도와 묵었던 호텔에서 나와 쇼핑을 하는 중이었다. 그와 잠드는 공간을 꾸밀 아기자기한 가구들 앞에서 행복하게 웃고 있었다.

아침을 먹고 쉬러 들어간 할아버지는 점심이 지나도 깨어나지 않으셨다고 했다. 뒤늦게 그걸 알아채 미안하다며 정희 아주머니는 효은을 붙잡고 응급실 바닥에서 한참이나 울었다.

119가 별장에 도착해 할아버지를 병원으로 이송해 가는 순간에도 그녀는 태호의 곁에 없었다. 왜. 왜 기다려 주지 않았어? 왜. 나한테 이러면 안 되는 거잖아! 따질 수도, 칭얼거릴 수도 없어 효은은 병원에 도착해 흰 천으로 덮어 놓은 할아버지의 몸을 흔들고 또 흔들었다.

'미안해. 내가 다 잘못했어. 미안해. 그러니까…… 제발…….'

'보호자 되시나요? 다른 분은 안 계신가요? 장례 절차를 밟아야 하는데.'

양복을 입은 남자가 사무적으로 물었다. 효은은 넋이 나간 상태에서 이도의 번호를 눌렀다. 전화를 받을 수 없다는 소리만 연거푸 흘러 나왔다. 누르고 또 눌렀다. 답이 없는 곳을 향해 살려 달라 외쳤다.

결국 정희의 전화를 받고 온 사람은 승재였다. 효은은 녀석을 보자마자 끌어안았다. 난 왜 너를 생각하지 못했을까. 다행이야. 이제 혼자가 아니야. 효은은 무너지듯 그 자리에 주저앉았다.

"죽이야."

분수대 앞 테이블 위에 뜨끈한 죽 그릇이 놓였다. 곧 효은의 손에 숟가락이 들렸다. 승재의 동작은 단호했다. 고소한 죽 냄새를 맡자 효은은 허기가 몰려왔다.

'이게 사는 거구나. 살아 있는 거구나.'

또 입을 열어 보았지만 말은 뱉어지지 못했다.

'답답해 죽을 것 같아.'

효은이 표정에 뜻을 담아 녀석을 올려다봤다.

"잠깐 그럴 수 있대. 너무 걱정하지 마. 우리 할머니 보낼 때 엄마도 그랬어. 다 그런 거야. 이렇게 보내 드리면 되는 거야. 자책할 필요 없어."

효은이 기계처럼 고개를 끄덕이고는 죽을 입 안으로 밀어 넣었다. 쌀을 갈아 만들어 걸릴 것이 없는 죽이 목을 타고 내려가지 못했다. 효은은 그대로 토하듯 죽 봉투에 대고 모든 걸 뱉어 냈다.

"……괜찮아."

승재는 가만히 효은의 등을 두드려 줄 뿐이었다.

분명 죽을 삼킨 적이 없는데 자꾸만 신물이 올라왔다. 효은은 화장실의 마지막 칸에서 변기를 붙잡고 앉아 속을 비워 내고 있었다. 나오는 건 없었다. 반복적인 행동일 뿐이었다. 그 자리에 앉아 있는 대신 무엇이라도 하고 싶었다. 방법을 잘못 선택한 것 같았다. 그녀는 변기 뚜껑을 닫고 탈진하듯 그 위에 머리를 내려놓았다. 온몸의 피가 모조리 빠져나간 기분이었다. 이대로 잠들면 어디론가 사라져 버릴 것만 같았다.

"……그래서, 지금 이도는 어디쯤이야?"

"입국 명단에 들어가 있는 건 확인했어요. 오고 있는 중일 겁니다."

"독일이라고?"

"……네."

"누구를 만나러 간 거야?"

날카로운 물음에 대답은 조금 늦게 흘러나왔다.

"……새언니…… 생부라고 합니다."

"쥐새끼 같은 놈. 주식 때문이겠지. 우리한테 나쁠 건 없어. 자세한 건 더 알아봐. 시간이 없다는 거 알지? 정신 차려. 알겠어?"

다그치던 여자의 목소리가 멀어지고 세면대의 물소리가 들렸다. 효은은 눈을 감고 할아버지를 떠올렸다. 그려지지가 않았다. 언제나 꿈속에서 엄마를 잃고 우는 그녀를 안아 주던 단 한 사람이었는데.

지금 머릿속을 가득 채운 건 그녀의 얼굴을 애틋하게 쓰다듬던 한 남자뿐이었다. 그녀를 등지고 앉아 한참 만에 '사랑해'란 글씨를 써 내려가던 사람. 호텔방을 나서려다 다시 돌아와 아쉬운 듯 그녀의 입 가에 입술을 맞추던 사람. 지금 그녀의 전부를 채우고 있는 사람. 그는 그녀의 곁에 없었다.

세면대의 물소리가 끊기자 효은은 눈을 떴다. 그녀는 천천히 몸을 일으켰다.

지쳤다. 한 사람을 떠나보내는 건 쉬운 일이 아니었다. 본 적도 없는 할아버지의 제자들을 만나고, 그들에게 고맙다는 인사를 건네고, 할아버지와의 추억을 듣는 건 아주 지치는 일이었다. 어찌 이리도 많은 이들과 인연을 만들고 그들에게 좋은 사람으로 기억된 것일까. 단 한 명이라도 할아버지를 원망하며 미워했다면 그 사람을 붙잡고 앉아

이 죄책감을 조금이나마 떨쳐 내 버릴 수 있었을 텐데. 할아버지는 그것마저 쉽게 허락하지 않았다.

"……왜 남편은 안 보여?"

"일 때문에 늦나? 재벌이라잖아."

"아무리 재벌이라도 옆자리를 지켜 줘야 하는 거 아니야? 효은이한테는 할아버지뿐이었는데. 혹시…… 벌써 끝난 사이 아니야?"

"야, 들어. 조용히 해."

"그렇잖아. 급하게 결혼한다고 한 것도 그렇고. 남자를 제대로 사귀어 본 적도 없는 애가 갑자기 결혼한다고 해서 뭔가 있겠다 싶더니. 이럴 거면 재벌이 무슨 소용인가 싶다. 지금도 봐. 효은이 옆자리 지키는 건 한승재잖아. 난 저 둘이 더 잘 어울린다고 생각했는데."

"너희들 혜린이 결혼식 간다고 하지 않았어?"

승재가 친구들 곁으로 다가가 그들의 이야기를 끊어 냈다.

"어. 참, 날도 어쩜 이렇게 잡은 건지……. 암튼 장례식장 왔다가 결혼식장 가려니까 기분이 좀 그렇다."

"사는 게 다 그렇지, 뭐. 와 줘서 고맙다. 효은이는 쉬는 중이라 못 깨우겠어."

"그래, 그래. 네가 잘 위로해 줘. 그럼, 우린 간다."

빈소 뒤쪽에 마련된 골방에 있었지만, 사람들의 목소리가 확성기라도 갖다 댄 것처럼 크게 들렸다. 누가 찾아오기라도 하면 소리를 듣고 곧바로 뛰쳐나가도록 만든 것이라 추측할 정도였다.

효은은 눈만 뜬 채 누워 사람들의 이야기를 모조리 들었다. 그녀가 깨닫지 못한 그녀의 이야기. 가슴속을 가리고 있던 안개가 조금씩 걷혀 갔다. 사는 게 다 그렇지. 승재의 말을 떠올리며 그녀는 다시 눈을 감아 보았다. 제발 잠이 들길 빌었다.

❋ ❋ ❋

재영이 몰고 온 차를 확인하고 이도는 곧장 몸을 실었다. 빈소가 마련된 강원도로 향하기 위해선 더 지체할 시간이 없었다. 급하게 직항 표를 구했지만 비행시간까지는 한참이 남아 있었다. 마냥 기다릴 수가 없어 최대한 빠르게 경유할 수 있는 코스로 몸을 움직였다. 여러 대의 비행기를 옮겨 다니며 재영을 통해 효은의 상황을 전해 들었다.

전화는 받지 않았다. 그가 받지 못했으니 당연했다. 받는다고 한들, 무슨 말을 할 수 있었을까. 네 옆에 내가 있어야 하는데. 미안하다는 말밖에 해 줄 수 없는데. 왜, 무슨 일 때문에, 곁에 있어 주지 못했냐고 물으면 대답이나 할 수 있을까.

이도는 거칠게 얼굴을 쓸어내렸다. 가슴이 불에 지져지는 것처럼 고통스러웠다.

"……상무님."

재영이 룸미러로 이도를 바라봤다.

"회장님……이십니다."

차가 신호에 걸리고, 뒷좌석으로 핸드폰이 건네졌다. 그의 것은 먹통이었으니 이리로 걸었겠지. 일부러 받지 않았다. 효은의 전화가 아니면 모두 끊어 냈다. 노인은 무엇을, 이제 와서, 더 잔인하게 확인하고 싶은 것일까. 이도는 붙잡은 핸드폰을 내려다봤다. 통화 버튼을 누르자 익숙한 목소리가 날아왔다.

— 어디냐?

"……."

— 이도야…….

"……."

종료 버튼을 눌렀다. 그 누구와 어떤 말도 섞고 싶지 않았다. 효은이 보고 싶었다. 그를 갈기갈기 찢어 상처 낸다고 해도 얼굴을 마주해야 살 수 있을 것 같았다. 동그랗고 연한 두 눈동자가 그를 바라봐 주길. 이도는 빌고 또 빌듯 두 손을 그러모았다.

"울지도 않고……, 말을 못 하고 있어요."

당연한 것처럼 상주의 자리에 서 있던 승재가 효은의 상태를 전했다. 이도는 지금 그녀가 있는 곳을 눈빛으로 물었다. 조용히 닫혀 있는 골방 안에 효은이 잠들어 있다고 했다. 그는 발걸음을 옮겨 그곳으로 향했다. 문 앞에 서서 손잡이를 붙잡았다.

이제 와 망설일 필요가 없었다. 뻔뻔하게 그녀의 옆을 지킬 것이다. 그녀가 모두 알게 된다고 한들, 그는 보내 줄 생각이 없었다. 껍데기라도 붙잡아 옆에 두면 되는 것이니까. 그렇게 사람을 붙잡는 방법은 그가 직접 겪어 봤으니 잘 알고 있었다.

이도가 문을 열었다. 방 안은 어두웠다. 열린 문틈 사이로 새어 들어간 빛이 한 여자의 인영만 알아차릴 수 있게 만들었다. 문을 닫지 않고 이도는 그녀의 곁으로 다가갔다. 효은은 무릎을 세운 채 앉아 있었다. 벽을 향해 고정되어 있던 고개가 이도 쪽으로 움직였다.

무슨 말이라도 해야 하는데 이도는 입이 열리지 않았다. 텅 빈 눈동자가 그에게 닿았다. 곧 그녀의 눈에서 눈물이 흘러내렸다. 이도는 무너지듯 무릎을 꿇고 주저앉았다.

"나…… 너무, 무서웠어요."

드디어 효은의 입에서 소리가 흘러나왔다.

❅ ❅ ❅

남아 있던 태호의 장례 절차는 모두 그의 손에서 치러졌다. 모두가 그걸 당연하게 생각했고, 안도했다. 입을 연 이후, 효은은 끝까지 할 아버지의 조문객을 맞으며 제 몫을 해냈다. 달라진 것은 없었다. 효은은 여전히 그의 곁에 있었고, 그는 그녀의 남편이었다.

별장 안으로 들어서자 효은의 웃음소리가 작게 흘러나왔다. 그녀가 있는 곳은 태호의 방이었다. 도우미 아주머니와 나누는 대화 속에서 간간이 들려오는 그녀의 웃음소리가 이도의 마음을 조금이나마 안심시켰다.

"어, 왔어요?"

방에서 걸어 나온 효은이 그를 보고 인사를 건넸다.

당분간 휴가를 쓰겠다고 했지만 효은은 그가 강원도에만 머물러 있길 원하지 않았다.

'아주머니도 계시고, 걱정할 거 없잖아요. 더 신경 쓰인단 말이에요. 내 말은 무조건 들어준다는 약속, 어디 갔어요?'

효은이 그렇게 물으면 이도는 할 말이 없었다. 그녀가 원하는 대로 해 주었다. 그대로 들어주지 않으면 도망이라도 갈까 봐 겁이 나 그는 그녀의 허수아비가 되어 갔다.

"오는 길에 닭강정 좀 샀어."

"우와. 여기 시장에서 파는 거 맞죠? 나 엄청 먹고 싶었는데."

효은이 호들갑스럽게 좋아해 주었다. 그것만으로도 고마워해야 하는데, 이도는 불안해 미칠 것만 같았다.

'나한테 하고 싶은 말 많은 거 아는데, 지금은 그냥 옆에만 있어 줘요. 그래 줘요.'

태호를 보내고 돌아오던 날, 효은이 부탁했다. 이미 모든 걸 알고 있을지도 몰랐다. 사방이 적이었고, 그는 믿음을 저버리는 행동을 했으니까. 변명밖에 남아 있지 않은 이야기였다. 차라리 모른 척 살겠다는 그녀가 고마웠다. 떠나 버린다는 건 아니니까. 사라지겠다는 말은 아니니까.

이도는 마음을 다잡았다. 이렇게 흘러가게 만들 것이다. 그녀가 그에게 기대고, 그가 그녀에게 위로가 될 수 있다면 나쁜 놈인 채로 사는 게 무슨 대수냐 싶었다.

"어머나, 오늘도 일찍 오셨네요."

태호의 방에서 짐을 챙겨 나온 도우미 아주머니가 이도를 보고 반갑게 인사를 건넸다. 태호가 떠난 후부터 그녀는 근처 마을에 숙소를 잡고 지내기로 했다. 일부러 그럴 필요 없다고 괜찮다 말려도 신혼부부 곁에서 눈치 없는 어른이 되긴 싫다고 거절했다. 더는 붙잡을 수 없었다. 서울로 돌아가지 않고 효은의 곁에 있어 주는 것만으로도 감사했다.

"이제 버릴 건 이게 다지?"

"네. 가시는 길에 부탁 좀 드릴게요."

아주머니 손에 들린 건 태호의 물건들이었다.

이리도 빠르게 정리할 줄은 이도도 예상하지 못했다. 꼭 할아버지가 떠나길 기다린 사람처럼 효은은 빠른 속도로 태호의 흔적들을 지워 갔다. 그를 그리워하거나 우는 일도 없었다. 일찍 자고 일찍 일어나 밥까지 꼬박꼬박 챙겨 먹으며 전혀 아무렇지 않게 일상을 보냈다.

태호가 없다는 것이 그녀의 인생에 아무런 영향을 주지 않는다는 걸 증명하는 것처럼 효은은 무너지지 않고 밝게 웃었다. 이도는 그것이 더 불안하게 느껴졌다. 이럴 수도 있는 것인가.

그는 직접 의사들을 찾아가 그녀의 상태를 설명했다. 그럴 수 있다고. 너무 걱정할 필요는 없다는 말과 함께 정 걱정이 된다면 상담을 받아 보게 하는 것이 어떻겠냐고 의사들은 권했다.

이도는 괜찮다며 돌아 나왔다. 의사를 만나고, 상처가 터지고, 아프게 현실을 직면하면 그에게서 멀어질 것만 같았다. 그런 효은을 관찰하고 불안감을 잠재우기 위해 노력하느라 오히려 그 자신이 잠들지 못하고 있었다. 그녀가 잠시라도 그의 시야에서 벗어나면 심장이 사라져 버렸다. 잠을 자다 손으로 옆자리를 확인하는 일도 잦았다. 효은이 그 자리에 없으면 불이라도 난 것처럼 놀라 찾았다. 정작 그녀는 냉장고 앞에서 물을 마시며 왜 그러느냐는 눈빛을 보이곤 했다.

"뭐 하고 있어요? 얼른 씻고 와요. 닭강정 식어요."

어느새 아주머니를 보낸 효은이 그의 슈트 재킷을 받아 든 채 눈앞에 서 있었다.

"……그래. 금방 갈게."

이도가 효은의 볼에 작게 입을 맞췄다.

❀ ❀ ❀

태호가 남긴 주식은 아주 쉽게 이도의 몫으로 넘겨졌다. 그것을 사직서와 함께 권 회장 앞에 내밀었지만 돌아오는 말은 없었다. 여전한 무시. 그게 무상의 방식이었다. 약속을 지켜 달라고 따지지는 않았다.

족쇄처럼 그들 사이를 묶고 있던 비밀을 이제는 모두가 공유하게 되어 버렸고, 누군가 나서지 않는다면 이도 자신이 먼저 폭탄을 터뜨리면 끝날 일이었다. 그는 그저 효은에게 말할 수 있는 날만을 기다리는 중이었다. 그녀의 마음이 진실을 받아들일 수 있는 그 어느 날을.

✾ ✾ ✾

흐느끼는 울음소리가 들렸다. 이도는 악몽이라도 꾼 것처럼 침대에서 벌떡 일어났다. 사방엔 어둠이 낮게 깔려 있었다. 고개를 돌려 효은의 자리를 내려다봤다. 비어 있었다. 당연하게 심장이 요란하게 뛰어 올랐다.

방을 벗어나 부엌으로 향했다. 그녀가 없었다. 거실에도 보이지 않았다. 어디를 간 거야. 이도는 누군가 자신의 숨통을 움켜쥐고 흔드는 것만 같은 기분이었다. 미친 사람처럼 발길을 옮기다 태호의 방문 앞에 멈춰 섰다.

문을 열자 효은이 주인을 잃은 침대에 누워 잠들어 있었다. 이도는 안심했다. 이제는 걱정할 필요가 없다는 듯 웃음이 나오기도 했다. 침대 쪽으로 다가가 나란히 누웠다. 효은을 끌어와 품 안에 안았다. 그녀의 울음이 잦아들고 고른 숨소리가 들렸다. 이도는 오랜만에 단잠에 빠져 들었다.

＊ ＊ ＊

"……봄날은 간다?"

"네. 그 영화 촬영한 곳, 가 보고 싶어요. 여주인공이 살았던 아파트. 여기서 얼마 안 걸리더라고요."

주말이었다. 두 사람 다 늦잠을 자고 일어나 간단히 아침을 때우고 거실 소파에 누워 티브이를 보고 있었다. 이도는 거절할 이유가 없었다. 효은이 가고 싶다니까. 보고 싶은 곳이 생기면 어디든 데려가 줘야 할 사람은 이제 자신뿐이라고 생각했다.

"이 옷 어때요?"

모처럼 만의 외출에 효은은 신이 난 것 같았다.

"아무거나 입어도 예뻐."

"진짜 멋없는 건 어쩔 수 없나 봐요?"

그녀의 지적에 두 사람은 마주 보며 웃었다.

효은은 고민 끝에 새하얀 원피스를 골랐고, 이도는 그에 어울리는 부드러운 캐주얼 차림으로 별장을 나섰다. 차에 올라 삼척으로 향하는 내내 바다가 그림처럼 펼쳐졌다. 우와. 우와. 감탄사를 연달아 내뱉는 효은이 귀여워 이도는 그녀의 손을 끌어와 꼭 붙잡았다.

영화 촬영지는 그저 작은 언덕 위 동네일 뿐이었다. 바다가 내려다보이는 조용한 곳. 너무 시시해 오히려 하나하나 새기게 되는 장소였다.

이곳에 사는 여자가 보고 싶어 남자는 서울에서 택시를 타고 온다. 감당하지 못해 사랑이 넘쳐흐르던 순간들이 곳곳에 추억을 남겼다. 그런 마음이 결국은 변하며 여자는 남자를 떠나 버린다. 사랑이 어떻게 변하니. 쓸쓸한 명대사가 탄생한 곳에 앉아 두 사람은 바다를 바라보았다.

"추워."

쌀쌀한 날씨에 이도는 자신의 겉옷을 효은에게 걸쳐 주었다. 바다는 조용하고 아름다웠다. 묵묵하게 그들을 지키고 기다려 주는 것만 같았다. 이도는 그런 사람을 알았다. 태호를 떠올리자 효은이 그를 불렀다.

"아저씨."

물기를 가득 머금은 목소리. 그녀도 똑같은 사람을 생각한 걸까. 이도는 그제야 이 자리가 무엇을 뜻하는지 깨달아 버렸다. 이렇게 되기까지, 지나온 시간들 속에 수많은 기회가 있었는데. 모두 그가 놓쳐 버린 것만 같았다. 이도는 그녀보다 먼저 입을 열었다.

"안 돼. 안 된다고 했잖아."

무슨 말을 꺼낼지 이미 다 알고 있다는 선언이었다. 경고였다. 애원이었지만 효은은 그의 눈을 바라봐 주지 않았다.

"나…… 그냥, 아저씨를 미워할래요. 그래야 살 수 있을 것 같아요."

효은은 차분하게 숨겨 왔던 말을 뱉었다. 이도는 다급하게 효은의 손을 붙잡으려 했지만, 그의 손은 날카롭게 내쳐졌다. 돌아본 그녀의 눈 안엔 원망과 고통만 남아 있었다.

"효은아."

"그래요. 이유가 있었겠죠. 들으면 다 이해할. 내가 받아들일 수 있는 사정이 있었을 거예요. 근데…… 안 듣고 싶어요. 묻어 둘래요. 그냥, 아저씨는 나한테 나쁜 사람으로 남았으면 좋겠어요. 그럼, 할아버지한테 덜 미안할 것 같아요."

누가 잔인하다 말할 수 있을까. 이도는 웃어 버렸다. 그 모든 변명들이 그녀에게 전해지면 괜찮을 것이라 생각했던 걸까. 그것들이 무슨 의미가 된다고. 이미 그는 기회를 놓쳐 버렸는데.

"그날도…… 하루 종일 아저씨 생각만 했어요. 할아버지한테는 시간이 얼마 없는데, 나는 내 사랑에 미쳐 있었어요. 아저씨가 나를 두고 어딜 갔는지 알게 됐는데도, 옆에 없는 게 불안했어요. 나는…… 바보같이 누가 없으면 아무것도 못 해요. 뭐가 잘못된 건지 알아야 하잖아요. 근데…… 이렇게, 아저씨 옆에 있는 건 아닌 것 같아요."

결국 효은이 벗어나야 할 상처는 그가 해결해 주지 못하는 것이었다. 그 상처를 헤집고 있는 그가 믿지 못할 존재로 그녀의 앞에 앉아 있었다.

"……."

"아저씨는 내 말 잘 듣는 사람이잖아요. 그냥…… 또 어린애가 억지 부린다 생각하고 잊어 줘요. 우리…… 그렇게 하기로 하고 결혼했잖아요."

이도는 가까스로 입을 열었다.

"……알겠으니까, 앞으로 어떻게…… 하겠다는 거야?"

결국 그는 효은을 이길 수 있는 사람이 아니었다. 변명조차 차단당한 채 기꺼이 죄의 무게를 짊어진 이도는 그녀의 마음이라도 편하게 만들어 주었다. 효은의 입가에 홀가분한 미소가 걸렸다.

"진짜 혼자가 돼 볼래요. 외국으로 가 보려고요. 새로운 것도 배워 보고, 모르는 사람들이랑 부딪쳐도 보고, 뭐가 하고 싶은지, 먹고살 것도 궁리해 보고. 무서운 것도 잘 참을 수 있도록 단련할 거예요. 옆에 아무도 없다고 울 나이는 한참이나 지났잖아요."

효은은 그동안의 자신을 반성하듯 웃었다. 그녀는 이 결혼으로 성큼 성장해 있었다. 홀로서기. 태호가 처음 그에게 부탁한 말이 떠올랐다. 그녀를 보내 줘야 하는 걸까. 그게 맞을까. 그럼 그는 어찌해야 하는가. 이도는 끝내 그녀를 따라 웃을 수 없었다.

"아저씨는…… 변하지 마요. 지금처럼 살아 줘요. 나랑 바꾼 주식, 멍청하게 다른 사람 주지도 말고, 꼭 아저씨 걸로 지켜요. 그게……내가 주는 벌이에요."

이도가 알겠다고 대답하곤 손수건을 내밀었다. 흘러내린 눈물이 마스카라를 번지게 만들어 그녀의 고운 얼굴을 가리고 있었다. 엉망인 얼굴을 아무렇게나 닦아 낸 효은이 그만 가자며 자리에서 일어났다. 이도는 묵묵히 그녀를 뒤따랐다.

차를 타고 별장으로 돌아온 후, 효은은 준비했던 사람처럼 짐을 챙겨 그곳을 떠났다. 통유리 창에 서서 텅 빈 마당을 바라보자 바짝 마른 나뭇잎들이 이리저리 흔들려 가며 떨어지고 있었다. 바람이 찬 늦가을이었다.

❋ ❋ ❋

이도는 그녀의 흔적이 남은 그곳에서 여전히 출퇴근을 했다. 새벽녘에 일어나 앉아 멍하니 옆자리를 내려다봤고, 퇴근하고 돌아오면 한참 동안 불을 켜지 못한 채 거실에 서 있을 때가 많았다. 돌아오면 아무도 없는 외딴섬 같은 곳에서 그는 홀로 아픔을 새겼다.

〈2권에서 계속〉

www.b-books.co.kr

www.b-books.co.kr